ハーメルンの誘拐魔

刑事犬養隼人

中山七里

角川文庫
20643

目次

一　失踪

1

「ねえ、あなたはいったい誰なの。ひょっとしてわたしの友達？」

香苗《かなえ》は真横を歩いていた月島綾子《つきしまあやこ》に向かって、そう尋ねた。

綾子は胸までせり上がった絶望を喉元《のどもと》で堪《こら》えながら答える。

「いいえ。わたしはあなたのお母さんなのよ」

手の平で香苗の顎《あご》を擦《さす》る。香苗が中学に上がる頃まで綾子の続けていたスキンシップだった。これで記憶が甦《よみがえ》れば最近になって再開したのだが、効果は思わしくなかった。

「お母さん？　本当に？」

「そうよ」

香苗はこちらを凝視し、そして辛《つら》そうに顔を背ける。

「ごめんなさい。全然思い出せない……」

車椅子に乗っている訳でもない。認知症を患うような年齢でもない。何といってもまだ十五歳だ。それでも香苗は一向に自分を母親だと認識してくれない。

一日、同じことを何度繰り返しているのだろう。自分が母親であること。住んでいるのが自宅であること。そうした事実を説明しても記憶は一時間と保《も》たない。

群馬の実家には綾子の両親が住んでいるが、幸いにも二人ともまだ矍鑠《かくしゃく》としており、介護を必要としていない。もしどちらかが認知症になれば歯痒《はがゆ》い思いをしなければならなくなるだろう。しかしいくら何でも、実家の両親より先に娘を相手にしてこんな羽目になるなどとは想像もしていなかった。

それでも綾子には泣くことも怒ることも許されない。隣にいる人間が感情を爆発させれば、必ず香苗は不安がる。それが見知らぬ他人であれば尚更《なおさら》だ。

東京都千代田《ちよだ》区、飯田橋《いいだばし》メディカルセンター。二人は今まさにそこから出て来たばかりだった。週に一度の診察。しかし担当医の説明はいつも「もう少し様子を見てみましょう」という言葉で締め括《くく》られる。

記憶障害の前兆は今から半年ほど前に発現した。最初は通学路を間違えて迷子になったり歌手やタレントの名前を忘れたりで、物覚えの悪さを笑い話にできる程度だった。それが電車の乗り継ぎをしょっちゅう間違えたり、数学の公式を間違えたり、とうとうクラスメートの名前を忘れるほど深刻になった。

そして遂に両親の名前どころか間柄まで忘れてしまうまでになった。

驚き慌てて近所で一番大きなメディカルセンターに相談すると、最初に神経内科へ行くよう指示された。神経内科では画像診断を行い、ここで脳自体の損傷が認められれば脳神経外科に移される。香苗の場合にはそれがないので心因性の記憶障害と診断され、精神科に移されたのだ。

精神科の医師はこんな風に説明した。大雑把に言えば、記憶には頭で覚える顕在記憶と身体《からだ》で覚える潜在記憶の二種類がある。香苗は、自転車に乗るとか箸《はし》を持って食べるとかの潜在記憶は保持されているのだが、日常のエピソードの記憶や数式など知識の記憶が減退している。

また記憶が形成される過程は三つに分けられる。まず記憶の基となる情報を脳内で符号化する〈記銘〉、次にその情報を蓄積する〈貯蔵〉、最後に保存された情報を検索して再生する〈想起〉。つまり香苗の記憶障害は三つめの〈想起〉に問題が生じている。

医師が香苗に下した心因性記憶障害とは、青年や若い女性に多く見られる心因性健忘と呼ばれるもので、心理的・社会的ストレスによって引き起こされるのだと言う。

「結局、ストレスによって一時的に記憶が再生できなくなっているのですよ。ストレスが消滅すれば回復する症例がほとんどです。ですから、もう少し様子を見ましょう」

だが、綾子は医師の診断結果に決して納得できなかった。

心理的・社会的ストレスというが、中学校入学当初から香苗は毎日が楽しくてしようがないという風だった。新しい学校と新しい友達、そして部活動。笑顔が絶えたことはなく、毎日学校で起きた出来事を面白おかしく報告する香苗にストレスがあったなどとは到底思えなかったのだ。

医師の言葉には懐疑を抱かざるを得ない。すると、このまま香苗の記憶障害が自然に回復するという見立ても怪しくなってくる。

もしも、このまま香苗が回復しなかったら——それを考えると綾子の胸は塞《ふさ》ぐ。夫は既に他界しており、母子家庭となってから十年近くが経つ。生活保護を受けながら今までやってこられたのも、将来への希望《のぞみ》があったからだ。しかし香苗の記憶障害が回復しないままなら、介護の問題が大きく伸し掛かって来る。始終香苗に付き添っていれば綾子のパートの時間は取れなくなり、生活費も医療費も捻出《ねんしゅつ》できなくなる。いや、それ以前に将来への希望が見出せなくなる。

まだ見ぬ人と知り合い、未知のものと触れ合うことで人生は豊かになっていく。だが、それは記憶の蓄積と再生があればこそだ。体験する傍から記憶が失われてしまえば財産にはならない。

綾子の憂鬱《ゆううつ》を感じ取ったのか、香苗は俯《うつむ》いたまま「ごめんなさい……」と呟《つぶや》いた。

「何か、迷惑をかけているみたい……」

「あなたはそんなこと気にしなくていいから」

「でも」

「焦らないでね。ゆっくりやっていきましょう」

綾子は両腕で香苗の頭をかき抱く。小さな頭がこの上なく愛《いと》おしかった。

幼少の頃から香苗は他人を思いやり、他人の痛みを自分の痛みとして感じることのできる娘だった。今も、横にいる綾子が母親であるかどうか確信を持てないまま、それでも気を遣っている。

だが、それが永続的なものかと言えば断言はできない。何となればひととなりを形成していくのは記憶だからだ。

失敗を知る者ほど慎重になる。哀しみを知る者ほど他人に優しくなる。記憶の蓄積が人格形成に影響を与えているのは学者の説明を借りるまでもない。

記憶がなければ人格は幼児期の曖昧《あいまい》なものに後退する可能性もある。それを想像すると、綾子は身震いする。

失われる記憶。

失われる人格。

自分と夫、そして香苗自らが構築してきたものが記憶喪失という風に削られ、摩耗していく。

どうして自分の子に限ってこんなことが起きたのか。考えれば考えるほど不条理に思えてならなかった。

いったい香苗が何をしたというのか。綾子が過去にどんな大罪を犯したというのか。

突然の不運に見舞われた母親なら誰もが抱くであろう憤怒《ふんぬ》と無力感に襲われる。綾子はつい、香苗を握る手に力を加えた。

「痛い」

「ああ……ごめんね」

綾子はすぐに笑顔を返したが、怒りが伝わっているのか香苗は怯《おび》えたようにこちらを見る。

「わたし、何かした？」

「あなたは何も悪いことなんてしてないわ」

途方に暮れた幼児と同じだった。不安だから神経過敏になり、近くにいる者の怒りや悪意を容易に察知してしまう。

「怖い……」

「何も怖がらなくていい」

綾子は香苗の顔を覗《のぞ》き込む。そして今度は自分の慈しみが伝わるように、優しくその手を包んでやった。

「お母さんが傍にいる限り安心して。ううん、わたしがお母さんだということを忘れても構わないけれど、これだけは忘れないで。世界中の人間を敵に回しても、わたしは絶対に香苗を護《まも》ってみせる」

メディカルセンターを出て間もなく、早稲田《わせだ》通りを神楽坂《かぐらざか》方向に歩く。紙屋、陶器店、魚屋、文具店——幅の狭い坂を挟むようにして、昔ながらの風情を今に残す店舗が軒を並べる。綾子自身は行ったことがないが、脇道に入ると知る人ぞ知る高級料亭があるらしい。そういった場所に繋《つな》がっているのだろうか、とにかく至るところに脇道が存在する。

歩道も相当に幅が狭い。香苗と横に並んで歩こうとしても、前からの歩行者に道を譲るとどうしても前に出て引っ張る恰好《かっこう》になる。

坂を上るにつれて人が更に増えていく。今日は七日。安養寺《あんようじ》の結願《けちがん》法楽の日なので参拝客も多いのだろう。そろそろ薄闇が迫り、境内周りの灯籠《とうろう》が坂の下からでもぼんやりと浮かんで見える。

T字路になった手前でドラッグストアを見つけた。ウナギの寝床のように奥に長い店舗で、入口は大人二人がやっと通れる程度だった。中を覗くと店内には結構な客が入っていて、とても二人が並んで棚を見て回れるような隙間はない。

「ここで待ってて」

店の前に香苗を置いて、綾子は店に入る。

室内の香りは毎回違うものよりは慣れたものの方がいい。しばらく探していると、目当ての詰め替え用は店の奥にあった。棚に視線を移すと、最近CMで流れ始めた新色の口紅が目に留まった。好みの色だったので、鏡を前に試供品を塗ってみる。

うん、気に入った。

籠《かご》に芳香剤の詰め替え用と口紅を入れてレジに向かう。レジ待ちの客が六人もいるというのに、それを捌《さば》いている店員は一人だけなのでなかなか前に進まない。綾子の会計が終わったのは十分後だった。

「お待たせ」

店を出た綾子はそう声を上げたが、肝心の香苗の姿が見えない。

「香苗」

歩道は相変わらず人の行き来が激しく、周辺の店を見回しても香苗はいない。

「香苗？」

車道に押し出されている訳でもない。隣の和菓子屋に入ってみたが、そこにも香苗はいない。

「香苗！」

道の反対側にあるコンビニエンスストアを回った。雑誌コーナー、飲み物コーナー、ぐるりと一周したが、ここにも香苗の姿はない。

慌てて往来に飛び出した。

「香苗えぇっ」

声を張り上げてその名を叫ぶ。歩行者の何人かが驚いてこちらを振り返るが、今は恥も外聞もなかった。綾子はドラッグストアを中心に並びの店を見て回り、次に通りの反対側の店も捜してみた。いつしか綾子の髪は乱れ、額には汗が滲《にじ》んでいた。

だが、どれだけ捜しても香苗の姿は遂に発見することができなかった。

綾子は歩道の真ん中でへなへなと頽《くずお》れた。

＊

神楽坂上交番にその女性が飛び込んで来たのは午後六時を少し過ぎた頃だった。

「一緒にいた娘がいなくなって……」

交番勤務だった巻嶋《まきしま》巡査は最初にその訴えを聞いた時、迷子の捜索だとばかり思い込んだ。

「あなたのお名前と捜しているお子さんの名前を」

「わたしは月島綾子と言います。娘の名前は香苗。香る苗と書きます。十五歳です」

「十五歳、ですか？」

「安養寺下の坂のところではぐれてしまいました。すぐに、すぐに捜してください」

「娘さん、ケータイとかは持っていないんですか」

今日は結願法楽で早稲田通りが賑《にぎ》わっている。大方その人混みに紛れてしまったのだろう。その程度であれば、どこか目印のある場所で待ち合わせをすればいいだけの話だ。

「ケータイは持たせてないんです」

綾子は申し訳なさそうに言う。

「着信がある度に、あの子が戸惑うものですから……」

着信がある度に戸惑う？

まさか十五歳でストーカーにでも狙われているのか。

「わたしがドラッグストアで買い物をしている間、店の前で待たせていたんです。でも買い物を済ませて店から出てみると、たった十数分のうちに、娘がいなくなっていて」

「待っている間、隣近所の店を覗いてたんじゃないですか」

「付近のお店は全部回ってみたんです。でも、どの店も娘を見たという人はいませんでした」

「しかし三歳児じゃあるまいし。確かにあの辺りは細い脇道が入り組んでますから、入ってしまうとなかなか表通りに抜けられませんが、坂を下りさえすればどう行っても外《そと》堀《ぼり》通りに出られるんですよ」

外堀通りに出れば、どこからでも飯田橋駅を望むことができる。言外に、飯田橋駅付近を捜してみれば簡単に見つかるのではないかと伝えたつもりだったが、綾子の反応はこちらの思惑など知った風ではなかった。

「あの子の地理感覚は三歳児並みです。とても方角を判断して移動するなんて真似はできません」

「は？」

「娘は、香苗は記憶障害を起こしていて、道順なんて覚えられないんです」

記憶障害。その言葉で巻嶋は事の重大さをやっと認識した。

「一緒に行きましょう」

巻嶋は交番を出て自転車を引っ張り出した。

記憶障害で道順が覚えられないのであれば、任意の道を直進することはあまり考えられない。むしろ同心円の中をうろうろしている可能性が高い。

まずは最初に思いついた通り、飯田橋駅付近を捜索してみる。この付近は本来麹町《こうじまち》署の管轄だが、人捜しで縄張り意識を優先させるつもりは毛頭ない。同行する綾子から詳細を聞くうちに事情が呑《の》み込めた。

母子家庭で、娘の記憶障害は半年前に発現した。母親はパート勤めの合間を縫って通院に付き添っている。そしてほんのわずか目を離した隙に、娘がいなくなってしまう――巻嶋は母親に同情する。一瞬でも娘から目を離したのを不注意と責めることは容易《たやす》いが、四六時中監視しながら生活していくなどというのはおよそ不可能に近い。

「香苗さん、自分の名前は憶《おぼ》えているんですね」

「はい。それだけは何とか」

「香苗さんの特徴を教えてください」

巻嶋は無線を使って巡回中の警官たちに捜索対象者の特徴を告げる。神楽坂一丁目から六丁目までの管轄内は自分を含め三人の巡査が巡回している。連携《れんけい》を保ちながら捜していれば、その中の一人が見つけてくれるのではないかという期待があった。

問題は時間だった。既に日が暮れている。店舗の建ち並ぶ表通りはともかく、一本裏道に入れば街灯の光が届かない場所もある。

「小さい子が迷子になっていれば、通りすがりの人が交番まで連れて来てくれるんですが、見掛けが中学生となると注意は払わないでしょうね」

つい不安を口にして後悔したが遅かった。後についていた綾子の顔が焦燥に歪《ゆが》む。

「こんな風になった時のために、小さい子にするように持ち物とかに名前を書いておけばよかったんでしょうけど……本人が恥ずかしがるのを見て躊躇《ちゅうちょ》してしまいました。わたしの責任です」

「いや、それはもう、しようがないでしょう」

あまり慰めにはならないだろうが、巻嶋にはそう言うより他にない。

巻嶋にも覚えがある。最近とみに多くなっている若年性の認知症を患った男性の例だった。まだ五十代だというのに、散歩に出た途端、自宅までの帰り道を忘れてしまい、三日間も外を彷徨《さまよ》っていたのだ。家族から捜索願が出され、巻嶋が本人を保護したのだが、発見した時の服装は汗と泥で真っ黒だった。思わず「交番で道を尋ねればよかったのに」と言うと、件《くだん》の男性は羞恥心《しゅうちしん》が優先してしまったのだと弁解した。

これは月島香苗やその男性に限らず、社会的な問題なのではないかと思う。二〇一二年、認知症を患って行方不明となった人数はおよそ一万人。事故でも事件でもないため、警察をはじめとする組織が大々的に動くこともできず、情報も公開できずにいたら数ばかりが激増した。行方不明者一万人というのは家族の献身などという胡乱《うろん》な言葉で片付けられる数字ではない。それこそ認知症患者に対する全体的な監視体制が必要な時代になってしまったのだ。

飯田橋駅付近を回ってみたが、やはり香苗は見つからない。いよいよ神楽坂一帯には夜の帳《とばり》が降り、街灯のない場所は闇に包まれていく。綾子の焦りが限界に達しようとしているのが分かる。巻嶋も同僚二人の応援だけでは心許《こころもと》ないことが分かったので途中交番に立ち寄り、正式な捜索願を作成した。

駅周辺が駄目なら通り沿いの店舗を坂の下から一軒ずつ覗いていくしかない。

「このまま見つからなかったらどうしよう……」

綾子が呟いた。声は細かく震えていた。

「お巡りさん。香苗、何かの事件に巻き込まれたなんてことはありませんよね」

今にも巻嶋に摑《つか》みかかりそうな様子だった。

我が子を案ずる母親は大抵こうだ。ここはたとえ気休めであっても安心させるべきだろう。

「大丈夫ですよ、月島さん。牛込《うしごめ》署のみならず麴町署にも応援を要請しています。そうなれば人海戦術で捜索することになりますから。滅多な想像はしない方がいいです」

だが巻嶋は、我が子を案ずる母親の直感が蔑《ないがし》ろにできないものであることも知っている。綾子の言葉に呑み込まれるように、巻嶋もまた不安に駆られる。

神楽坂一帯は警視庁管内では比較的平穏な地域に分類される。強盗・ひったくり・性犯罪の類《たぐい》は皆無に等しく、指定重点犯罪といえば侵入窃盗か乗り物盗くらいのものだ。

しかし、だからといって香苗が重大事件に巻き込まれていないという保証はどこにもない。

「でも……」と、綾子は尚も不安の色を隠そうとしない。

「娘は地理感覚がなくて、おまけに記憶障害なんですよ？　普通だったら不安で一カ所《ひとけ》に留《とど》まるものじゃないんでしょうか。それも脇道の暗い場所じゃなくって、もっと人気のある明るく広い場所に」

綾子の言うことには一理ある。巻嶋も同じことを考えていたので、駅周辺の明るい場所、そして広い店舗を真っ先に捜した。

だが見つからなかったのだ。

「とにかく応援が来るまで坂の下から店を一軒一軒回ってみましょう。わたしは左側を行きますので、月島さんは右側をお願いします」

綾子と巻嶋は二手に分かれて捜索を再開した。間口の狭い店が多いため、一瞥《いちべつ》するだけで香苗らしき少女の不在が確認できる。一店舗につき約一分。従業員にそういう人物に見覚えはないかとの確認を加えて三分少々。

「そんな子は見ませんでしたねえ」

「冷やかしの客だと、あまり注意していないしね」

「いたかも知れないけど、ほら、今日はお客さんも多いから」

どこの従業員も同様の返事しかしない。

巻嶋は訊《き》き込みを繰り返すうち、封じ込めていたはずの不安が再び頭を擡《もた》げてきた。これだけ店舗を当たってみて、ただの一人も香苗を見掛けていないというのは二つの可能性が考えられる。

一つは香苗がどの店にも立ち寄らず、どこか他の場所を目指して行動した場合。

そしてもう一つは何者かに先導された場合。

最初の可能性は香苗が記憶障害であるという事実から却下される。母親である綾子の申告を信用する限り、そもそも香苗には目指すべき明確な場所など記憶できない。

すると残る可能性は二番目の、何者かと行動をともにしている場合となる。

巻嶋はぞっとした。

十五歳の少女を善意だけで連れ回す人間がいるとは考え難い。いやしくも警察官の端くれなら、善意よりは悪意を疑ってみるべきだろう。

連れ去り。

その四文字が頭に浮かぶと、巻嶋は必死になってその可能性を否定した。

馬鹿な。この二年間、自分の受け持ち区域で起こった事件といえば自転車の盗難と万引き、それから酔客同士の喧嘩《けんか》くらいだった。上昇志向がないと言われればそれまでだが、巻嶋は自分の受け持ち区域で重大事件が発生するよりは、この区域と住民の生活が平穏である方がいいと思っている。それが、まさか連れ去り事件が発生するなどとは――

――。

通りの反対側を見やれば、綾子も店の中に入っては出てを繰り返している。遠くからでも一向に焦燥の色が消えていないのが分かる。

約二時間後、二人は香苗が姿を消したとされるドラッグストアの前で落ち合った。二人が捜し回った店舗は合計で八十五店。

だが、遂に香苗の姿どころか影すらも見つけることができなかった。

きっと面目なさそうな顔をしていたのだろう。巻嶋を見るなり、綾子はありありと失望の表情を浮かべた。

「香苗……」

そう呟いたかと思うと、いきなり糸の切れた操り人形のように体勢を崩した。慌てて巻嶋が身体を受け止めなければ、その場に転倒していたに違いない。

「まだ即断は禁物です。娘さんの足が予想以上に速く、この界隈《かいわい》から出てしまったことも充分考えられます」

自分でも空々しい仮説だったが、言わずにはいられなかった。

「お願いします」

俯いた綾子の口から切実な声が洩《も》れる。

「早く、早くあの子を見つけてやってください……今頃、見覚えのない場所で怯えているに決まってるんです。お巡りさんをもっともっと動員してください。五人とか十人じゃ全然足りません」

喋り終えてから、綾子は力尽きたようにずるずると腰を落とし、その場に蹲ってしまった。両手で顔を覆い、感情が爆発するのを必死に堪えているように見えた。

「月島さん」

そう声を掛けたが、後に続く言葉が思いつかない。

少しは気の利いた慰め文句の一つでも思いつけ――自分の至らなさに腹が立ち始めた頃、眼下に蹲る綾子が「あっ」と小さく叫んだ。

「どうしました」

「これ……」

綾子は自動ドアの隅を指差した。見ればガイドレールの手前に二枚の紙片が重ねて置いてある。下の紙片は葉書大、上の紙片はカード大の大きさだ。店頭商品の陰に隠れていたため、立ったままではなかなか目につかない場所だった。

綾子は上に載った紙片を摘《つま》み上げ、はあ、と大きく息を吸った。

「これ、あの子の生徒証です！」

「何ですって」

綾子からカードを受け取り、表面を見る。手袋をしているので巻嶋自身の指紋は付着しないはずだ。なるほど綾子が申告した通りの少女が硬い顔で写っていた。

「この生徒証は元からここにありましたか」

「あの、そんな場所に目がいかなくって……全然気づきませんでした」

それも当然だろう。今の綾子のように蹲った体勢でなければとても発見できる場所ではない。

嫌な想像が再び頭を擡げてきた。記憶障害に陥った本人がただの気紛《きまぐ》れでこんなものを置いていくはずがない。やはり香苗の身に何かが起きてしまったのだ。

「もう一枚の紙は？」

巻嶋の問い掛けに、綾子は紙片を摘み上げる。

それは絵葉書だった。

二人はそこに印刷されたイラストを覗き込む。

どこか外国の地だろう。一人の男に先導されて村から子供たちが出て行く場面。男はピエロの扮装《ふんそう》をして笛を吹いている。子供たちは笛の音に引き寄せられるようにして歩いているのだ。

巻嶋は遠い幼少期の記憶から、そのあまりにも有名な童話を思い出した。

〈ハーメルンの笛吹き男〉の絵だった。

2

牛込署から誘拐事件発生の第一報が入電されたのは、三月七日午後八時二十分のことだった。被害者は新宿《しんじゅく》区矢来町《やらいちょう》に住む月島綾子の長女・香苗十五歳。場所は新宿区神楽坂。母親が目を離した隙に姿を消したという。

未だ犯人から具体的な連絡はないものの、現場には彼女の生徒証が残されており、誘拐の可能性が極めて濃厚との報告だった。

直ちに捜査一課の麻生《あそう》班に出動の命が下されたが、刑事部屋に急遽《きゅうきょ》呼び出された犬養《いぬかい》隼人《はやと》は場所が安養寺の近くと聞くなり「へえ」と洩らした。

部下のそうした反応を見逃す麻生ではなかった。

「安養寺がどうかしたのか、犬養」

「いや。今日は確か結願法楽が行われたはずでしょう。その間近で誘拐されたというのは皮肉な話だと思いましてね。おまけにあそこは家内安全と病気平癒祈願の寺です」

「結構、詳しいな。お前、ひょっとしたら寺社マニアか」

娘の病気平癒を祈願するために都内の仏閣を調べ回ったので、そのくらいの知識はある。ただ、それを麻生に告げるのは憚《はばか》られた。

「家内安全はともかく、病気平癒というのなら縁がなくもない。連れ去られた娘は記憶障害に陥っていたらしいからな」

「記憶障害、ですか」

たちまちのうちに二つの疑問点が浮かぶ。

被害少女は今も無事なのか。無事だとすれば、犯人は記憶障害の少女をどのように管理下に置いているのか。

犯人にしてみれば人質が記憶障害というのは様々な点で有利に働く部分もある。犯人は少女の病状を知った上で誘拐したのか。それならば犯人は少女の病状を知る立場の人物ということになる。

「何を考えている」

「犯人の特性です。もし犯人が少女の病気を知っていたのなら、身近にいる人間のはずです」

「相変わらず頭の回転が速いな。どの範囲までを身近と規定するかが問題だが、少なくとも学校側では月島香苗の病状を把握していた。かなり特殊な症例だから知れ渡ったんだろう」

では容疑者の中に学校関係者を加えるのはアリということか。

「しかし少女が記憶障害なら、誘拐と決めつけてしまうのは早計かも知れませんね」

「現場には彼女の生徒証が置かれていた」

説明はそれで充分だった。記憶障害に陥った本人が、身分証明になるものを捨て去るはずもない。これは確かに本人を誘拐したという犯人の犯行声明だ。

「それから、もう一つ気になる遺留品があった」

「何ですか」

麻生はB5サイズの紙片を取り出す。現場写真をプリントしたもので、中央に笛を吹いている道化師風の男とそれについて歩く子供の集団が描かれている。

「絵葉書だ。生徒証の下に敷かれていたらしい。発見した巡査の弁を借りれば、これは〈ハーメルンの笛吹き男〉らしい」

その童話なら犬養も聞き知っている。ドイツの街ハーメルンで伝えられる民間伝承をグリム兄弟が童話として編纂《へんさん》したものだった。

一二八四年、ハーメルンの街はネズミの被害に悩まされていた。そこにネズミ獲《と》りを名乗る男が現れ、街の人々とネズミ駆除の契約を交わす。男は笛を取り出し、曲を奏でながらネズミの群れをヴェーザー川に誘導して全部を溺死《できし》させてしまう。

ところが人々が報酬の支払いを渋ったために笛吹き男は怒り、ある日住民たちが教会へ出掛けている隙に、ネズミたちと同様、笛を吹いて今度は街の子供たち百三十人を連れ出した。やがて笛吹き男は自ら先導して子供たちを洞窟《どうくつ》の中に誘い入れた後、洞窟を内側から封印してしまう。

笛吹き男と連れ去られた百三十人の子供は二度と戻って来なかった——そういう伝承だ。

「〈ハーメルンの笛吹き男〉なら俺だって知ってる。世に数多《あまた》存在する誘拐犯のパイオニアみたいなものだからな」

「そういうキャラクターの絵葉書を残して現場を去った。つまり、これも犯行声明の一部という訳ですか」

「本人の意図はどうあれ、警察はそう受け取った」

麻生は絵葉書の写った紙片を指で弾《はじ》いてみせる。

「ふざけやがって」

「しかし手掛かりを残してくれたことには礼を言わなきゃなりませんね」

「生徒証や絵葉書から有力な証拠が検出されればいいんだが、あまり過大な期待はしない方がいいだろうな」

その点は犬養も同意見だった。わざわざ〈ハーメルンの笛吹き男〉の絵葉書を用意する犯人だ。迂闊《うかつ》に指紋を残すとは思えない。

「現場には先にSITが向かった。今回は後方支援に回されるかも知れんぞ」

SIT——つまり特捜班（特殊捜査班）は人質立て籠《こ》もり事件や誘拐事件、更には企業恐喝といった事件を担当する専従班だ。麻生班と同じく捜査一課に属していながら特殊性が顕著であり、その特殊性ゆえに他の班は後方支援に配備されることが少なくない。捜査の主導権を握れないのはいささか業腹《ごうはら》だが、警視庁における特捜班の成り立ちが一九六三年に起きた吉展《よしのぶ》ちゃん誘拐事件に端を発することを考えれば、誘拐事件で彼らが先陣を切るのは致し方ないところか。それに特捜班の長は犬養もよく知る各務《かがみ》だ。あの男が指揮を執るのなら、下手を打つこともないだろう。

「とにかく現場に急いでくれ。交番の巡査がひと通りの訊き込みをしたようだが、目撃者が見つからずに往生したらしい」

結願法楽の開催でいつもより多くなる通行人。それでなくても狭い歩道。

人通りが多ければ目撃証言の精度が高まるというものでもない。人混みの雑多さは却って他人に対する注意を減退させることもままある。しかも土地鑑のある犯人が脇道を利用すれば、通行人の目から隠し果《おお》すこともさほど困難ではない。

「それで俺は誰とペアを組むんですか」

「ちゃんと待機させてある」

言うが早いか、麻生は部屋の隅に向かって声を張り上げた。

「おい、高千穂《たかちほ》。出番だ」

立ち上がった人物を見て、犬養は密かに落胆する。いや、落胆の度合いは向こうの方が大きいだろう。

高千穂はまるで因縁を吹っかけられたヤクザのような顔でこちらに近づいて来た。

「よろしくお願いします」

ぶっきらぼうな口調だが、それでも言わないよりはマシだろう？――顔がそう告げていた。

高千穂明日香《あすか》二十五歳、捜査一課の紅一点。器量はそこそこだが、何故か犬養を嫌っている。面と向かって罵倒《ばとう》されたことはないものの、廊下で擦れ違ってもぷいと顔を背ける。捜査報告でやむなく犬養を見る際の眉《まゆ》の顰《ひそ》め具合が、まるで犯罪者に対するそれだった。

理由が分からないまでも、それだけ忌み嫌われたらこちらも敬遠しがちになる。かくして明日香は、相棒にしたくない人間リストの上位に食い込んでいる。

「じゃあ、急ぎます」

最低限の言葉を交わして、明日香は犬養の脇をすり抜ける。せめてもの抗議の徴《しるし》に麻生を一瞥すると、この上司は口角だけを上げて皮肉な笑いを浮かべた。意に染まない相手とのコンビ編成。これが新手の部下イビリだとしたら勘弁してもらいたいものだ。

犬養は頭を掻《か》きながら地下駐車場に向かう。

インプレッサWRXに同乗しても、しばらく二人の間に会話はなかった。苦手な相手でしかも女ときている。

沈黙が淡い毒素となって胸の中に溜《た》まる。助手席に座る明日香が気になって、運転に集中できない。

どうにも息苦しくなったのでこちらから口火を切った。

「最初に訊いておきたい」

「何ですか」

「どうして俺を嫌う」

返事はない。

「答えろ」

「仕事には関係ないことです。第一、わたしは犬養さんを嫌いだと言った憶えがありません」

「顔が嫌いだと言っている」

「へえ。犬養さんは同性の考えていることを見抜けるという評判だけど、女性もそうなんですか」

知った上での皮肉だった。

かつて犬養は俳優養成所で演技の勉強に勤《いそ》しんだ時期があった。その頃に習得したのが表情筋のちょっとした動きや、無意識下の仕草で相手の嘘を見抜く技術だ。この技術は刑事に転身してから、容疑者の嘘を看破するのに大いに役立った。現在、犬養の検挙率が庁内で一、二を争うようになったのも、一つにはこの特技のお蔭《かげ》だった。

ただし問題もある。この特技は女性相手には全く通用しないのだ。俳優養成所時代、役柄になりきろうとあらゆるタイプの男の癖を観察し続けた。当初から女は対象外だった。思うにそれが原因だろう。女心に不案内な理由はもう一つある。学生の頃から男ぶりがよかったので、こちらが努力しなくても女の方から近寄って来た。勝手に向こうから来るので深慮遠謀をめぐらせる必要もない。相手の気持ちを汲《く》まずに別れても、すぐに新しい相手がやって来るから、反省し学習する機会もなかった。三十代半ばでバツ2という不名誉も、全ては女の心理を理解せず、また理解しようとしなかった態度に起因する。かくして男ぶりはいいものの、女心にはとんと不得手な〈無駄に男前の犬養〉という称号を与えられるに至る。現に今、至近距離に明日香が座っているというのに、その心情が欠片《かけら》も見えてこない。

「心配しないでいいですよ、犬養さん」

明日香は抑揚のない声でそう言った。

「個人的な心証を仕事に持ち込むつもりは一切ありません。第一、今回の事件はそんなものを介入させる余地なんて全くありませんから」

「今回の事件に特定している理由は何だ」

「誘拐事件だからです」

平坦《へいたん》な口調が俄《にわか》に跳ね上がる。

「子供を誘拐するなんて、女にとって最低最悪の犯罪です」

「男親でも一緒じゃないのか」

明日香はふん、と鼻を鳴らす。

「母親にとって子供は肉体の一部です。男親とはずいぶん違いますよ。それに今回、女の子の親は母親だけです」

「男親はどうした」

「女の子が小学校に上がる前、他界したそうです。詳しい事情はまだ聞いていません」

取りつく島もないような物言いにそろそろ嫌気が差してきたが、喋り方に難癖をつける趣味はない。再び訪れた沈黙を今度は有難く思いながら、犬養は月島家に向けてアクセルを踏む。

神社仏閣の集中している牛込神楽坂を過ぎると矢来町に入る。連絡によれば月島宅は九棟もある第一矢来ハイツの中の一戸だった。

該当する棟の真下には見覚えのあるワンボックスカーが横付けされている。言わずと知れた特捜班のクルマだ。犬養は少し離れた場所にインプレッサを停《と》め、何気ない素振りで外へ出た。

団地の窓からはそれぞれ色と明るさの異なる光が灯《とも》り、その統一感のなさがひどく侘《わび》しいものに映る。

一階の集合ポストで〈月島〉の名前を見つけた。ところどころが錆《さ》びつき、塗料の剝《は》げ落ちたポストにまず違和感を覚える。念のために隙間から覗いてみたが、郵便物の類は一通もない。おそらく鑑識なり特捜班なりが浚《さら》っていった後なのだろう。

エレベーターで八階に上がり、目的の八〇五号室の前に立つ。表札にも〈月島〉としか表記していないのは、女所帯であることを部外者に悟られたくないためか。

チャイムを鳴らして「犬養です」と告げると、ドアがさっと開いた。犬養と明日香はその隙間から身体を滑り込ませる。

部屋の中に入って感じたのは、先刻覚えたのと同様の違和感だった。特捜班の捜査員は以前から顔見知りの鍋島《なべしま》と長瀬《ながせ》の二人だけ。その二人に挟まれるように中年女性が所在なげにしている。おそらくこの女性が母親だろう。

「警視庁捜査一課の犬養と高千穂です」

「月島綾子です。この度はご迷惑をかけて……」

「とんでもない。我々はこれが仕事なんですから」

綾子は今にも消え入りそうな声を絞り出す。憔悴《しょうすい》しきっているように見えるのは、もちろん神楽坂の店舗を虱潰《しらみつぶ》しに当たった疲れのせいだけではない。

犬養は視線だけを動かして部屋の中を見回す。なるほど男っ気のない家庭らしく、キッチン用品、インテリア、そして小物に至るまで全て女性的なデザインで揃えられている。

ただそのどれもが安っぽく、下衆《げす》な言い方をすれば大部分が百円均一の店で買えるような代物ばかりだった。

特捜班の二人に視線を戻すと、こちらも所在なげにしている。犬養は背の高い長瀬に歩み寄る。この男と向き合うと目線が同じ高さになるので、長時間話をしていても楽だった。

「特捜班がたったの二名とはどういうことだ」

「まだ人員を割くのに充分な段階じゃないってことさ」

問われた長瀬は難しい顔をした。

「まずこの誘拐が身代金目的だと断定された訳じゃない」

それはたった今、部屋の内部を観察した犬養も考えたことだった。

月島家は母子家庭であり、めぼしい財産らしきものは見当たらない。綾子の身に着けているもの、住んでいる場所、部屋の様子などからそれは窺《うかが》える。この家庭から巨額の身代金を奪取するのは、スイミングスクールの生徒に世界記録に挑戦しろと命令するに等しい。

加えて身代金目的でないとするなら、犯人からカネを要求する電話が掛かってくる可能性もない。

「次に営利目的等略取・誘拐だとしたら、犯人から連絡がくる可能性はこれまた少ない」

母親がいる手前、言葉を濁しているが、営利目的等略取・誘拐というのは刑法二二五条に定められた〈営利、わいせつ、結婚又は生命若しくは身体に対する加害の目的〉があることだ。そういう目的であれば、当然犯人から連絡がくることはない。

「しかも、月島さんのお宅には固定電話がない。その上、誘拐された香苗さんはケータイをお母さんに預けている」

香苗は記憶障害を患っているから母親の携帯電話の番号を憶えているはずもない。つまり犯人が知人でない限り、綾子の携帯電話に連絡することは不可能という理屈だ。

「犯人がお母さんに接触するとしたら外出時か、あるいは自宅のポストに文書を投函《とうかん》するか。そう考えるのが妥当だろう」

「ということは、一階の集合ポストおよびこの部屋の前には監視カメラが備えられているということか」

「ご名答。さっきお前がポストの中を覗く間抜け面《づら》は、こっちに丸見えだった」

パソコンの前に陣取っていた鍋島が得意げに画面を指差した。

犬養は明日香を手招きする。

「月島さんは相当疲労している。別室で少し様子を見てくれないか」

こちらの意図を察したのだろう。明日香は綾子の手を取って部屋から退去した。

それを見届けてから犬養は長瀬に向き合う。

「特捜班は誘拐目的をどう捉《とら》えている」

「猥褻《わいせつ》目的、もしくは本人か母親に対する何らかの復讐《ふくしゅう》」

「復讐？」

「家の中を見れば家計状態は一目瞭然《りょうぜん》。残った選択肢と言えばそれくらいのものだろう。一人娘を傷つけられたら、母親にとって一番の痛手となる。例の奇妙な絵葉書と生徒証の組み合わせは、『お前の娘は確かに誘拐した』という声明文代わりだ」

特捜班の人間がここに二人しか派遣されていない理由がそれで理解できる。次に犯人が動くとすれば、香苗に危害を加えた後ということになる。そうであれば自宅に大勢の捜査員を待機させておくより、犯人の特定と追跡に人員を割く方がはるかに効率的だ。

「生徒証と絵葉書に残留指紋はあったのか」

「生徒証には本人と母親のもの、絵葉書には母親のものだけが残留していた」

やはり指紋を残すようなへまはしてくれないか。

「あの絵葉書から入手経路は辿《たど》れるか」

「難しいところだな。あれは大手の文具メーカーが二年前に製造した〈グリム童話シリーズ〉の中の一枚だ。全国の文具屋はもちろん、書店、ホームセンター、コンビニに頒布されてる。エンドユーザーの特定はそれこそ干し草の山の中から針を捜し出すようなものだ」

「しかし事件現場には複数台の防犯カメラが設置されてあっただろう」

「タイミングが悪かった」

長瀬は渋い顔をする。

「結願法楽の開催で通行人が多かった。元々幅の狭い歩道に人が溢《あふ》れたから個人の特定が難しい。更に香苗さんの身長は百四十五センチ。同年代の子と比較しても十センチほど低い。そんな子が人混みに紛れてみろ。完全に隠れちまってカメラに映らん」

歩行者の多くが結願法楽目当てに来ていたとしたら、もう明日は現場に来ない。地取りの対象はもっぱら地元住民だけとなる。

「香苗さんが姿を消した時刻、母親と交番の巡査が一帯の店舗を隈《くま》なく回ったが、目撃者は皆無だったらしい。捜査員を増員したとして新たな証言が得られるかどうか」

「だが、あんな葉書を用意しているくらいだから犯行は計画的だ。犯人は現場を下見していた可能性がある」

「それは俺たちも考えた。香苗さんが飯田橋の病院に通院し始めたのは数ヵ月前。事前に尾行して経路を調べたとしてもおかしくない」

その仮説が正しければ、犯人は不審者として地元住民の目に留まるはずだ。つまり地取りの主眼は攫《さら》われた香苗ではなく、犯人と目《もく》される人物の洗い出しになる。

「母親に犯人の心当たりは訊いたのか」

「おいおい、俺たちだってさっき到着して機材を設置したばかりなんだぞ。事情聴取はこれからだ」

「横で聞いていていいか」

「駄目だっつっても、どうせ居座るつもりなんだろ」

以前手掛けた事件で混成チームを組んだ際、長瀬には自分の性格を知られている。非難半分諦《あきら》め半分の口調はその証拠だった。

やがて明日香に付き添われて綾子が戻って来た。早速、長瀬が聴取を開始する。

「月島さん。香苗さん救出のため、捜査にご協力ください」

「はい……」

「まず、以前に尾行された経験はありませんか」

「さあ……そんなことはありませんでした。わたしが感じなかっただけかも知れませんが」

「通院の時にはいつも同じルートを通っていたのですか」

「いいえ。牛込神楽坂から飯田橋まで都営大江戸《おおえど》線を使うこともあります。ただ、今日は人通りが多くて賑やかだったので、あの子の気分転換になればと思って……」

綾子は不意に言葉を詰まらせた。

「それが浅はかな考えだったんですね。あの道を通りさえしなければ、香苗は攫われずに済んだかも知れないのに……」

「ご自分を責めてはいけません。犯行は計画的です。計画的である以上、仮に帰宅ルートを変えたとしても、犯人はそれに対応したでしょうからね」

「そうでしょうか……」

「犯人についてですが、あなた、あるいは香苗さんに恨みを持つ人物に心当たりはありませんか」

「わたしか香苗に恨みを持つ人ですか……」

綾子はしばらく考え込んでいたが、やがてゆるゆると首を横に振った。

「申し訳ありませんが思いつきません。香苗はとても優しい子で他人の痛みを自分の痛みとして感じることのできる子でした。親の欲目かも知れませんけど、あの子を悪く思う人はいませんでした。わたしも、夫が他界するまでは家事に専念しておりましたし、勤めるようになってからも他人と諍《いさか》いを起こした覚えはありませんので……」

綾子の証言を聞きながら、しかし犬養は全てを鵜呑《うの》みにする気にはなれなかった。

十五歳ともなれば子供は家庭以外にも居場所を獲得する。そこで見せる顔は家庭とは別のものだ。どのみち香苗のクラスメートにも同じ質問をする必要があるだろう。

綾子の証言は想定内だったのか、長瀬は特に気落ちする風もなく質問を続ける。

「月島さんのケータイに登録されている電話番号は何件くらいですか」

携帯電話に登録されている間柄なら、先方も綾子の連絡先を知っていることになる。

「わたしは世間が狭いので……そうですね、三十件を切ると思います」

「その登録者を後で教えていただけませんか」

「構いません」

一応、訊くべきことは訊いたのか、長瀬はそこで質問をやめた。

だが犬養にはまだ確認事項が残っていた。

「月島さん、もう一つだけよろしいですか」

綾子は犬養に向き直る。それにつられて長瀬も怪訝《けげん》そうな顔を向ける。

「香苗さんが自分の意志で失踪《しっそう》したという可能性はありませんか。つまり周囲の人間を怖れるか、迷惑をかけたくないといった理由で」

綾子の顔色が変わる、と同時に明日香が横から口を出した。

「犬養さん、何を言い出すんですか。じゃあ、これは香苗さんの家出だとでも言うつもりですか」

「君には訊いていない。俺は月島さんに訊いている」

すぐに綾子の表情を窺う。すると綾子は瞬《まばた》きもしないでこう答えた。

「本当に優しい子でしたから、わたしに気兼ねをしていたということはあるかも知れません。だけど、わたしは香苗があんな絵葉書を持っているところは一度も見たことがありませんでした。あれは香苗のものではありません」

3

翌日、犬養は帝都《ていと》大附属病院の病室にいた。ベッドには娘の沙耶香《さやか》が横たわっている。月に一度は必ず沙耶香の見舞いに来るよう、スケジュールを調整している。たとえ本人が面会を拒んでも励行する。それが家庭を崩壊させてしまったせめてもの償いとして、自らに課した習慣だった。

最初は口を利いてくれるどころか顔さえまともに見ようとしなかった。最近になって、やっと言葉を交わしてくれるようになったが、それでも一つ屋根の下で暮らしていた頃に戻った訳ではない。父娘《おやこ》として血の繋がりはあるはずなのに、二人の間には未だ深い溝が横たわっている。その溝に阻まれて娘の心に触れられずにいることが、きっと自分に与えられた罰なのだろうと犬養は思う。

「最近、調子はどうなんだ」

そう尋ねると、沙耶香は少し唇を尖《とが》らせた。

「いっつも一緒」

「うん？　何がだ」

「お父さん、お見舞いに来ると第一声はいつもそれ」

暗に一ヵ月に一度しか来ないことを責めているのか、それとも娘の容態について充分に把握していない無責任さを詰《なじ》っているのか。いずれにしても深追いして互いに気まずい思いをするのが怖いので、それ以上は追及しない。

先月交代したばかりの主治医に聞くと、現在も腎《じん》移植のドナーを探している最中で、人工透析も従来通り行っているという。昨今は人工透析機器もオンラインＨＤＦを導入して透析効率が高くなったものの、針を刺す痛みと慢性的な身体のだるさは改善されていないので、沙耶香は相変わらず苦しんでいることになる。

だが、それを面と向かって口にするのは憚られた。犬養がどれだけ心を痛めようと、身体を痛めているのは沙耶香一人だけだ。言葉だけの労《いた》わりがどれほど無意味なものかは、痛みに耐えて長期療養している者にしか分からない。

「でも、近頃は休憩室にも行くんだよ」

犬養の思いを読み取ったのか、沙耶香は近況を報告する。勘の鋭さは昔のままだ。そして、こと相手が女になると娘ですらも心の読めない犬養も相変わらずだった。

「ほう、休憩室で何をしてるんだ」

「スマホで友達と連絡取ったり、ネット検索したり。でも二十分間だけって決められているけどね」

二十分だけ、という制約に切なさが滲む。今の若い者たちは携帯端末がなければ夜も昼も明けない。歩いている最中でも液晶画面から目を離そうとしない。沙耶香のように一日二十分だけと厳命されれば、ほとんどの者が失望のあまり肩を落とすのではないか。

「ねえ、お父さん」

「何だ」

「お父さんって香苗ちゃんの事件を担当してるの？」

犬養は驚愕《きょうがく》して娘の顔を見直した。

香苗が誘拐された事件は今朝報道されたばかりだった。営利誘拐とも断定できず、犯人からの連絡がない以上、報道協定を締結する必要はないと捜査本部が判断した上での結果だった。しかし、その専従に麻生班が振り当てられていること、そして犬養がその任に当たっていることはマスコミすら知らない事実だった。

「どうしてお前がそんなことを知ってるんだ！」

「あ。やっぱりそうなんだ」

沙耶香がぽんと手を叩《たた》くのを見て、犬養はあっと思った。どうやら上手《うま》く乗せられたらしい。

「あの事件は発生したばかりで、俺の名前や顔はどこにも出ていないはずだ。それを何故お前が……」

「香苗ちゃんが行方不明になったのはもうネットのニュースに出ているよ。警視庁の管轄で難しそうな事件だから、ひょっとしてお父さんが担当しているのかなって」

「その事件に特別な関心があるのか」

「香苗ちゃんとお母さんのことは、前からブログで読んでいたもの」

「ブログだって」

あの母親、ブログなんか書いていたのか。

何故それを警察に言わなかった。それが犯人と接触するチャネルになる可能性もあるというのに。

「怒ったらダメだよ、お父さん」

またしても父親の顔色を読んだらしい。慌てたように沙耶香が言葉を添える。

「それって香苗ちゃんとお母さんの闘病記録のブログなんだよ。でも香苗ちゃんが誘拐されたことはもうニュースになっちゃったから、今は少しでも情報が欲しいって記事になっていた」

「興味本位でそのブログを覗いたのか」

「あたし、ずっとブログの読者だったの」

「どうして」

「あたしも似たような境遇だったから」

はっとした。沙耶香と香苗は齢《とし》が一つ違うだけだ。希望の見えない病に母娘《おやこ》で立ち向かう姿は、そのままぴたりと重なる。

「ブログが開設されたのは五ヵ月くらい前。香苗ちゃんに記憶障害の症状が出始めてから、どんな風に記憶を失《な》くしていくかを、細かく書いているの。読んでいるとね、泣けてくるよ。今日はクラスの子の名前を忘れた。次にテレビに出ているタレントを忘れた。それからお母さんのことも忘れた……。でもお母さんはちっとも挫《くじ》けないの。記事を読んでいると、あたしも病気になんか負けていられないって思う」

沙耶香の言葉には熱がこもっている。犬養が久しぶりに聞く、娘の偽らざる心情だった。

「朝からブログのアクセス数すごいんだよ。コメントも心配や励ましの内容ばっかりで。皆、香苗ちゃんの身を案じている。一日も早くお母さんの許《もと》に帰って来るように祈っている」

現実世界はともかく、ネットの世界では結構有名人だった訳か。

「本当にひどいよね。誘拐するだけでも許せないのに、選《よ》りに選《よ》って記憶障害の香苗ちゃんを狙うなんて。そんなの喋ることのできない赤ん坊を誘拐するのと一緒じゃん。犯人の顔を見ても声を聞いても、すぐに忘れちゃうから証拠にもならない。きっと犯人はそれを狙ったのよ」

犯人に憤る口調は明日香のそれによく似ていた。今回の犯人はよほど女性の反感を買っているらしい。

「お父さんも一度ブログを読んでみたらいいよ。お母さんの気持ちとか記憶障害の原因とか、細かいことまで書いてあるから」

「ああ」

言われるまでもない。見るなと言われても見なければならない。

これは捜査の大きな前進になる。母親の綾子は犯人について心当たりはないと証言した。しかし、もし犯人がブログの読者であった場合、そこに動機が見つけられるかも知れない。コメントを寄せてきた読者の中に犯人が紛れ込んでいる可能性もある。

いや、それだけではない。犯人がブログを介して綾子と接触を図ろうとした時、残したIPアドレスから本人に辿り着けるかも知れないではないか。

突然拓《ひら》けた道に興奮していると、こちらを見ている沙耶香と目が合った。

「お父さん、お願い」

射竦《いすく》めるような視線に犬養は身じろぎもできない。

「必ず香苗ちゃんを無事に救い出してあげて」

「いつも通り全力は尽くすさ」

「全力を尽くすだけじゃダメなの」

沙耶香の口調は容赦ない。

「後でブログを見れば分かるけど、香苗ちゃんとお母さんは、全国で病気と闘っている人たちの希望なの。香苗ちゃんにもしものことがあったら、みんなが絶望する」

無理な注文だと一笑に付すのは簡単だった。

だが無理な注文をされるだけの信頼を持たれていると考えれば、拒否できる願い事ではなかった。それを叶《かな》えてやるのも、また償いの一つなのだろう。

犬養は無言で頷《うなず》くより他になかった。

病室を出た犬養はすぐに携帯電話の通話可能エリアまで移動して麻生を呼び出した。

『娘の見舞い中に掛けてきたところをみると急用らしいな』

「班長。被害少女の母親はブログを開設しています。犯人がそのブログを通じて母娘の存在を知った可能性があります」

『何だと。あの母親、そんなことはひと言も言ってなかったぞ』

「今やツイッターやらブログやらはごく一般的なツールになっていますからね。自分のアップした文章なり写真なりが全世界に公開されていると自覚している人間ばかりじゃありません」

『ああ、そいつは同感だな。自分の犯罪行為まで嬉々《きき》として投稿する馬鹿が目白押しだ。お蔭で警察の留置場はどこも満杯状態だからな』

事情聴取した限りでは、綾子は人並みに慎重な性格と思えた。だが娘の闘病生活をブログで公表していたのはいただけない。ブログを個人的な日記だと勘違いしている者が多いが、あれは全世界に向けた個人情報と主義主張の垂れ流しだ。どこの誰が悪意を持ち、悪事に利用するか分かったものではない。

「とにかく特捜班にもこのネタを伝えておいてください。これは使えます」

最後の言葉で麻生も理解したようだった。長年の付き合いというのは、こういう時に効いてくるから有難い。

『そういうことか。分かった。伝えておく』

会話を終えてから、犬養は駐車場に向かう傍ら、スマートフォンでネット検索を始める。検索ワードは「闘病日記　記憶障害」。

該当のブログはすぐにヒットした。『香苗とわたしの365日』。プロフィール欄には驚いたことに〈月島綾子〉の本名が記載されている。

迂闊な母親だ、と心中で詰《なじ》る。記事の中身を吟味し、名前と照らし合わせればおおよその住所は判明してしまう。闘病記録の過程で通院日を記載すれば、これまた次回通院日の予測を立てられてしまう。つまりブログを読み込んでいけば、通院日を狙って母娘を尾行するのも可能だということだ。

車内に落ち着いてからブログを読み始めた犬養は、いつしか記事の内容に引き込まれていった。

ただの闘病日記ではない。

それは告発の文書でもあった。

矢来町の月島宅に着くと、先に長瀬と鍋島のコンビ、それから明日香が待機していた。

長瀬は居間の中に入って来た犬養の姿を認めると、一瞬ばつの悪そうな顔をした。

「まさか母親があんなブログを書いていたとはな。初動時に確認洩れがあったのは否めない」

犬養が長瀬へ気軽に話し掛けられるのも、自らのミスをミスとして認める美点があるからだ。捜査畑のエリート集団である特捜班において、長瀬のように謙虚な男は貴重な存在だった。

「お前のことだ。洩れがあっても、どうせすぐ塞いでいるんだろう?」

「サイバー犯罪対策課にはもう話を通しておいた。ブログに寄せられたコメントで、これはと思う投稿者のIPアドレスを追跡させる」

「でも、そのコメントの数が半端じゃないんだよな」

パソコンに齧《かじ》りついていた鍋島がこぼす。

「なかなかに読者数の多いブログだ。誘拐事件の起きる前でもアクセス数は二千件近く。事件報道後は一気に五千件以上になった」

「アクセスだけで五千か」

「コメントは三千五百件だ」

三千五百件。仮にその中に犯人が紛れ込んでいても、見つけるには相当手間が要るだろう。

そこに綾子が入って来た。悄然《しょうぜん》と頭を垂れているのはブログの件で長瀬たちから叱責《しっせき》を受けたからだろう。

「あの……色々とご迷惑をおかけしているようで申し訳ありません」

「迷惑なんてとんでもない」

いち早く擁護に回ったのは明日香だった。

「綾子さん、悪気があってブログを書いていた訳じゃないんですから。拝見しましたが、同じ女性としてすごく勇気づけられる内容です。アクセス数が多くなったのも、事件への関心より、その内容が心を打つからだと思います」

この熱の入り方は本心からなのか、それとも社交辞令なのか。女心の読めない犬養には判然としないが、綾子のブログが広く女性の心を摑む内容だという点は同意できた。いや、あの内容であれば老若男女の別なく読者を獲得できるだろう。

表題『香苗とわたしの365日』に偽りはない。香苗が記憶障害に陥り始めてから症状が深刻になり、失われていく記憶と絆《きずな》、それに立ち向かい必死に娘を引き戻そうとする綾子の孤軍奮闘ぶりが、冷静な筆致で綴《つづ》られている。母娘の闘病日記としてはこれだけでも充分に読み応《ごた》えがある。

だがブログが開設されてから間もなく、日記は俄然《がぜん》犯人捜しと告発の様相を呈し始める。

香苗の症状は複数の医師に診せても原因が今一つ分からなかった。綾子は香苗と似た症状を示す患者が他に存在しないか、ネットや口コミを介して懸命に探し回る。そして辿り着いたのが〈全国子宮頸《けい》がんワクチン被害者対策会〉のホームページだった。

子宮頸がんのほとんどはヒトパピローマウイルスの長期感染によるものだ。世界中では年間約五十三万人、日本では約一万人が発症している。この発症を未然に防ぐのが子宮頸がんワクチンであり、日本国内でも数社から販売されている。予防接種は三回、費用の合計は四万から五万と高価であったため、当初はあまり普及しなかった。

予防接種が爆発的に普及したきっかけは厚労省の肩入れだった。厚労省は平成二十二年度からワクチン接種緊急促進事業を実施し、子宮頸がんワクチンを含む対象ワクチンの接種事業に助成金を支給したのだ。

この助成金つき接種事業に各市町村が飛びついた。接種の対象者である小学六年生から高校一年生に相当する女子は無料もしくは低額で接種が受けられるようになったのだ。平成二十五年四月からは予防接種法に基づく定期接種として続けられている。

だが、このワクチンを接種した少女たちから発熱やアナフィラキシーショックを含めた症状が発現し始めた。その数、平成二十五年三月までに約千二百件。うち百件ほどが障害の残る重篤なものだった。そして平成二十五年三月に被害者少女の保護者たちによって〈全国子宮頸がんワクチン被害者対策会〉が発足する。

「香苗の記憶障害も思いつく原因はそれしかなかったんです」

綾子は犬養たちを前に語り始める。

「去年の四月、区の保健センターから案内が届いたんです。子宮頸がんワクチンが定期接種になったので高校一年生までに必ず接種してくださいと書かれていました。ウチは母子家庭なので公費で接種ができるというのは有難い話だったんです。その予防接種を受けてからは何のクスリも投与してないのに、それから五ヵ月後に記憶障害の症状が出始めたんです」

「お医者さんには相談されたんですか」

明日香が半ば憤然と問い掛ける。

「もちろん、症状が出て、すぐに診せました。七軒回りました。でも、どのお医者さまもストレスが原因だろうと仰《おっしゃ》るだけでした。ある神経内科の方には詐病《さびょう》ではないかとも言われました」

「ひどい……」

「ワクチンのせいだとあなたが騒ぐから余計に治らないんだとも言われました。全国で大勢の人が被害を訴えているのに製薬会社は因果関係を認めようとしません。促進事業を推進した厚労省も、自治体に接種を積極的に勧めることには中止を求めている一方で、定期接種を継続しています」

これについては犬養も道すがら確かめていた。今年一月、厚労省の予防接種・ワクチン分科会副反応検討部会と薬事・食品衛生審議会医薬品等安全対策部会安全対策調査会が合同会議を開き、ワクチン接種後に発現した様々な障害に関しては「心身の反応により惹起《じゃっき》された症状が慢性化したものと考えられる」と結論づけている。

だが犬養自身は、その結論が多分に政治的判断に基づいたものではないかと怪しんでいる。何故ならワクチンの製造元である製薬会社がTPP（環太平洋パートナーシップ）の推進企業に名を連ねているからだ。TPPを推し進める政府としては、その推進企業に対し薬害訴訟でも起こされては敵《かな》わない。現状は知らぬ存ぜぬを決め込もうとするのが妥当な判断だろう。

「予防接種の案内を出した保健センターにも行きましたけど、まるで取り合ってもらえませんでした」

明日香は何も言わず、ただ唇を真一文字に締めている。

保健センターの取った態度は確かに冷たいが、役所の対応としては理に適《かな》っている。厚労省の推進している事業に異議申し立てをするような自治体は稀少《きしょう》であり、そもそも因果関係の立証されていない薬害の訴えに真摯《しんし》に対応するはずがない。

「でも、そうした日々をブログに綴っていたら、全国から励ましのメールや、同じような被害に遭われている人たちからの連絡もいただきました。中にはお子さんを亡くされたお医者様もいらっしゃいましたが、とても香苗の病状を気遣ってくださったんです。それがわたしには何よりの支えになりました。だから、ずっとブログを続けていたんです」

ブログを開設した動機にも経緯にも賛同できる。沙耶香が病床の身であることが手伝っているのかも知れないが、どこかの似非《えせ》人権団体の起こす市民運動のような胡散臭《うさんくさ》さは微塵《みじん》もなく、綾子の思いが真摯であることが文面から伝わってくる。

だが真剣な思いほど悪用され易い。犬養は綾子への同情をいったん遮断し、刑事としての質問に立ち返る。

「そのうち、わたしが取り纏《まと》め役になってワクチン被害の集団訴訟を検討するようにまでなりました。これには被害者対策会からも連携していただけるとのお話がありました。すると、またブログを閲覧される方が増えたんです。やっぱり世の中は捨てたものではありません」

「その中に綾子さんや香苗さんを中傷するようなコメントはありましたか」

「さあ……最近はコメントが本当に多くなって、申し訳ないのですがその一つ一つにまで目を通すことができなくなっているんです。あのう、もしブログが捜査の邪魔になるようでしたら、事件が解決するまではお休みさせていただいても……」

「いや、それには及びません」

犬養がそう言うと、他の三人の刑事たちは一様に目を剝《む》いた。

「犬養、それはどういうことだ」

顔色を変える長瀬を手で制して、犬養は言葉を続ける。

「我々としてはむしろブログの継続をお願いしたいと思っています。それもできれば毎日更新していただければ有難い」

「それで……構わないんですか？　今は香苗がいないので、皆さんから情報を募ることしか書けないのが残念ですけど」

「一つお願いがあります。ブログをアップする直前、我々に内容を確認させて欲しいのです。捜査上、機密にしておかなければならない事項もありますので」

すると長瀬と鍋島は納得顔で頷いた。一方、明日香はじろりと非難の目を犬養に向ける。

「ええ、わたしは結構です。とにかく少しでも香苗の居所を掴む手掛かりが欲しいものですから……あら、すみません。わたしったらお茶を出すのも忘れて。少し待っててくださいな」

そう言って綾子は台所に消えた。途端に明日香がこちらに食ってかかってきた。

「おとりに利用しようっていうんですか、あの人を」

「そうだ。今回の犯人はブログを通じて月島母娘の存在を知った可能性が高い。俺も読んでみたが、ブログの中身を丹念に拾い上げていけば母娘の行動パターンが予想できる。おまけにターゲットは記憶障害だから接触しても証言できない。母娘に無関係な第三者でも容易に狙える」

「でも」

「身代金を要求するにしろ母親に連絡するにしろ、直《じか》に接触したり電話でやりとりしたりするより、ブログを介する方がはるかに安全だ。連絡を取るつもりがなくても、ブログを覗けばこちらの状況がある程度把握できる。いいことずくめじゃないか。俺が犯人なら必ず閲覧する。それなら逆にブログを利用して犯人を煽動《せんどう》するのも一つの手段だ。もちろん人質の安全が最優先だが、犯人と繋がっている貴重な糸を無駄にする法はない。それとも犯人を炙《あぶ》り出すのに、他に何か代替案はあるのか」

犬養の論理が正しいと悟ったのか、明日香は悔しさを滲ませて黙り込む。

長瀬と鍋島は目配せをしてからパソコンの前に陣取る。小声で話し合っているのは、犯人の興味を引きそうな模造記事についてだろう。

後は長瀬たちに任せておけば大丈夫だ――そう判断して「行くぞ」と明日香に声を掛ける。犬養にはまだ別の仕事が待っている。

「犬養さんの検挙率がずば抜けて高い理由が今、分かりました」

明日香は皮肉を隠そうともしない。

「男の考えを見抜ける特技だけじゃなく、被害者家族までも平然と道具に使えるからなんですね」

犬養もそろそろ刺々しい物言いが鼻についてきたので、反撃に出る。

「そんなに検挙率が気になるなら君もそうすればいい。捜査に私情を持ち込まないと言ったのは君の方だろう」

「検挙率は特に気にしていません」

「だったら刑事なんてやめてしまえ」

珍しく尖った言葉に、長瀬がぎょっとして振り向いた。

「同じ公務員でも決められた仕事をのんべんだらりとこなして給料もらえる役人とは訳が違うんだ。肩書も頭の出来も性格の善し悪しも関係ない。犯人を挙げた数だけが刑事のステータスだ。犯人を挙げるためなら使える手段は何だって使う。それが間違いだというのなら、検挙率以外の要素を考課で重視してくれと刑事部長辺りに直訴するんだな」

口に出してしまってから、言い過ぎであるのに気がついた。ちらと後ろを見れば明日香は憤怒を顔中に溜め込んでついてくる。

どうして女相手には気の利いた言い回しができないのか。犬養は己の無粋さに絶望する一方、今回のパートナーに彼女を指名した麻生を呪った。

「あら、もうお出掛けなんですか」

盆を抱えた綾子とちょうど鉢合わせになった。

「すみませんね、奥さん。我々は元々別働隊でしてね。それよりお伺いしたいことがあります」

「何でしょうか」

「先ほどの話に出てきた、子供を亡くしたお医者さんのことです。そのお医者さんの連絡先は分かりますか」

綾子がブログを通じて知り合った医師は村本隆《むらもとたかし》といい、根津《ねづ》神社の近くに小児科を開業していた。

4

台東《たいとう》区谷中《やなか》二丁目。この辺りは続く根津・千駄木《せんだぎ》とで通称〈谷根千《やねせん》〉と呼ばれ、震災や空襲の被害がなく大規模な開発が行われなかったため、昔ながらの古い街並みを今に伝えている。

目的地に向かう車中、明日香は助手席から疑問をぶつけてきた。

「どうして、その村本医師に話を訊きに行くんですか。ただ、綾子さんのブログに同調を示しただけの人じゃないですか」

「彼女の敵を知りたい」

「敵？」

「あの人は純粋に娘のためを思ってブログを綴っているだけかも知れん。しかし結果的には製薬会社を告発する運動になっている。そうした運動には必ず反対勢力が存在する」

「その反対勢力が香苗ちゃんを誘拐したというんですか」

「未だ月島家には身代金の要求がない。元々、莫大《ばくだい》な身代金を払える家庭でもない。金銭目的でないとしたら、考えられる目的は加害あるいは猥褻行為。だが母親が社会告発しているとなると、また別の動機が浮かび上がってくる」

「告発の妨害……」

「現に今、月島母娘に寄せられているのは同情と心配だ。子宮頸がんワクチンに対する批判は鳴りを潜めている。娘を人質に取られて、この上、もし製薬会社を非難するのは慎めと犯人から要求されたら、あの母親がそれを突っぱねると思うか」

「でも、たかがそんなことのために誘拐なんて。割に合いません」

「そうか？　業界と自分の保身を図る、既得権益を護る。そのためなら女の子一人攫って軟禁することなんか屁とも思っちゃいないひとでなしは、どこにでもいくらでもいるぞ」

「医療に携わる人間でも、ですか」

「仕事で人を見るな。医者の中にもろくでなしはいる。そういうのを偏見というんだ」

明日香はまたも非難の目をこちらに向ける。刑事の中にもろくでなしはいる、とでも言いたそうな目だ。

「彼女に賛同したというのなら、きっと子宮頸がんワクチンの接種には否定的な立場を取っている医者だ。厚労省と製薬会社が牛耳っている世界じゃあ少数派だろうな」

「それが何か？」

「声の小さい人間は往々にして慎重だ。そして慎重な人間は、自分たちの敵を知悉《ちしつ》している――

不忍《しのばず》通りから二つ裏筋に入ると、目的の医院はすぐに見つかった。〈むらもと小児科医院〉の看板が掲げられた平屋建てのこぢんまりとした建物だが、周りの風景とは溶け合っている。奥の方に見える別棟はおそらく居宅部分だ。

中に入ると消毒液に混ざって、微かにミルク臭さが鼻を衝く。小児科独特の臭いだろう。診察室の方からは子供の泣き声がわんわんと響き渡っている。

「痛いーっ。嫌だあっ、嫌だあっ」

そう言えば捜査目的で小児科を訪れたことはない。最後に来たのは沙耶香がまだ八歳の頃だったのを思い出し、犬養は少しばかり感慨に耽《ふけ》る。

受付で来意を告げる。事前に連絡は入れているが、診察が終了するまで待っていてくれという。仕方なく待合室の長椅子に腰掛けると、明日香は犬養と距離を取って座る。あからさまな嫌い方がいっそ清々《すがすが》しい。

「お待たせしました」

二人の前にやって来たのは三十代後半に見える小柄な男だった。時代後れの黒縁眼鏡を掛け、朴訥《ぼくとつ》な佇《たたず》まいをしている。なるほど、こういう風貌《ふうぼう》なら小さな患者が怯えることもあるまい。

「村本です。ウチは応接室がないので診察室でお話を伺うことになりますが……」

「結構です。参りましょう」

先刻の子供の泣き声で診察室の防音性能は確認できた。よほどの大声を出さない限り、中での会話は秘密が保てる。内密の話をするにはうってつけだ。

診察室の中は、初めて入ったにも拘《かか》わらず既視感を呼び起こした。子供の気を引くための人形やテレビアニメのポスター。沙耶香を連れて入った診察室も似たような雰囲気だった。

「お話は月島綾子さんについてでしたね。月島さんとはブログを通じてやりとりをしているだけで、実際にお目にかかったことはありませんが、そんなわたしの話でも何かの役に立つのですか」

「聞いたところによると、先生もお子さんを亡くされたとか」

「娘です。生きていれば香苗ちゃんと同い年ですよ。月島さんからお聞きになったのならご存じでしょうが、娘も広義の意味では子宮頸がんワクチンの犠牲者でした」

「こういうのは副作用ではなく副反応と言うらしいですね。しかしワクチンの副反応で死者が出たというのは初耳です」

「直接の死因が副反応ではないからですよ。美咲《みさき》は……娘はワクチン接種後に四肢の機能障害を起こしました。テニス部で活躍していましたから口惜しかったと思います」

村本の話によれば、四肢に痛みが走っても部活動を休みたくなかったらしい。無理をして登校していたが、陸橋の階段を下りる際に足を踏み外し、道路まで転落したとのことだった。

「足を踏み外したのは、その時に機能障害が起きたからです。それはおそらく間違いない。しかし、足を踏み外したこととワクチン接種との因果関係は立証できません。美咲の死亡診断書には、直接の死因として脳挫傷《ざしょう》と記入されました」

「奥さんも気を落とされたでしょうね」

「家内は美咲を産んでから間もなく亡くなりました」

淡々とした物言いが胸に響いた。それでも犬養は質問を続ける。

「月島香苗ちゃんが行方不明になった事件はご存じですよね」

「ええ、ニュースで見てから慌てて月島さんにコメントを送りました。わたしができることといえばそれくらいで……あ」

村本は、はっとして犬養の顔を見る。

「ひょっとして、わたしは容疑者になっているんですか？」

「いえいえ、そうじゃありません。先生にお伺いしたかったのは月島さんの敵対者についてなんです」

「敵対者？」

「もっとはっきり言ってしまえば月島綾子さんに恨みを抱く者、あるいはその社会的な活動を妨害しようとする者」

そう告げると、村本は口を窄《すぼ》めて頷いた。

「つまり月島さんの子宮頸がんワクチン被害に対しての反対勢力、という意味ですか。

しかし、それで子供一人誘拐するというのは、あまりにリスクが高いような気がします」

真横で明日香が浅く頷く。

「幸か不幸か香苗ちゃんは記憶障害に陥っていますから、顔を見られても構わない。殺害する必要もない。頃合いを見計らって解放しても手掛かりはなし。全く都合のいい完全犯罪です」

犬養はずいと身を乗り出す。

「もし完全犯罪が約束されているとしたら、悪意ある者は容易に犯罪に手を染めるとは思いませんか？」

途端に村本と明日香の目の色が変わった。

「お分かりいただけますか。香苗ちゃんは人質としてはこの上なく理想的な存在なのですよ。わたしがリスクを度外視する理由をご理解いただけますか」

「確かに……誰も見ていなければ、落ちているカネをポケットに入れる者も多いでしょうね」

「そこで先ほどの質問に戻ります。現状、月島綾子さんの活動を封じたいと思っている団体、あるいは個人は存在しますか」

明日香は半信半疑の体《てい》で村本の口元を凝視している。まさか、そんなことは有り得ないという目だった。

しばらく考え込んでいた村本が徐《おもむ》ろに口を開く。

「何年か前に起きた薬害エイズの事件を憶えていますか」

「ええ」

「あれも最初の被害報告は数人だけでした。もちろんちゃんとした対策会などの組織がある訳じゃなかった。それでも報告例は日を追うごとに増加し続け、やがて横の繋がりができ、原告団を結成して訴訟に至ります」

そこから先は誰もが記憶している。非加熱製剤を製造・販売していた当時のミドリ十字（現在の田辺三菱《たなべみつびし》製薬）と化学及血清療法研究所、輸入販売していたバクスターと日本臓器製薬、バイエル薬品、そして非加熱製剤を承認した厚生省が提訴された。民事では和解が成立したものの、刑事ではミドリ十字の三被告に実刑判決、厚生省官僚であった関係者には有罪判決が下された。

「製薬会社と厚労省と医師。このトライアングルの癒着は今に始まったものじゃありません。だからこそ、彼らは薬害エイズの轍《てつ》を踏むものかと思っています。そのためにできる最善の方法は、まず被害者たちの声を圧殺することでしょうね」

村本の穏やかな顔がわずかに歪む。

「薬害エイズの時、最初の報告例を徹底的に握り潰し、被害者一人一人を確実に口止めしておけば、厚生省・製薬会社・医師を巻き込む訴訟にはならなかった……一部の関係者は今でもそう考えています。そういう輩《やから》にすれば、ブログの闘病記録で世間の耳目を集め、今まさに子宮頸がんワクチン被害の象徴にならんとしている月島さん母娘の存在は脅威でしょうね」

「具体的には、どこの誰ですか」

「いささか陰謀説のような話になりますが、ワクチン製造会社と厚労省経済課に勤務する何人か。厚労省は概して製薬業界の監督官庁であるにも拘わらず、この経済課という部署は言わば製薬業界を育成するポストで業界寄りの傾向があります。それでなくとも製薬会社というのは厚労省の天下り先ですからね。ただ、彼らが組織立って香苗ちゃんを誘拐して月島さんの行動を妨害するというのは、いくら何でも荒唐無稽《こうとうむけい》に過ぎますよ」

「それはその通りでしょう。では逆に荒唐無稽ではない相手はどうですか。たとえば月島さんのブログに過敏に反応している個人。たとえば問題の製薬会社と濃密な関係にある医療従事者」

「……どうして、それをわたしに？」

「月島さんのブログを読んでいると、ワクチンの定期接種に賛同されているお医者さんは非常に多いですね。被害者である女の子がどれだけ心身の不調を訴えてもストレスのせいと決めつけていらっしゃる。中には元々何の関係もないから、ワクチンを打ったこと自体忘れてしまえと患者を叱りつける先生までいらっしゃる。傍《はた》から見れば、まるで何かが露見するのを怖れ、必死に蓋《ふた》をしようとしているかのようです。否定的なお医者さんはまだまだ少数派みたいですね」

「否定的な者は数が少ないのではなく、声が小さいだけかも知れない」

「なるほど。ただ、いずれにしても声を潜めている人からは大声で喋っている人が殊更《ことさら》目につくものです。村本先生。あなたはお子さんを間接的にではあるが子宮頸がんワクチンの副反応によって亡くされた。つまりワクチンの定期接種に否定的な立場だとお見受けします」

「だから、わたしには大声で喋っている者の姿が見えるのだと？」

村本はそう言って腕組みをする。心当たりがないのではない。心当たりを口にしていいものかどうかを躊躇《ためら》っているのだ。

しばらく逡巡《しゅんじゅん》した後、村本はおずおずと話を再開する。

「まあ……これは本人も公の場で発言していることだから構わないでしょう。刑事さん、日本産婦人科協会という団体をご存じですか」

犬養と明日香は同時に首を振る。

「公益社団法人の一つでその名の通り産婦人科医の協会なのですが、そこの槇野《まきの》会長という人物が子宮頸がんワクチン定期接種の旗振り役を務めています。婦人科医の立場からすれば子宮頸がんを予防するワクチンというのは非常に有望ですから、これを普及させることに並々ならぬ意欲を示します。従って、当然ワクチン副反応が社会問題となることに一番神経質になっています。現に最近の講演でも、月島さん母娘を詐病ビジネスなのではないかと名指しで非難しています。月島さんを攻撃している個人としては、この人が最右翼でしょうね」

「詐病ビジネスとは、また思い切った言い方をしますね」

医者というよりは行儀の悪い政治家の物言いだと思った。

「娘の回復を祈る母親というイメージを覆すには、カネの論理ですり替えるのが一番効果的ですから。救いなのは当の月島さんがそういった誹謗《ひぼう》中傷に耳を貸さないことです。中傷合戦になってしまえば、どうしてもマスを味方にしている産婦人科協会が有利になります。多勢に無勢というヤツですよ」

「つまり槇野会長は月島さんに無視されている恰好なんですね。因《ちな》みに、その槇野会長はどこにお住まいなんですか」

「詳しくは知りませんが、確か首都圏にご自宅があると小耳に挟んだことがあります」

産婦人科協会会長。そんな大層な肩書を持った人物が十五歳の少女を誘拐する――噴《ふん》飯《ぱん》ものの話だが、では肩書ではなく立場で考えればどうか。ワクチン禍《か》を訴訟事にまで発展させたくないのであれば、更に槇野会長自身が利権に絡んでいるのであれば、その仮説は本当に噴飯もので済まされるのか。

頭の中で数々の可能性を思いついては打ち消していると、村本が表情を曇らせた。

「実際、槇野会長が月島さん母娘を詐病呼ばわりした時は、わたしも義憤に駆られたものです。いや、これは私憤と言った方が正しいのかな。実際に自分の子供が運動障害や記憶障害に陥った親にしてみれば、詐病のひと言で片づけられることがどれだけ口惜しくて憤懣《ふんまん》やる方ないことか。あの人はそういうことを想像すらしていない。同じ医師として、そして人の親として納得がいきません」

「槇野会長以外に心当たりのある人物はいませんか」

村本はゆるゆると首を横に振る。

「確たる動機がある、といった点では彼だけです。もっとも最近は確たる動機もないのにとんでもない犯罪に走る人たちがいますから、どれだけ参考になるか分かりませんけれど」

後半部分の話は犬養を暗澹《あんたん》とした気分にさせた。強盗や殺人もさることながら、最近の犯罪はごく一般の市民が突然犯罪者に変貌《へんぼう》する傾向がある。しかも本人たちには加害者意識が極めて希薄だ。盲導犬を刃物で刺す。盲学校の生徒を後ろから蹴《け》る。いずれにしても悪辣《あくらつ》で赦《ゆる》し難い所業だが、本人たちにさほどの悪意はない。その悪意のなさが却って薄気味悪い。

村本の指摘は容疑者の範囲をおそろしく拡大させるものだ。もちろん捜査する側として無視できないが、徒《いたずら》に捜査範囲を拡げても捜査員の疲弊を生むばかりで核心に近づけない。

「刑事さんもお気づきでしょうが、月島さんのブログを閲覧して感動し賛同する方がいる一方、その運動を揶揄《やゆ》し、香苗ちゃんを愚弄《ぐろう》する匿名の人間が存在します。そうした有象無象《うぞうむぞう》の中の一人が軽い気持ちで香苗ちゃんを誘拐したとしても、全く不思議ではないのですよ」

診療所を辞去してからも薄気味悪さは纏わりついて離れなかった。大した動機を持たぬ第三者の犯行――可能性としては頭の隅に残していたが、いざそれを他人の口から表明されると困惑と鬱陶《うっとう》しさが募る。横を見れば明日香も表情を不快に曇らせている。

ふと村本のこぼした喩《たと》え話が甦った。

『誰も見ていなければ、落ちているカネをポケットに入れる者も多い』

もし誘拐された香苗が健常者であれば、自ずと犯人の行動は制限される。人質を殺害するのならその作業と死体の処理に手間暇が掛かる。人質を生かしておくなら、犯人や場所の特定ができないように情報を遮断しておく必要がある。どちらにしても多大な労力を要求される作業だ。

だからこそ、よほどの動機を持つ者でなければ犯行に手を染めることはない。だが今回の場合、誘拐されたのは記憶障害を患った少女だ。人目から遠ざけるにしても、また犯人や場所を特定されなくするにしても労力は要らない。始終横にいても顔を覚えられることはない。それこそ「誰も見ていない」のと同じだ。

ブログを閲覧し、多くの称賛を集めている月島母娘に反感を抱き、ほんの嫌がらせのつもりで香苗を誘拐する――ひと昔前なら一笑に付されていた話が、今や現実味のある可能性として横たわっている。

「ひどい世の中ですよね」

明日香がぽつりと洩らす。ちょうど同じことを考えていた犬養は、ぎょっとしてそちらを見る。

「自分より弱い者、本当は社会で支えていかなければならない立場の人を平気で詰り、攻撃の対象にする……もし香苗ちゃんを誘拐した犯人がそんなヤツだったらと思うと、ちょっと冷静でいられなくなります」

「誘拐が単なる営利目的である方が腹も立たないか」

「罪状は同じでも、印象がずいぶん違います」

明日香は腹立ちが収まらないのか、いくらか饒舌《じょうぜつ》になっている。

「たとえばDV（ドメスティック・バイオレンス）にしてもリベンジ・ポルノにしても、罪状はただの傷害罪や名誉毀損《きそん》罪ですが、被害者にしてみれば罪状以上に傷つけられ怯えているんです。今の法律は弱者に対する配慮が充分じゃありません。あくまで強者の目線で作られた法律のように思えます。もし今回の事件が、悪ふざけや出来心の延長に計画されたものであっても、極刑に処すべきですよ」

「あんまり穏やかじゃないな」

「犬養さんは悪意の自覚がない馬鹿たちを援護するんですか」

「援護も攻撃もしない。俺たちはただ犯人を追うだけだ。物的証拠を揃えて犯人を確保し、調書を作成したら送検する。後の仕事は検察の領域だ」

「割り切っているんですね。さすが検挙率ナンバー1」

明日香は白けたように言う。

よほど言い添えてやろうかと思う。仕事に私情を持ち込まないためには割り切りが必要だ。しかし、割り切ったからといって情熱がなければ犯人を追う原動力が不足する。犯人を憎み被害者の無念さに思いを馳《は》せなければ、疲れて重たくなった肉体に鞭《むち》打つこともできない。検挙率の高さはそうした執念と比例するのだ。

明日香は明らかに犬養を色眼鏡で見ている。同じ事件を追うパートナーとしては問題がある。だがその誤解を解く努力が、また鬱陶しい。そんな余力があるのなら捜査の方に注入したい。

司法不信と誤解とわだかまりを乗せたまま、クルマは捜査本部に向かった。


「選りに選ってとんでもないタマを持ち出してきたな。日本産婦人科協会の会長だと？」

報告を受けた麻生は迷惑そうな目で犬養と明日香を睨《にら》んだ。

「いくら被害者母娘に恨みを持つ者が見当たらないといっても、そりゃあ半分こじつけみたいなものだろう」

「俺もそう思います」

「ほお、あっさり引き下がるか」

「こじつけの感があるのは否定できませんから。しかし可能性を無視できないのも事実です。月島綾子が沈黙すれば、少なくとも子宮頸がんワクチンを普及させようとする連中は枕を高くして眠れます」

「対象が記憶障害の少女でリスクが小さいから、誘拐なんていう重大犯罪にも抵抗が少ない……その意見にも一理あるが、どうにも目的と犯罪行為のバランスが取れていない。眉唾《まゆつば》ものだな」

「眉唾ものでいいですよ。忘れないでいてくれれば」

「それはそうと特捜の連中は、ちゃんと罠《わな》を仕掛けたのか」

「我々が退出する時には長瀬と鍋島が額を寄せ合っていましたからね。今頃は母親を巻き込んで作文の真っ最中でしょう」

結果的にブログの読者も欺くことになるが、娘を無事に救出するためには綾子も協力を惜しむまい。何より現時点では犯人を釣り上げる唯一の糸だから、これを利用するしかない。

「まだ、手掛かりはありませんか」

「ない」

麻生は吐き捨てるように言う。

「現場付近に設置してあった防犯カメラの映像を隈なく解析したが、犯人らしき人物はおろか被害少女の姿も映っていなかった。所轄の捜査員が地取りに回っているが、未だ目撃証言は得られていない」

「犯人が事前に現場を下見した可能性はあるでしょう」

「事件前日の証言を集めても怪しい人物は浮上していない。あの辺りはほとんどが客商売だから、それらしき風体《ふうてい》の人間がうろついていたなら誰かが目に留めたはずだ。だが、それがない」

するど考えられるのは二つ。犯人はよほど目立たないように行動したか、あるいは土地鑑があった者ということだ。

八方塞《ふさ》がり。麻生がブログに仕掛けた罠を気にするのも道理だ。目下のところは、そのブログに犯人がアクセスして何らかの証拠を残してくれるように祈るしかない。

「自宅にはサイバー犯罪対策課の連中も乗り込んだ。今、過去に投稿されたコメントを逐一洗っている最中らしい」

鍋島の話によればコメント数は三千五百件に及ぶ。その一件一件を全て読み込んでからIPアドレスを辿る。考えるだに気の遠くなるような話で、連中の苦労が思いやられる。

「ブログ主《ぬし》たる母親はいちいちコメントを読んでいないだろうな、あの数じゃ」

「班長は読んだんですか」

「ざっと読んでみた。激励の内容が七割、あとの三割が誹謗中傷ってところだな」

麻生は不味《まず》いものを舌に載せたような顔をする。

「いつも思うことだが、どうして匿名になった途端、人間というのはあそこまで醜くなれるのかね。およそ下劣な人間が考えつく限りの悪態を吐《つ》いていやがる。あの母親がそういうコメントを読んでいなけりゃ幸いだ」

麻生のように長年犯罪捜査に携わった人間ですら、ネットの悪意には慣れないらしい。日常に隠れた昏《くら》い怨念《おんねん》。社交的な笑顔の裏に潜む残虐性。

それらが何かの拍子に表出して、こんな犯罪に結びついた可能性は捨て切れない。ちらと頭を掠《かす》めた犯人像に犬養は身震いしそうになった。

二　確執

1

三月十三日、午後五時三十分。

九段《くだん》女子学園の校門は、帰宅する生徒で溢《あふ》れ返っていた。部活動で残る生徒も多いが、帰宅する者も同じくらいいる。

栗田美鳥《くりたみどり》は校門の傍らでじっと彼女を待っていた。学級委員の彼女は今日も担任に呼ばれて、ホームルームの進め方を協議している。待ち合わせの時間と場所を決めたのはそのためだ。

約束の時間から二分が過ぎた。

美鳥は人待ちをするのが苦ではなかった。むしろ約束の時間より早く来て、待ち人がどんな顔をしてやって来るのかを見るのが好きだった。その相手が彼女なら尚更《なおさら》だ。

三十五分、ようやく正面玄関に彼女が姿を現した。彼女はすぐに美鳥を見つけて悠然と歩いて来る。人を待たせていても決して慌てる素振りなど見せないのが彼女らしい。

そして、待たされても憎めないのがまた彼女らしい。

「お待たせ」

目の前までやって来た亜美《あみ》は何ら悪びれた風もない。

瓜実顔《うりざね》に長い黒髪。華奢《きゃしゃ》で直線的な体形だが貧弱という訳ではない。体操着に着替えると分かるが、全身に無駄な脂肪が一切ついていないのだ。

「先生との話、長引いたの？」

「明日で最後のホームルームだからちゃんとしたいのに噛《か》み合わなくてね」

亜美は白けたように笑ってみせる。他の女の子が同じ顔をすれば嫌みにも見えるだろうが、亜美がすれば大人っぽく見えるのは不思議としか言いようがない。

「あーあ、明日通信簿渡されるんだよなあ。憂鬱《ゆううつ》ったらありゃしない」

「美鳥、三学期頑張ったじゃない」

「それでもさー、C判定が一つでもあったらスマホ取り上げられるんだよね。スマホなかったらもう生きてらんない」

「大袈裟《おおげさ》」

亜美は校門を出て行く生徒の群れを静かに観察している。

「ウチの学校、多いよね、帰宅部」

「まあね、生徒数が元々多いから」

千代田区の児童数は年々減少し、とうとう廃校になった小学校まである。それでも同じ千代田区内の九段女子学園の生徒数が競合する他校より多いのは、お嬢様校というブランドが寄与しているからだろう。偏差値も高く、都内は元より他県からの入学も多い。

「確かにお嬢様学校なんだよなあ」

美鳥が独り言のように呟《つぶや》くと、亜美がこちらを向いた。

「何それ」

「一年も経って今更だけどさ、ホントにウチの生徒っていいトコの娘ばっかりじゃない。父親と言ったら大抵が医者か弁護士か会社社長だもんね」

「美鳥のお父さんだってお医者じゃない」

「あたしんちはただの勤務医。亜美のお父さんとは雲泥の差よ。比べものにもなりゃしない」

「比べものって地位とか収入のこと？　そんなのくだらないことよ」

「それは持てる者の余裕」

「持ってるのはお父さんであって、わたしじゃないわよ」

「同じようなもんじゃない」

「違う」

その言い方がひどく素っ気ないのが少し気になった。

もっとも亜美の素っ気なさはいつものことだった。相手が生徒であろうが先生であろうが、口調も態度も変わらない。冷静さを失わず、常に一歩離れた場所から相手を見ている。一部にクール・ビューティと彼女を評する声があるのも当然だろう。

しかし美鳥だけは知っているのだ。亜美が決して冷淡なだけではないことを。表情のない貌《かお》の下に思いやりが隠れていることを。

最初はとっつき難《にく》い女の子だと思っていた。どこか冷ややかな面立ちと人を寄せつけない雰囲気で、勝手に高慢ちきな女と思い込んでいたのだ。

思い込みだと気づいたのは去年の六月のことだった。

当日の天気予報は午後から雨と告げていたのに、美鳥はうっかり傘を忘れてしまった。降水確率は百パーセントだったのだからうっかりにも程がある。案の定、傘を忘れたのは美鳥だけだった。

校舎玄関で本降りになった外を眺めていると、後ろから声を掛けてきた者がいた。

『帰り道、途中まで一緒だったよね。入っていかない？』

それが亜美だった。二人で一つの傘に入ったのでお互い片方の肩が濡《ぬ》れてしまったけれど、美鳥はその日かけがえのないものを手に入れた。

どうしてもっと早くに話し掛けなかったのかと後悔した。話せば話すほど亜美の魅力は増した。三日もしないうちに彼女こそが生涯の親友だと信じるようになった。

自分でも驚いたのだが、周囲はもっと驚いた。

『どうして選《よ》りに選《よ》って美鳥が、あの女王様と一緒に歩いてるのよ』

『いったい、どこに共通点があるのよ』

『ねえ、あんな人の近くにいて疲れない？』

クラスメートからは口々に非難めいた質問を浴びせられたが、裏を返せば皆羨《うらや》ましがっているのだ。実際、自分と亜美の共通点といえば父親がともに医者というだけで、顔の造作も成績も段違いだった。校内で美少女コンテストでも開催すれば亜美は間違いなくグランプリを取れるだろうが、美鳥は出場資格すら得られないはずだ。成績においては、常に学年上位の亜美に対して、美鳥は中の上辺りをうろうろしている。

美鳥は引き立て役にされてるんだよ、と口さがない者は忠告したが、当の美鳥にそんな自覚は全くない。それどころか二人の性格があまりに違い過ぎるので、惹《ひ》かれ合っているのだと考えている。亜美は万事に注意深いのに、美鳥は後先考えずに突っ走る傾向があるのだ。そんな直情径行の美鳥を、亜美は半ば呆《あき》れ半ば称賛する。

『わたしには、とてもそんな勇気はない』

『亜美はね、いつも考え過ぎなんだよ。たまには感情の赴くままに動けばいいのに』

二人は目白《めじろ》通りを北に進む。この辺りは学校が集中しており、九段女子学園以外にも様々な制服が入り乱れている。

「やっぱりお嬢様学校なんだよねえ」

「また言ってる」

「だってさ、あたしたちの制服ってメッチャ派手じゃない。他の学校と比べると完全に浮いちゃってる」

「いいじゃない。学校内なら全員一緒なんだから」

「そういう視点が既にハイソ。ダメだよ、亜美。自分と世間のズレを認識してないと」

「わたし、そんなにズレてるの？」

「うん。自覚がない分ね」

だから自分が護《まも》ってあげなくては、と思う。世間ズレしていない亜美は見ていて危なっかしいところがある。物に動じない、というのも言い換えれば危険に鈍感だからだ。

学園一のクール・ビューティが、実は世間知らずの臆病者《おくびょう》――クラスの百合好きどもが知れば狂喜せんばかりのギャップ萌《も》え設定だが、生憎《あいにく》これは美鳥だけの秘密だ。こんな美味《おい》しい話を誰が教えてやるものか。

九段下から飯田橋へ。この辺りも高校や中学、そして出版社が賑《にぎ》やかに立ち並ぶが、脇に入るとひっそりと神社や修道院も点在している。二人が向かっているのは白菊稲荷《しらぎくいなり》神社だった。

二年生になっても同じクラスでいられますように――。

近くの神社で願掛けをしようと言い出したのは亜美だった。彼女は今後も自分との仲が続くことを願ってくれている。そのことがこの上なく嬉《うれ》しく、そして誇らしかった。

境内はさほど広くない。拝殿から植え込みが続き、端にトイレが設《しつら》えてある。二月の初午《はつうま》の日には地元住民や商店主、企業関係者が押し寄せて商売繁盛を祈願するが、この時期は参拝客もおらず、今も拝殿にいるのは美鳥と亜美の二人だけだ。

二人は拝殿の正面に立つ。

二拝二拍手一拝。その間に美鳥はありったけの念を込めて祈る。

二年生になっても、いいや、高校生でいるうちはずっと亜美の近くにいられますように——。

やがて頭を上げると、亜美と目が合った。お互い照れ臭そうに笑う。特に亜美のそれは他人が滅多に目にできないものだ。ここでも亜美の秘密を自分が独占しているという優越感が胸を満たす。

境内を出てしばらく歩き、飯田橋駅が向こうに見えた頃だった。

あっ、と亜美が小さく叫んだ。

「ない」

慌てた様子で自分の身体《からだ》を探る。

「さっきだ」

「ねえ、どうしたの」

「神社でスマホ落としたみたい」

「大変じゃない！」

「参拝してたの、わたしたち二人だけだったよね」

言うが早いか、亜美は持っていたカバンを美鳥に押しつけた。

「これ持ってて。今すぐ取って来る」

「落とした場所、分かるの？」

「拝んだ時に落とした。それしか考えられない」

一緒に捜そうか、と美鳥が言い出す前に亜美は駆け出していた。陸上部に所属せずとも、学園で亜美の俊足を知らない者はいない。美鳥の足に合わせて走ったら、おそらく二倍近い時間が掛かるだろう。第一、もう彼女の荷物を受け取ってしまったので速くは走れない。

こうなれば彼女を待つより他ない。大丈夫だ。何事にも失敗しない亜美のことだ。すぐに戻って来るに違いなかった。

三分。

五分。

そして十分。

亜美は一向に現れない。呼び出してみようと思ったが、相手のスマートフォンは境内で失《な》くしたことを思い出す。

やはり捜すのに手間取っているのだろうか。

美鳥は二人分の荷物を抱えたまま、今来た道を戻り始める。神社からは目白通りを一本。まさか行き違うようなことはないだろう。

どうしても二人分の荷物は予想以上に歩みをのろくさせる。来た時の倍ほど時間をかけて、美鳥はやっと神社に戻った。

見渡してみたが拝殿の前に亜美の姿はなかった。

周辺を捜し回っているのだろうかと、美鳥はしばらく境内を歩いてみた。

やはりいない。

植え込み沿いとトイレ、いったん戻って拝殿横と裏手にも回ってみるが、影も形も見当たらない。

スマートフォンが見つかって先に帰ったのだろうか？

いや、自分に知らせもせずに亜美が勝手に帰るはずがない。第一、荷物を自分に預けたままではないか。

「亜美いーっ」

大声で呼んでみる。返ってきたのは風の音だけだった。

そんなはずはないと思いながら、もう一度鳥居の立つ場所から捜してみる。しかし、さほど広くない境内で、どれだけ同じところを巡っても状況が変わる訳ではない。

思い余って社務所を訪ねると中には宮司がいた。

「あの、今ここにあたしくらいの齢《とし》の女の子が来ませんでしたか？　長い黒髪でモデルみたいに痩《や》せた子なんですけど」

「女の子？」

「その子、拝んでいる時にスマホを落としちゃったみたいで、ここに戻って来たんです。宮司さんはスマホ拾いませんでしたか」

「さあて。わしはずっとここで書類整理をしておったが、落とし物の届け出も取りに来た者もいなかったよ」

頭の中で警報が鳴り出した。

美鳥は尚も亜美の特徴を列挙するが、宮司はそんな女の子は一人も来なかったと断言する。

はち切れそうになる不安を抱えて、美鳥は神社を出る。さっき目白通りを戻った時に亜美と行き違うことはなかった。それなら、ひょっとして別の道を通って、ひと足先に飯田橋駅で待っているのではないだろうか。

そこで一本裏手、飯田橋変電所のある通りから雄山閣《ゆうざんかく》ビル前を過ぎて飯田橋駅に到着した。駅の入口は帰宅途中の学生たちとサラリーマンでごった返している。

「亜美いーっ」

人混みの中に分け入り、恥も外聞もなく叫ぶ。何事かと何人かの目がこちらに向けられるが、その中にも亜美の姿は見当たらない。

不安が恐怖に変わりつつあった。

慌てて時刻を確認する。亜美が自分の前から姿を消して、かれこれ一時間近くが経過しようとしている。

自分のスマートフォンを取り出し、亜美を呼び出してみる。もしかしたら亜美は自分のスマートフォンを回収しているかも知れない。

じりじりと胸を焦がしながら呼び出し音を数える。

一回、二回、三回、四回——。

駄目だ。一分ほど呼び続けたが、相手が出る気配はない。

次に亜美の自宅へ掛けてみる。電話口に出たのは亜美の母親、朋絵《ともえ》だった。

「おばさん、あたし美鳥です」

『あら美鳥ちゃん。亜美はまだ帰ってないわよ』

まだ、帰って、ない——。

亜美の自宅は中野《なかの》にある。東京メトロ東西線で飯田橋から中野までは二十分足らず。駅から自宅まで歩いて五分。そのまま真っすぐ帰ったのであれば、とっくに帰着しているはずだ。

「あ、亜美ちゃん、さっきスマホ落としたからってお稲荷さんに捜しに行ったんです。でも、それっきり姿が見えなくなって……」

『えっ、美鳥ちゃんと一緒じゃなかったの？』

「自分一人で捜せるからって、あたしにカバンを預けて……」

『お稲荷さんって、学校近くの白菊稲荷神社のことよね。神社の人には訊《き》いてみたの？』

美鳥はしどろもどろになりながら、自分の辿《たど》った跡を説明する。途中から言葉が上手《うま》く続かなくなった時、自分が半泣きになっていることに気がついた。

ゆっくりと、電話の向こう側で朋絵の声が遠ざかっていく。

どうしたんだろう。あたし、気を失うのかな――。

『警察には行ったの？』

そのひと言でいきなり我に返った。

「ま、まだ行ってません」

『美鳥ちゃん、今どこ？』

事態を把握したのか朋絵の声も切羽詰まっていた。

「あたし飯田橋駅の前にいます」

『待っててね、すぐそっちに行くから！』

そう命じられ、美鳥は駅の入口で立ち竦《すく》んでいた。見慣れたはずの駅の光景がまるで別物のように映る。

突然、その光景が小刻みに揺れ始めた。地震かと思ったが、実際には自分の膝《ひざ》が笑っていただけだった。膝だけではない。肩も、両手も細かく震えていた。

早く来て、おばさん。

あたし、どうにかなってしまう。

一緒に亜美を捜して。

心細さで締めつけられていると、駅の前に赤のフォルクスワーゲン・ゴルフが停《と》まり、朋絵が顔を出した。

「乗って、美鳥ちゃん」

美鳥は助手席に乗り込む。ステアリングを握る朋絵の横顔は心なしか引き攣《つ》っていた。

「あの、あたし亜美ちゃんのスマホ呼んでみたんだけど、繫《つな》がらなくて……」

「わたしも掛けたのよ」

朋絵は正面を向いたまま言う。

「全然繫がらなかった。こんなこと、一度もなかった。電車の中だったとしてもメールで返信する子だったのに」

朋絵は目白通りを学園方向に徐行する。

「美鳥ちゃん、もう一度歩道を見ていて」

そう言いながら、朋絵は運転席から歩道に視線を向けている。美鳥もわずかな可能性に縋《すが》るような思いで反対側の歩道を見やる。

それでも亜美の姿は見つからなかった。

朋絵は学園の敷地内にクルマを停め、職員室に直行した。ちょうど担任の枚方《ひらかた》がおり、朋絵と美鳥の組み合わせに驚いたようだった。

「どうしたんですか、二人揃って」

最後まで亜美と一緒にいた美鳥が事情を説明すると、枚方の表情も次第に強張《こわば》ってきた。

「わたしも捜します」

枚方を加えた三人で再び路上に出る。美鳥と朋絵は神社から、そして枚方は飯田橋駅方向から別の道を辿って亜美を捜すことにした。神社から駅までは目白通りの他に裏筋が二本、その二本を横断する形で大小九つの横道が走っている。三人は手分けして一画ずつ捜し回る計画だ。

各ビルのエントランスに目を向け、店舗に足を踏み入れる。こんな子は来なかったかと店の人間に訊いてみたが、亜美が立ち寄った形跡はどこにもない。一方、駅から捜索を開始した枚方は駅員の目撃情報を聴取したが、学園の制服を着た生徒たちが集団で改札を通過しているラッシュ時であったため、個人の特定はできないということだった。

美鳥はますます恐怖を募らせた。

「あたしが悪いんです」

朋絵の後ろからそう弁解した。

「亜美ちゃんがスマホ取りに行った時、あたしも一緒について行けばよかった。それなのに、一人にしてしまって……」

「馬鹿なこと考えないで」

朋絵はぴしゃりと言った。

「あの子は、自分の失敗は自分で取り返す性格だから。そう躾《しつ》けたのもわたしだから。あなたには何の責任もないわ」

涙が出るほど嬉しい言葉だったが、亜美の行方が分からない今、素直には喜べない。

「美鳥ちゃんにはいつも感謝してるのよ」

「……え」

「あの子、お友達少ないでしょ。家でも聞いているのよ。美鳥ちゃん以上に親しくしている友達はいないって」

「それは、亜美ちゃんが出来過ぎで近寄り難いからです。あたしって、何も考えてないし」

「去年頃かしらね、亜美はわたしや父親にもあまり喋《しゃべ》らなくなってね。学校でもそんな風に心を閉ざしていたらと心配してたけど、美鳥ちゃんだけでもお友達でいてくれてたから安心していたの」

初耳だった。元より亜美は自分の家庭のことを進んで話す方ではなかった。せいぜい、父親の職業を教えて、医者の娘であることのメリットとデメリットを面白おかしく言い合ったくらいだ。

「ちょうどそういう年頃だから、放っておいたわ。親には話せないことでも親友には話せる。わたしにもそういう時分があったしね。だから美鳥ちゃんがいてくれたのは何よりも有難かったの。人間ってね、誰か一人でも話し相手がいてくれたら、そうそう変な方向には行かないようになっている」

「でも、あたし、そんな立派な友達じゃありませんでした」

「また、そういう言い方をする。友達というだけで立派なのよ」

申し訳なさと有難さ、不安と安堵《あんど》が胸の中に混在し、美鳥はもう訳が分からなくなった。

逆方向から捜索していた枚方と出くわしたのは、定食屋の角だった。顔を見合わせるなり、枚方は力なく首を振る。

「駄目でした。彼女を見掛けたという人もいませんでした」

「警察に行きましょう」

朋絵は決然と言い放つ。

「ですが、お母さん……」

「大事になった後で、あの子がひょっこり現れたのならそれはそれで結構です。それよりも、世間体を気にしているうちに手遅れになってしまう方が何十倍も怖いんです」

亜美の父親は地位も名誉もある人物だ。警察の厄介になるのに躊躇《ちゅうちょ》するのは当然だったが、朋絵の決意はいささかも揺らぐ様子がなく、美鳥と枚方は抗《あらが》う術《すべ》を持たなかった。

交番は飯田橋駅の美鳥たちがいる方とは反対側にあった。亜美が行方を晦《くら》ました経緯を説明すると、対応した警官の顔色がさっと変わった。

「本官も神社に行ってみましょう」

捜索願を受理してからの動きが機敏に過ぎたので、美鳥たちは顔を見合わせた。当事者たちの心配はともかく、たかが高校生の女の子一人に数時間ほど連絡が取れないくらいで、警察が熱心に動いてくれるとは予想もしていなかったからだ。

籾山《もみやま》というその警官を伴って、三人は白菊稲荷神社に舞い戻った。社務所を訪れると、さすがに警官を前にした宮司は話し方を変えた。

「こういうビルに挟まれた神社ですからね。祭事以外となるとひっそりしますから、四六時中、わたしが境内にいる訳でもないんですよ」

「宮司さん。この神社に防犯カメラはありますか」

「一台だけ。賽銭箱《さいせんばこ》が映るよう拝殿の上に設置してあります」

「後でデータを提出していただくかも知れません」

籾山警官と共に境内に出て、改めて辺りを見渡す。

「本当に亜美さんの遺留品のようなものは見当たらなかったのですね」

念を押すように訊かれると、たちまち美鳥は自信がなくなってくる。さっきは気が動《どう》顚《てん》したままで捜索していた。冷静な目で見れば、あるいは何か見つけられたかも知れない。

しかし、既に七時を過ぎて辺りは暗くなっている。境内を照らす明かりは充分な光量を持たず、地面は闇の中に溶けてしまっている。

「本人がケータイを持っているのであれば、GPS機能で現在地を特定できますね」

籾山は意気込んで言うと、朋絵の顔が一瞬輝いた。

そういう使い方があるのをすっかり失念していた。やはり自分も朋絵も動顚しているのだと実感する。

「念のため、もう一度本人を呼び出してもらえませんか」

「じゃあ、あたしがやってみます」

美鳥の方に否やはない。それに先刻の朋絵の話を聞けば、母親よりは自分から呼び出した方が本人も出易《で》いのではないかと思える。

早速、呼び出してみる。

コール音が一回、二回。

その時、突然どこからか音楽が聞こえてきた。チャイコフスキー「ヴァイオリン協奏曲」のサビの部分――。

「あの子のスマホです！」

朋絵が叫んだ。

「亜美が着信音に設定しているメロディです！」

そこにいる全員が音の出ている場所を探す。

見つけたのは籾山だった。拝殿の奥に祠《ほこら》が鎮座しており、音はその背後から聞こえていた。着信時のライトが仄《ほの》かにそこから洩《も》れている。そんな場所にあったのでは見つからなかったのも道理だ。

籾山が懐中電灯で照らしながら注意深くスマートフォンを拾い上げた。美鳥と朋絵はゆるキャラのストラップに見覚えがある。間違いなく亜美のものだった。

だが籾山が拾い上げたのはそれだけではなかった。

一緒に置いてあったのだろう。スマートフォンに紙片が重ねてあった。

ライトの光輪に紙面が浮き上がる。

何かのイラストだった。ピエロの扮装《ふんそう》をした男が笛を吹き、その後ろに子供たちが連なっている絵だ。

「絵葉書？　どうしてこんなものが……」

言いかけて美鳥はぎょっとした。籾山の顔が極度に緊張していたからだ。

スマートフォンと絵葉書を交互に眺めながら、籾山はぼそりと呟いた。

「……二人目だ」

2

「今度は飯田橋ですか」

二件目の誘拐事件発生の報を受けた犬養は、すぐに周辺地図を頭の中で展開した。月島香苗が連れ去られた神楽坂と飯田橋は目と鼻の先だ。

「ああ。片や麹町署、片や牛込署の管轄だが、二つの現場は直線距離にして一キロ弱といったところだ。馬鹿にされたもんじゃないか。牛込署が大わらわになって一帯を捜査しているすぐ隣で、二人目を攫《さら》っていきやがった」

麻生は忌々しそうに唇を捻《ね》じ曲げる。

「しかも今度の現場は神社ときた。いったい笛吹き男は神社仏閣にどんな執着があるんだろうな」

笛吹き男というのは、捜査本部の誰かが言い出した誘拐犯の別称だ。残された〈ハーメルンの笛吹き男〉の絵葉書が何を意味するのかはまだ不明だが、犯人を指す符牒《ふちょう》としていつの間にか定着してしまった。

それにしても前回は安養寺、そして今回は白菊稲荷神社。確かに何らかの符合があるのかも知れないが、月島家は無宗教だと聞いている。麻生に呼び出しを食らったばかりでまだ情報が充分ではない。下手な先入観は抱かない方が賢明だろう。

「今回誘拐されたのは誰なんですか」

同じく呼び出された明日香が問うと、麻生は一枚の写真コピーを取り出した。

「家族から一枚拝借してきた。まだ十六歳の女の子だ」

校門の横で女の子が立っている。おそらく入学式の写真だろう。長い黒髪とよく整った面立ちは、華奢な体形と相俟《あいま》って人形のような印象を受ける。

「名前は槇野亜美。九段女子学園普通科一年」

「槇野？」

名前に聞き覚えがあった。明日香も思い出したらしく、犬養の方を振り向いていた。

「まさか父親は日本産婦人科協会の槇野会長ですか」

「そのまさかだ」

麻生は眉間《みけん》に皺《しわ》を寄せた。

「父親は槇野良邦《よしくに》。亜美はその一人娘だ」

「一人娘。父親の槇野氏は何歳ですか」

「今年で六十。だから槇野氏が四十四歳の時に生まれた計算だな」

「つまりこれは、子宮頸がんワクチンの定期接種に絡んで、被害者側と加害者側双方の子供が誘拐されたということになるのか」

「そう……なります」

「理屈に合わん」

麻生は不貞腐《ふてくさ》れたように言う。

「対立関係にある片方だけが狙われるのなら納得いくが、双方ともとなると意味を成さん。そういう場合は偶然の一致である可能性が濃厚だろう」

麻生の言い分は充分理に適《かな》っている。ただし犬養は無条件に肯《うべな》う気になれない。偶然の一致は確かに有り得る。しかしそれは、互いを結ぶ共通項に一般性が認められる場合だ。あまりにも特殊な共通項があった場合、それを偶然と片づけるのは却って危険だ。

子宮頸がんなる病気がどれだけ流布している病気なのかは犬養も知らない。そのワクチンを定期接種した女子生徒が都内に何人いるかも把握していない。だが一方がその被害を告発している人物、そしてもう一方が定期接種を推進している中心人物なら、それは特殊な共通項と言えるのではないか。

「この制服、すごいですね」

明日香が感に堪えたように洩らす。

犬養は明日香から写真を奪い、もう一度亜美の姿に目を凝《こ》らす。確かに独特の意匠だ。ブレザーの一種だろうが単色ではなく、短めのスカートはチェック柄になっている。女性アイドルグループにでも着せれば、ステージ衣装として通用しそうだ。

「それ、DCですよ」

「DC?」

「デザイナーズ・ブランド。九段女子の制服は代々そうなんです。有名ですよ」

女ならではの着眼点だと思った。これでも観察眼に関しては人後に落ちない自信があるが、ファッションセンスだけは如何《いかん》ともし難い。多少派手な制服だと思ったくらいでそこから先には考えが及ばない。

明日香は言葉を続ける。

「こんなに目立つ制服で、しかも特徴のある顔です。防犯カメラに誘拐される前後の映像はないんですか?」

「そいつはイの一番に考えた。ま、考えたのは鑑識の連中だがな。でも駄目だ」

「どうしてですか」

「まず、被害少女が拉致《らち》されたとされる神社には防犯カメラが一台しか設置されていない。しかも拝殿周辺を監視エリアにしているから、境内の動きを捕捉《ほそく》できない」

「でも、飯田橋駅付近には防犯カメラが複数台設置されているはずです」

「犯行時間が下校時間と重なっている。飯田橋付近はその時間、同じ制服で溢れ返っている。現在の防犯カメラの精度じゃ、対象から五メートル以上離れると顔の識別は困難になる。そのくらいのことは知っているだろ」

明日香は尚も食い下がる。

「はい。ついでに歩容《ほよう》鑑定システムのことも噂に聞いて知ってます」

案外、耳聡《みみざと》いな、と少し感心した。

歩容鑑定システムというのは人間の映像をシルエットに加工し、歩き方の特徴を解析することで人物を特定させるシステムだ。顔の識別には五メートル以内の撮影が条件になるが、このシステムなら百メートル離れた位置からでも鑑定が可能となる。

ただし問題点があった。

「あれはまだ試験段階だ。まだまだ現場に下ろせる代物《しろもの》じゃない。未完成のシステムで被害少女なり容疑者なりを特定できたとして、万が一誤認だったとしたらどうなると思う。混乱による捜査の大幅な遅れ、下手をしたら誤認逮捕にも繋がりかねん」

明日香は口惜しそうに唇を嚙む。

「犯人がカメラの位置を知っていたということはありませんか」

犬養の言葉に明日香が眉《まゆ》を顰《ひそ》めた。

「何が言いたい」

「前回は神楽坂に張り巡らされた防犯カメラの死角を利用した形跡が見受けられます。それに今回は、防犯カメラの少ない神社を犯行現場に選んでいます。犯人は少なくともカメラの目を意識して行動しています」

「それは特捜班も考えたらしい」

麻生は難しい顔をする。捜査一課からではなく、特捜班からの指摘であるのが気に食わないのだろう。

「今度の誘拐も含めて、特捜班は犯人を地元の人間じゃないかと推理している。確かに地元に長く住む者ならカメラの場所も大体把握している。それに二つの誘拐が至近距離で発生している事実が、それを裏づけている」

「カメラの位置を知っているというだけで地元住民に網を張るのは、少し危険な気がします」

犬養は自分のスマートフォンを取り出し、あるアプリを表示させた。

〈Ｓｕｒｖ〉とタイトルがあった。

「これは屋外にある防犯カメラの位置を地図上にポイント表示させるアプリです。ユーザーのロケーションを基に半径百メートル以内に設置されたカメラの位置が分かります」

「……今はそんなものまであるのか」

「歩容鑑定システムと同様にまだまだ完成品ではありませんがね。それでも大都市圏では有効です。こういう文明の利器がある以上、犯人を地元で絞り込むのもどうかと思いますね」

「犯人はその手のツールに通じていると言いたいのか」

「そうじゃありません。ただ犯人が誘拐実行の時刻と場所を気紛《きまぐ》れや場当たりで選んでいることはないでしょう。おそろしく用意周到なヤツだと思います」

「用意周到という点では同意しよう」

麻生はもう一枚、写真コピーを差し出した。そこに写っているのはスマートフォンと絵葉書だ。

「スマホは被害少女のものだ。前回と同様、そのスマホにも絵葉書にも被害少女以外の指紋は残されていなかった。目下、鑑識の連中が境内の中を這《は》い回っているが、現在に至っても目ぼしい残留物はないそうだ」

「香苗ちゃんの時は生徒証、今度はスマホ。スマホも身分証みたいなものですから、やり口は一緒ですね」

「GPS機能を使って追跡されるのを怖れたんだろう。用意周到に加えて用心深くもある。くそっ、なかなか尻尾《しっぽ》を出してくれん」

麻生はいよいよ不貞腐れる。

犬養にはその理由が手に取るように分かる。第一の誘拐事件が早くも暗礁に乗り上げているところに発生した第二の事件。早晩捜査本部に叱責の声が集中するのは目に見えている。専従班に指名された麻生にしてみれば針の筵だろう。

「槇野宅には例によって特捜班が出張っている。誘拐から六時間ほど経って、まだ犯人から何の連絡もないものだから、奴さんたちも相当じりじりしている」

「六時間どころか、月島さんの家にも未だ犯人は接触してきません。いったい犯人は何が目的なんでしょうか」

明日香はまるで麻生が犯人であるかのように問い掛ける。

「槇野さんの家は裕福なんでしょうか」

「医者で、尚且つワクチン業界とのパイプがあれば、相当の年収になるんじゃないのか。少なくとも営利誘拐の対象には充分なり得る」

だからこそ分からないのだ、と犬養は自問する。

片や母子家庭、片や富裕層。連続する誘拐事件と捉えると、その選択に一貫性がない。それなのに手口や絵葉書のことを考慮すれば、同一犯にほぼ間違いない。おまけに現在に至っても両家に犯人からの接触がない。これは今までの誘拐事件とは、明らかに様相を異にしている。

元より連続する誘拐事件という性格そのものが解せない。一つの誘拐を成功させて金品をせしめ、その味が忘れられなくなって次の犯行に手を染めるのならまだ分かるが、今回の場合、犯人は身代金の要求もしていないうちに次の犯行に移っている。こんな誘拐事件は前代未聞だった。

　全ての犯罪には目的があり、目的があるから捜査方針も立てられる。営利目的ならカネに困っている人物を洗えばいい。猥褻《わいせつ》目的なら相応の前科を持つ者か評判のよくない者を洗えばいい。だが目的が見えなければ暗闇で手探りをしているに等しい。文字通りの暗中模索だ。

　すると犬養の思考はどうしても子宮頸がんワクチンを巡っての確執に向かわざるを得ない。現状で二つの誘拐事件を繋ぐ線はこれしかない。

「とにかく被害者宅に行ってきてくれ」

　麻生の声は早くも倦《う》み始めていた。

　槇野亜美の自宅は中野駅の南側にあった。この辺りは高村光太郎《たかむらこうたろう》の使ったアトリエが遺構として残っており、お屋敷町と呼ばれていた。かつては大邸宅のあった場所がマンションになり代わっているものの、落ち着いた佇《たたず》まいは高級住宅地の雰囲気を今に留めている。

　槇野邸も予想に違《たが》わず立派な建物だった。洋風の三階建て、玄関近くに照準を合わせた監視カメラが所有者の富裕さを物語っている。

　犬養は月島宅とのあまりの格差に居心地の悪さを覚える。両家の一人娘がこと誘拐事件に関しては全く対等に扱われているというのは何の皮肉か。それとも犯人は徹底した平等主義者なのか。

月島宅の時と同様、自分と明日香の姿は監視カメラを通して中の特捜班に丸見えなのだろう。チャイムを鳴らすと、すぐに玄関ドアが開かれた。現れたのは母親と見える女性だ。

犬養と明日香が警察手帳を提示すると女は深く頭《こうべ》を垂れた。

「母親の朋絵と申します。夜分にご苦労様です」

言葉尻《じり》が震えているのを犬養は聞き逃さない。ただし、この動揺が真正なものなのか演技であるのかまでは分からない。分からないから、己の観察力を最大限発揮するよりない。

居間に通されると特捜班の先客がいた。殿山《とのやま》と見城《けんじょう》、ともに何度か顔を合わせた連中で、二人が入って行くと目だけで挨拶《あいさつ》を交わす。

殿山と見城に対峙《たいじ》している白髪交じりの男がこの家の主《あるじ》に違いない。

「捜査一課の犬養と申します。こちらは高千穂」

「槇野良邦です」

麻生の話では六十歳。容貌《ようぼう》はなるほど年齢に相応《ふさわ》しいものだが、理知的な目と泰然とした物腰がこの男に年齢以上の風格を与えている。協会の会長という肩書もそれに寄与しているだろう。

犬養が特捜班の二人に顔を向けると、殿山が首を横に振った。まだ犯人からの接触はないという意味だ。

「いったい、こんなことがあるのですか」

矢庭に槇野が疑義を投げてきた。

「もうそろそろ日付が変わろうとしているのに、未だ犯人からの連絡はない。誘拐事件というのは、得てしてこんなものなのですか」

応《こた》えたのは殿山だった。

「いえ、あまりない事例です。過去には犯人が被害者家族に恨みを持っており、精神的苦痛を与えるために、わざと連絡を遅らせるというケースもありましたが……」

「他人に恨まれる覚えはない」

槇野はやや憤慨して言う。横に立った朋絵がそれを肯定するように頷《うなず》く。

「恨まれる方に心当たりがないというのは、よくある話です。逆恨《さかうら》みというのもありますしね」

ぎろりと槇野は犬養を睨《にら》む。

「それに家族ではなく、犯人の狙いが亜美さん本人にあったとも考えられる。最近、娘さんに変わったことはありませんでしたか」

「……知りません」

返事が一拍遅れた。

「ここしばらくはあまり会話をしなかったもので」

「喧嘩《けんか》でもしましたか」

「そんな覚えもない。犬養さんでしたな。あなた、娘さんはいらっしゃいますか」

「ええ」

「お齢《とし》は」

「十四になります」

「亜美とは三つ違いか。その年頃の娘をお持ちならお分かりいただけるでしょう。父親を最も毛嫌いし、同じ洗濯機を使うことさえ拒否する。通過儀礼のようなものだが、会話が成立せずともわたしの責任じゃない」

どことなく不貞腐れた口調だが、悲しいかな槇野の指摘はもっともで、犬養自身にも心当たりがあるので反論する気にはならない。

「愛情というのなら、わたしは世間一般の父親よりはあの子にその全てを注いできたつもりです。もうとっくにわたしたち夫婦の年齢もご存じでしょう」

「ご主人が六十歳、奥さんが五つ違いとか」

「コレは不妊症の体質でしてね。長らくわたしたち夫婦の間に子供はできなかった。不妊治療の甲斐《かい》があって妻が懐妊したのが三十八歳、高齢初産でもあり、母体へのリスクを考えるとそれが最後のチャンスだった。だから無事に生まれてくれた時には余計に嬉しかった。わたしにしても四十過ぎての子供でしたからね、まるで爺婆《じじばば》が孫を可愛がるような気持ちでした」

「どうですか、奥さん」

「主人の申します通りです」

朋絵は項垂《うなだ》れたまま話し始める。

「亜美が喋ろうとしなくなったのは主人に対してだけではありません。去年頃からわたしにも口を利かなくなりました」

「反抗期、ですかね」

「だと思います。口を利かない程度で、暴力沙汰《ざた》は一切ありませんでしたから」

「では、亜美さんに不審な人物が接触してきたとか、自宅周辺で怪しい人物を目撃したとかはありませんか」

夫婦は顔を見合わせたが、やがて双方ともゆるゆると首を振る。

「この辺一帯は昔ながらの住宅地で……」

「知っています。所謂《いわゆる》お屋敷町ですね」

「新参の方も少なく、マンションにお住まいの方もちゃんとした人がほとんどなので、風体《ふうてい》の怪しい人とか見慣れない人はすぐ目立ちます。でも、わたしが不注意なのかも知れませんが、そういう人は全く心当たりがないんです」

犬養は考え込む。

もし自分が誘拐を計画するならば、まず対象とする子供の生活パターンを調べることから始めるだろう。何時に家を出て、どのルートで通学し、そしてどの地点に防犯カメラが設置されているか。その他諸々を調査した上で死角となる一点を選び、対象を拉致する。逆にそこまで調べなければ恐ろしくて実行できない。

だから亜美の誘拐も、犯人は入念な下調べをしているはずだった。それが全く目撃されていないのであれば、これもまた犯人の用心深さを示すものになる。

先着した特捜班は既に地取りを済ませ、近所からの情報を収集しているはずだ。特捜班の二人に目配せすると、朋絵の証言を裏づけるように二人とも軽く頷いてみせた。

殿山に確認してみる。

「先の事件については？」

「もう話してある。連続事件である可能性が濃厚だと」

それなら話が早い。

「六日前にも同年代の女の子が同じ手口で誘拐されました。もっとも住まいも学校も違いますが」

「ニュースでちらと聞きました。確か神楽坂で誘拐されたのでしたね」

「槙野さん。その誘拐された女の子が子宮頸がんワクチンの副反応を患っていることはご存じですか」

「ええっ？」

月島香苗の病状について言及している報道機関はまだない。週刊誌辺りが記事にすれば堂々と報道するだろうが、新聞とテレビは関連団体からの抗議を怖れてか、この部分については口を噤《つぐ》んでいる。しかし母親がブログを公開しているのでネット上では周知の事実であり、捜査上の秘密でもない。

槇野の反応は至極自然なもので、演技めいたものはどこにも感じられなかった。

「月島香苗という子ですが、子宮頸がんワクチンの定期接種を受けた後、記憶障害に陥りました。母親はそれをワクチンの副反応だったとして自らのブログに書き綴《つづ》っています」

「ああ……あの月島さんだったんですか」

「月島さんから個人的に抗議とか質問とかはありませんでしたか」

「わたし個人に？　いえ、全くそういうものはありません。協会宛てには何か来ているかも知れないが、生憎わたしの目には触れていません」

そんなことだろうと思っていた。綾子に事情聴取した時も、彼女は〈全国子宮頸がんワクチン被害者対策会〉との接触と集団訴訟の取り纏《まと》め、そして自身のブログの継続にしか言及していない。

「犬養さん。まさかあなたは亜美の誘拐が、子宮頸がんワクチンに関係していると疑っているのですか。それはあまりに荒唐無稽《こうとうむけい》かと思いますが」

「荒唐無稽、ですか」

「ワクチンを接種した女子は全国で何万人という単位になっている。高校生までにワクチンを接種しているのはむしろ当然です。そんなことが共通項になり得ますかな」

「失礼しました。ただ我々の立場ではどんなに些細《ささい》な可能性も無視できないものですから」

「副反応というのは、新しいワクチンが出る度に決まって囁《ささや》かれるデマですよ」

槙野は問われもしないのに語り始める。

「ワクチンに限らず、薬剤は全ての患者に同等に作用するものではありません。既往症に左右されることもあるし個別の体質にも関係してくる。中には全く効かない患者もいる。そういう患者の中には被害者意識から、別の原因で現れた症状をすぐにワクチンの副反応と結びつける者がいるのです。もっとひどいのになると病気と偽り、恐喝紛《まが》いのことまでしようとする」

「月島さんもその類《たぐい》だと仰《おっしゃ》るのですか」

「そうは言っていません。あなたがワクチンについて確執めいたものを仄《ほの》めかすから抗弁したまでです。ワクチンの副反応というのはあくまで被害妄想に過ぎません」

すると今まで沈黙を守っていた明日香が口を開いた。

「ワクチンの副反応を訴えた子供たちは千二百人を超えると聞きました。それではその千二百人は全員妄想に囚われているということですか」

槙野の顔色が変わったのと、犬養の手が明日香を制するのがほぼ同時だった。

「同僚が失礼しました。捜査には関係のないことでした。ところで、この絵葉書に見覚えはありませんか」

犬養は一枚の紙片を槇野夫婦に差し出す。拉致現場に残されていた例の絵葉書だった。

「……何ですかな、これは」

「〈ハーメルンの笛吹き男〉という童話がありますよね。いくつかある童話集の中の挿絵の一つです。亜美さんのスマホが残されていた同じ場所にこの絵葉書がありました」

槇野は朋絵と見合わせてから渋い顔をした。

「申し訳ありませんが、何も思い当たりません」

大して期待はしていなかったので、犬養は落胆もしなかった。

だが、これは犯人の名刺だ。近い将来、必ずこの絵葉書に意味の付与される日が到来する。それだけは確実に思えた。

「もうご両親とも、そろそろお休みになっては如何《いかが》ですか」

しかし、と口を開きかけた槇野を、犬養は手で制する。ちらと殿山を一瞥《いちべつ》すると、特捜班からも異議の出る様子はない。

「月島さんの家には事件から六日経った現在も、犯人から連絡はきていません。月島さん宅にない以上、こちらに連絡がくることもないと思いますよ。どの道、お二人には気力と体力が必要になる時がやってきます。その時まで力を蓄えておいてください。我々二人はこれで失礼します」

槇野邸を辞去してから、犬養は明日香に質《ただ》した。

「父親に投げた質問、あれは何だ。挑発か、それともフライングか」

明日香はしばらく沈黙していたが、やがて怒りを抑えた口調でこう言った。

「さっきの言い分は、丸々、製薬会社や厚労省の完全な代弁でした。もしもオフィシャルな場であんなことを言っていたとしたら、恨みに思う者もいるでしょうね」

「女性としての怒り、か」

「横で聞いていた奥さんの顔、見ましたか？　夫には従順そうだったのに、その話の時だけは複雑な表情をしていました。きっと母親の立場では承服できなかったんだと思います」

母親の立場か。

犬養は明日香の自制心のなさに舌打ちしながら、一方で惑う。それこそ、一番自分の理解が及ばない分野だからだった。

3

槇野亜美が誘拐されてから二日経ったものの、犯人からの声明および連絡は未だになかった。

「いったい犯人は何を考えている」

捜査会議の席上、村瀬《むらせ》は開口一番そう愚痴った。犯人への愚痴はそのまま進展しない捜査状況に向けられたものでもある。居並ぶ捜査員たちは例外なく尻の据わりが悪そうな顔をした。

村瀬大二《だいじ》管理官。先般、〈切り裂きジャック〉事件での不手際を理由に更迭された鶴《つる》崎《さき》管理官の後釜《あとがま》に座った男だ。何かと感情を露《あら》わにし、捜査員に食って掛かった鶴崎とは対照的に、村瀬は必要最低限のことしか口に出さない。では御し易い管理職かと言えばそうでもなく、すぐ横に座る津村《つむら》一課長もまた居心地悪そうにしている。端に座る麻生もつられるように仏頂面《ぶっちょうづら》だ。

「最初の月島香苗誘拐事件から数えて八日、犯人からの連絡は一切なく、被害少女の足取りも摑《つか》めていない。これでは誘拐の目的すら分からん」

敢《あ》えて明言しないが、足取りが摑めていないという発言の裏には死体すら発見されていない事実が示されている。営利誘拐でなければ猥褻暴行目的。だが死体も出ていないのであればそのどちらにも的を絞れない。

村瀬の苛立《いらだ》ちを慮《おもんぱか》ってか、津村も普段より悩ましげな顔で捜査員に質問を飛ばす。

「一件目は神楽坂、二件目は飯田橋。二つの現場は目と鼻の先だ。犯人は土地鑑のある人間である可能性が高い。地取りの結果はどうなっている」

これに立ち上がったのは牛込署と麴町署の捜査員だった。

香苗の誘拐事件が発生した際、捜査本部の陣容は警視庁と牛込署の合同捜査だったのだが、これに亜美の事件が加わり麴町署が入る。現状では三者の合同捜査となり、一気に大所帯の体《てい》を成してきた。

「神楽坂界隈《かいわい》には未だ不審な人物は浮かび上がっていません。平日でも行動可能な学生または自由業らしい人物はリストに挙がっているのですが、被害少女たちとの接点が見えません」

「飯田橋駅付近での地取りも同様です。こちらも犯行時間に行動できる人間のリストはできているのですが、切実に困窮している者または前科のある者が見当たらず容疑者を絞り込めていません」

二つの誘拐事件では、それぞれ犯人が入念な下調べをした痕跡《こんせき》が窺《うかが》える。

月島香苗の場合は本人の記憶障害を知り、尚且つ神楽坂の土地鑑を持つ者が犯人と目される。一方、槇野亜美の方も白菊稲荷神社に一人でいる時を見計らって連れ去っているので、しばらく尾行していたと考えられる。まさか街中で偶然に見つけて誘拐対象に選んだとは思えない。予《あらかじ》め亜美の行動を把握したうえ、これも神社周辺の地理に明るくなければ防犯カメラに捕捉されずに行動するのは難しい。

ここから捜査本部が弾《はじ》き出したのは、単独犯であろうと複数犯であろうと、被害少女たちと何らかの面識があり地理に詳しい者が容疑者であるという推論だった。

当初、それらの条件を満たす者は数が限られ、容疑者の洗い出しは比較的容易と思われていた。ところが捜査を進めても、該当するのは学校関係者と商店街の関係者くらいで、こちらの方は犯行時刻には勤務先に拘束されておりアリバイが成立する。

津村は機嫌の悪さを隠そうともしない。

「次、遺留品について」

　また別の捜査員が立つ。

「白菊稲荷神社に残されていた槇野亜美のスマホですが、やはり本人以外の指紋は検出されませんでした。また通話記録に残っていたのは母親との通話のみで、不審な者との接触は認められません」

「今日びの女の子なら通話やメールよりはLINEがもっぱらだろう」

「それはそうなんですが……被害少女は交友関係が極端に狭く、LINEを使う相手は当時一緒に下校していた栗田美鳥だけだったようです。当日の交信記録はありません」

「次、現場に残されていた絵葉書」

　この質問には明日香が立ち上がる。

「二つの現場に残されていたのは千代田区神田《かんだ》神保《じんぼう》町に本社を置く文房具会社〈清廉《せいれん》堂《どう》〉が二年前に発売した〈グリム童話シリーズ〉の中の一枚です。全部で十二種類あるのですが、うち〈ハーメルンの笛吹き男〉については四千セット、一セットで五枚入りですからつごう二万枚作られたことになります。この〈グリム童話シリーズ〉はショップでも好評で在庫も僅少《きんしょう》ということでした」

「セットで買った者が四千人もいるっていうのか」

「一セットの単価が二百円なので子供の小遣いでも買えますからね。それからこれは都内で比較的大きな文房具店で確認したのですが、この手の商品はほとんどが現金支払いになっており、カードでの買い物は極端に少ないそうです」

学生が購入するとすればカードは使わないだろうし、成人が買うにしても単価がそれだけ安ければ財布の小銭で事足りる。かくて記録には残り難くなるという寸法だ。それではエンドユーザーまで辿り着くのは不可能に近い。

「では、誘拐された二人の接点は」

犬養が立ち上がる。

「一人目の被害者月島香苗は十五歳、住まいは新宿区矢来町。二人目の槇野亜美は十六歳、住まいは中野区中野。幼稚園の頃まで遡《さかのぼ》りましたが二人が同じ学校であった事実はありません。二人の通う学校は比較的近接していますが、元より飯田橋周辺は学校が集中しており、また二人とも部活動を通じた交流もなかったようです」

「学校内だけとは限らないだろう」

「互いの母親に確認しましたが、学外での知り合いだったという証言も得られておりません」

口には出さないが、月島家と槇野家の経済格差もこれに加わる。片や母子家庭、片や医者では、同じ学校の生徒でもない限りそうそう接点は生じない。

もっとも二人が子宮頸がんワクチンという一点で繋がっているのは上に報告してあるが、麻生は気乗り薄だった。念のために犬養は麻生の顔色を窺ってみたが、ゆるゆると首を横に振られた。確定的な情報でなければこの場で報告するなという合図だ。

「では特捜班の方で進展は」

月島宅に待機していた長瀬、槇野宅で張っていた殿山が同時に立ち上がるが、ともにその顔色は冴《さ》えない。二家庭とも事件発生後、犯人からの連絡はただの一度もないことを報告して終わる。

「次、月島綾子が開設しているブログについて」

呼ばれて、若いながらやや肥満気味の捜査員が立ち上がる。先入観は禁物だが、日がな一日パソコンの前に座っていれば運動不足にもなるのだろうと、犬養は勝手な想像をする。

「サイバー犯罪対策課の三雲《みくも》です。被害者の母親のブログに寄せられたコメント三千五百二十四件について敵意、あるいは明確な悪意を持ったものを抽出したところ千四百八十七件の該当がありました。現在はその一件一件についてIPアドレスを辿って使用者を特定している段階です。まだ容疑者の候補を絞り込むまでには至っておりません」

津村の口調はいよいよ険しくなる。

「攫われたのは乳幼児じゃない。それなりに力も図体もある十五と十六の女の子だ。まさか煙みたいに消えた訳じゃなし、犯人に連れ去られている場面がどこかの防犯カメラに映っているはずだ。それがどうして、ただの一つも見当たらない」

現場近くの防犯カメラに犯人どころか少女の姿すら映らないのは、犯人に土地鑑があるからだ――この大前提に、犬養は半分肯定半分否定の立場だった。確かに土地の者であれば抜け道や早道の類は知悉《ちしつ》しているだろうから、女の子一人抱えて右往左往する羽目には陥らないだろう。しかし土地鑑があることと防犯カメラに映らないこととは別の問題だ。古くからそこに住む地元住民が防犯カメラの設置場所と撮影エリアを把握しているかといえば、決してそんなことはない。

むしろ犬養が麻生に見せた〈Ｓｕｒｖ〉のようなアプリを駆使できる者なら、土地鑑がなくてもカメラの死角に入って犯行を重ねることは可能だ。それに二つの現場は通りが入り組んでいる訳でもない。事前に下調べをしておけば犯行の経路を確保するのも、それほど困難な作業とは思えない。

半ば自棄《やけ》気味の質問に、ようやく若い捜査員が答える。

「犯人が被害少女をクルマで拉致した可能性が高いため、該当地域の防犯カメラで捕捉できた駐車車両についてナンバープレートから所有者を洗い出しています。現在はまだ作業中ですが、現時点ではいずれもが商店や企業の営業用車両であり、不審車両は認められておりません」

「営業車であっても除外する理由にはならん。運転していた者のアリバイを必ず確認しておけ」

津村はそう告げてから、ちらと村瀬に視線を送る。悲しいかな、この場で報告に上げられる情報はこれで尽きている。

村瀬は感情の読めない顔のまま口を開く。

「最初にも言ったが、槙野亜美の誘拐から二日経過したというのに犯人からの身代金要求もしくは連絡は一切入っていない。第一の月島香苗についても同様。現状、犯人から身代金奪取の意思は窺えない。だが一方、誘拐された二人の少女の保護が優先されるため、今後は非公開の捜査を継続することとする。地取りを更に徹底する。各捜査員は一層奮起するように。以上」

何とも締まらない会議だったが、犯人に結びつきそうな手掛かりが皆無の今、徒《いたずら》に会議を長引かせて捜査に充てる時間を削るよりはよほどいい。

さて、と立ち上がった時、雛壇《ひなだん》から離れた麻生がこちらに近づいて来た。何を言おうとしているかは顔を見ればすぐに分かる。この辺りは能面の村瀬よりもはるかに扱い易い。

「何か釣れたか」

「釣れたら会議の場で報告してますよ。どうしてわざわざ俺に訊くんですか」

「あそこに座るとな、管理官や課長からの無言の圧力を受ける以外に、目の前の捜査員たちが一望できていい眺めなんだ。何なら一度座ってみるか」

「いえ、まだ結構です」

「ふん、まだときたか。いずれは座るつもりらしい。捜査員たちを見渡してもほとんどが所在なげにしているか目が泳いでいた。お前だけだったよ、何か隠していそうな目をしていたのは。で、いったい何を隠している」

「別に隠していませんよ。ただ、ワクチンの件が頭に引っ掛かっているだけです」

「例の子宮頸がんワクチンか。偶然の一致である可能性が高いと言ったはずだが」

「ええ。ただ、現段階で他の共通点が何もない以上、このネタに齧《かじ》りつくしかなくて」

麻生はしばらくこちらを睨んでいた。本来であれば管理官の指示に従って地取りを徹底するために、自分と明日香を訊き込みに回らせたいところだろう。

警察組織は完全なタテ社会を形成している。軍隊のように上意下達をより機能させるためには、その体制が理想的だからだ。

上司の命令には絶対。しかしタテ社会であっても、猟犬を飼っている部署では咥《くわ》えてきた獲物の数で特権が与えられることがある。そして犬養は、その獲物の数では誰にも引けを取らない。

やがて麻生は短い溜息《ためいき》を一つ吐《つ》き、腹立たしげに言った。

「可能性を一つずつ潰《つぶ》すのも捜査のうちだ。行って来い」

「部下を送り出す時には、もう少しそれらしい顔をしてください」

「胸糞《むなくそ》悪いのは如何ともし難い」

「何が胸糞悪いんですか」

「さっきの管理官の話、聞いただろ。この捜査は今後非公開にするって」

「人質の安全が最優先だというのは賛成ですね」

「人質の安全じゃない。槇野亜美の安全だ」

感情を殺した声で全てが理解できた。

「……父親が槇野良邦だからですか」

「日本産婦人科協会の会長というのは思っていたよりも知名度があるらしい」

母子家庭の子供であれば捜査を迅速に進めるための公開捜査、しかし有力者の子女であれば慎重の上にも慎重を期す――素面《しらふ》で聞けばとても冷静ではいられない話だった。

ただしその結果、香苗の事件も含めて非公開捜査になったのは歓迎すべきことだ。麻生の言う通り胸糞の悪い話だが、自分の感情に蓋《ふた》をしさえすれば被害者の少女たちの救いになる。

「分かったら行け」

それ以上の言葉は要らなかった。

ところが会議室を出たところで今度は明日香に捕まった。今日はよくよく人に捕まる日らしい。

「どこに行くんですか」

「あまり当てのない可能性を潰しに行く」

「わたしも同行します」

「当てのない可能性だと言ったはずだが」

「あなたがそんなもののために靴底を減らすような刑事には見えません」

これは皮肉か、それとも世辞か。いずれにしてもついて来ると言う者を無理に引き剝《は》がす理由もなく、犬養は無言で明日香の前を進む。

犬養がクルマを停めたのは帝都大附属病院だった。目敏《めざと》い明日香は正門で病院名を確認するなり、不穏な目つきになった。

「ここって犬養さんの娘さんが入院している病院ですよね」

「よく知ってるな。誰に聞いた」

「勤務中に私用ですか？」

「慌てるな、行き先は産婦人科だ」

「えっ」

「娘の用事で来るには十年早いかな」

「ひょっとして子宮頸がんワクチンについての捜査ですか。あれはもう村本先生、槇野会長の双方から話を聞いたじゃありませんか」

「ワクチンの定期接種に関して村本先生は慎重派、槇野会長はもちろん推進派。当然二つの意見は両極端だ。それでどちらにも与《くみ》しない立場の意見も聞いてみたい」

明日香は訝《いぶか》しげに犬養を見る。

「それだけのことを聞くために、わざわざここまで来たんですか」

「今のところ被害少女二人に共通するただ一つの因子だ。客観的にどうなのかを見極めておかないと目測を誤る。どのみち俺の当て推量だ。無理して付き合わなくてもいいぞ」

犬養は先にクルマを出る。だが、明日香も仏頂面のままその後について来る。

受付に行くとすっかり顔見知りになった女性がいた。

「あら、犬養さん。沙耶香ちゃんだったら今、点滴の時間で……」

「いや、今日は別件で来ました。産婦人科の小椋《おぐら》先生をお願いできませんか」

いつもは見せない警察手帳を呈示すると受付女性の顔が途端に強張った。既に終結したとはいえ、ここは〈切り裂きジャック〉事件の余波を受けた病院だ。警察の名を出せばたちまち職員の間に緊張が走るのは当然だった。

「小椋先生はただいま診察中で……」

「十五分。いや、十分で構いませんから」

病院内で犬養の粘り強さはある程度知れ渡っている。通常、紳士的な態度に終始しているのも同様にだ。

受付女性の表情が和らぐのに数秒も要しなかった。内線で二言三言話すと、すぐ犬養に向き直る。

「あと二十分もすれば先生は休憩に入られます。ただし五分間だけですよ」

「感謝します」

礼を言って産婦人科のある棟に向かう。勝手知ったる病院はこういう時に便利だ。

「でも行きつけの病院の医師に意見を聞くのは少し安易な気がしますけど」

「名にし負う大学病院なんだ。そこに勤務している医師の見識は決して侮れないぞ」

産婦人科のフロアに移動し、廊下で待っていると予定時刻を五分過ぎて名前を呼ばれた。

診察室に入って行く。公私含めて診察室には何度か立ち入ったが、産婦人科は初めてだった。何やら禁制の場所に足を踏み入れたような気がして少し落ち着かない。

「ああ、あなたが噂の犬養さんですか」

小椋医師は笑うと目が細くなる小柄《こがら》の女性だった。年の頃は四十代半ば。平和そうな笑顔は、さぞかし妊婦の緊張感を解すのに効果的だろうと思わせる。自分の噂という言葉は気になったものの、どうせ碌《ろく》でもない噂だろうから敢えて触れようとは思わない。

「申し訳ありませんね、貴重なお時間をいただいて……それにしても休憩五分というのは厳しいですね」

「こんなに大きな総合病院でも産婦人科は人手不足が常態でしてね。近年、産婦人科を希望する医師は減る一方なんです。自然分娩《ぶんべん》は時間を選ばないから二十四時間態勢だし、若い子はなかなか居つかないんですよ」

小椋女医は口にしないが、犬養は別の理由も聞き知っていた。医療技術の進歩で最近こそ出産は安全だという認識が広まっているが、分娩という作業は母子ともに命懸けの一面がある。潜在している危険度は高く、当然訴訟リスクも高くなる。二十四時間態勢を強いられ、しかも訴訟リスクが高いとあっては、敬遠されるのも当然だった。

「そんなことよりも早く本題に入りましょう。折角の五分間が勿体《もったい》ないですよ」

「お聞きしたいのは子宮頸がんワクチン定期接種のことです」

「制度についてですか」

「いえ。制度自体の是非について、専門医の立場からお伺いしたいのです」

ははあ、と小椋女医は合点《がてん》したように頷く。

「最近、一部マスコミでも話題になりましたからね。それとも香苗ちゃん母子《おやこ》のブログでもご覧になったんですか」

「ブログも読みましたが……あのブログは産婦人科のお医者さんの間では有名なんですか」

「医師としてまるっきり無視することはできませんね。しかもわたしも同じ女性ですから。月島さんの悔しさというか執念には共感する部分が多々あります。ただ、犬養さんがお聞きになりたいのは、いち産婦人科医としての意見なんですよね」

小椋女医は椅子に深く座り直して脚を組んだ。

「子宮頸がんを撲滅できるという観点ではワクチンを否定するものではありません。これは婦人科の医師なら例外はないと思います。ただし、そのワクチンに明らかな副反応が見られるというのであれば、少なくとも定期接種という半ば義務化するような制度は慎んだ方が賢明かとは思います。予防接種法で原則無料というのは魅力的でしょうけど、厚労省が積極的に勧奨するには問題があります。実際、厚労省も接種勧奨は中止しています」

「しかし、日本産婦人科協会や政府の検討部会では接種勧奨の再開に意欲的だと聞いています。それは副反応を認めないという態度ですよね」

「副反応を生じさせるメカニズムが未だ証明されていませんからね。これが原因ではないかと疑われている要因はありますけど……」

「それは何ですか」

「副反応を訴える患者さんの中には記憶障害に罹《かか》った人がいますが、こういった高次脳機能障害というのは中枢神経に何らかの影響があると考えられます。その場合、真っ先に思いつくのはワクチンに添加されている免疫賦活剤《ふかつざい》です。免疫賦活剤というのはワクチンを投与する際、そのワクチンに対する細胞性免疫や抗体生産を増強させる化学製剤なんですけど、この中に子宮頸がんの原因であるヒトパピローマウイルスのDNAが混入しています。そんな異物が体内に入れば免疫のメカニズムが狂っても不思議ではありません」

「それでも推進派は副反応を認めようとはしないのですね」

「子宮頸がんワクチンの場合、その多くは接種後しばらくしてから被害報告が上がっているようですね。接種から半年以上も経過すれば因果関係を認められるのは難しくなるでしょう。それに、これは多くの方が勘違いをされているかも知れませんが、百パーセント安全なワクチンというものは存在しません。全てのワクチンには副反応の可能性がります。もっとも今回のように脳機能に直接影響を及ぼすような副反応は例外ですけれど」

「そんな危険性があるワクチンを、どうして産婦人科協会や検討部会は定期接種させようとするんですか」

納得できないといった様子で明日香が割り込んでくる。

「これはあなた方も薄々はご承知でしょうけど、製薬会社と厚労省と医師は利益共同体みたいなところがありますから。ワクチン接種を半ば義務化してしまえば、たとえ出生率が横這いになっても製薬会社は食いっぱぐれることはありません。そして検討部会に参加している委員の大半は製薬会社から何らかの利益供与を受けていると聞きます。つい最近も、ワクチンを勧奨する専門家団体へ製薬会社から多額の寄付金があったことが問題になりました。業界ではルール違反とされているのですよ。それにもう一つ、既にアメリカではワクチン接種を停止しています。そのだぶついたワクチンを捌《さば》くために日本で消化させ、しかも政府が助成金で旗を振っている」

村本の言葉が甦《よみがえ》る。製薬会社と厚労省、そして医師三者の癒着。所詮《しょせん》、医は仁術《じんじゅつ》ではなく算術だということか。

「むかむかしますか、犬養さん?」

「……娘を先生方に委《ゆだ》ねている身としては複雑な心境ですね」

「複雑な心境、ですか。やはり、そこが女性と男性の違いかも知れませんね」

小椋女医は口角を上げてみせたが、目は笑っていなかった。

「当たり前の話ですが、子宮頸がんワクチンの接種対象は女児に限られます。子宮頸がんという難病を予防するためにワクチンを打ちなさい。これは国の事業として行っているから無料なんだ。そんな甘い言葉に乗せられた末、大切な娘を障害者や子供を産めない身体にされた母親の気持ちは、きっと男性には理解できないと思いますよ。産婦人科医でありながら、当該ワクチンの定期接種に疑義を唱えるのは、わたしが女だからなのかも知れません」

一瞬、小椋女医と明日香の間で共犯者めいた視線が交錯した。犬養は自分が異物のように扱われているのを感じる。

「犬養さんは聡明《そうめい》そうな方ですね」

「とんでもない」

「聡明な人は仕草で分かります。無駄な動きはしない。話すよりは聞く方が上手い。だから、きっとあなたには説明不要なのでしょうね。禍《わざわい》は後になって祟《たた》るということは」

「ワクチンの禍ですか」

「子宮頸がんワクチンの副反応は、今のところ千二百例が報告されているだけですが、わたし個人は氷山の一角だと思っています。水面下に沈んでいる部分が明らかになるのは二年後か五年後か、それとも十年後か……。その時、いったい被害者は何万人に膨《ふく》れ上がっているのでしょう。そして彼女たちの補償は誰がどんな形でしてくれるというのでしょう。同じ医療関係者として思い出す度に恥ずかしくなりますが、薬害エイズ裁判の際、製薬会社も非加熱製剤を認可した厚生省も、事件に関与した医師もひどい醜態を満天下に晒《さら》しました。権力や欲に塗《まみ》れた者は愚かです。愚かだから、何度でも同じ過ちを繰り返し、何度でも同じ醜態を晒します」

「これは第二の薬害エイズ事件になると仰るのですか」

「当時非加熱製剤を投与された患者と、子宮頸がんワクチンを接種された少女とでは、母数が桁《けた》外れに違います。既に三百四十万人以上の少女がワクチン接種を受けていますからね。もし禍が祟ったとしたら第二の薬害エイズどころではありません。もっともっと甚大で深刻な事態が発生する可能性は十二分にあります」

冷静な物言いが却って凄《すご》みを増していた。

否定的な者もいるが、数が少ないのではなく声が小さいだけかも知れない――村本の指摘は正しかった。ここにも小さな声を発している者がいたのだ。

小さな声。しかしその示唆は鋭く、医療問題には門外漢の犬養を怯《おび》えさせるには充分だった。

犬養が冷水を浴びせられたような気分でいると、小椋女医が急に跳ねた口調で言った。

「あら！　わたしとしたことが。五分だけのつもりが十分も延長してしまいました」

それが退去せよとの合図だった。

犬養と明日香は恐縮しながら席を立つ。

診察室から出て来ても、首の後ろ辺りに小椋女医の言葉が張りついているような感覚があった。横を歩く明日香は静かに怒っている風だった。

「機嫌が悪いな」

「悪くて悪いですか」

まるで取りつく島もない。

「犬養さんは理不尽だと思いませんか」

「ワクチン禍《か》のことか。歴史は繰り返すという好例だな」

「そうじゃなくて、今回のワクチンで被害に遭うのが全員女性だという事実です。どうして女性だけが企業利益や役所の犠牲にならなきゃいけないんですか」

そっちの方か――相変わらず自分は女の心を読み切れないらしい。

「犬養さんは平気みたいですね」

これが平気に見えるというのなら、明日香も男の心を読み切れないらしい。

「恐ろしくて、さっきから震えそうになっているさ。小椋先生の予言が的中しないことを祈るばかりだが、それ以前に問題が大き過ぎる。あの薬害エイズ以上の災厄が現実に起きたらどうなるか、それを想像すると足が竦む」

明日香の顔色が変わる。

「製薬業界どころか国を巻き込む大災厄になる。裁判沙汰になって敗訴でもすれば、加害者側は薬害エイズ以上の罪人と賠償金を差し出さなきゃならなくなる。獄に繫がれ、職を追われる者も出てくるだろう。利権に群がっていたヤツらにとっちゃ死活問題だ。確執どころの話じゃなく、定期接種の推進派と被害者たちの間には憎悪さえある。だから余計に分からない。どうして笛吹き男は双方を代表する人間から娘を攫ったんだ?」

まともな回答は期待せず明日香に問い掛ける。案の定、明日香は返事に窮したようだった。

「子宮頸がんワクチンで記憶障害に陥った娘と、同じく子宮頸がんワクチンの旗振り役として名を成した男の娘。家庭環境も暮らし向きも対照的な二人。何故この二人を攫わなきゃならない? 加えて今回の連続誘拐についてはもう一つタチの悪いことがある。一番重要なカードがまだ開かれていない」

「何ですか、一番重要なカードって」

「死体だ」

「……え?」

途端に明日香の眉間に皺が寄る。

「誘拐犯は犯行声明も出さなければ身代金の要求もしていない。そして二人の死体も出ていない。略取誘拐なのか、猥褻目的なのか、ただの通り魔なのか、犯罪の態様も動機もまるで読めない。誘拐だったら交渉を通じて犯人との間合いを詰めることができる。死体が見つかれば、司法解剖を通じて犯人像に迫ることができる。だが犯人側から何の情報も発信されない限り、俺たちは暗闇の中を手探りで歩き続けることになる」

明日香は不謹慎だという顔でこちらを睨んでいる。

「だが笛吹き男が本当に悪辣《あくらつ》なのは俺たち警察に対してじゃない。娘を攫われた親は生きているか死んでいるかも知らされないんだから堪《たま》ったものじゃない。不謹慎ついでに言えば死体で見つかった方がまだ諦《あきら》めもつくんだろうが、生死不明というのは儚《はかな》い希望があるだけ罪深い。ヘビの生殺しみたいなものだ。精神的にはそういう状態が一番応える」

母親の、女の気持ちは推し量れない。

しかし親の気持ちなら分かる。もし沙耶香を攫われ、生死も分からない状態が何日も続いたら、自分は冷静さを失って暴走するだろう。

誘拐された二人の共通点を客観的に捉えようと足を運んでみたものの、更に混迷の度合いが深まる結果となった。

「いったい誰が得をする」

「えっ」

自問したつもりだったが、これに明日香が反応した。

「捜査の基本だ。金銭、地位、快楽、安寧、何でもいい。その犯罪によって利益を得る者を洗い出していけば必ず犯人に辿り着ける。だが、今度の事件にはそういう人間が見当たらない。月島香苗と槇野亜美を誘拐して双方の家族を精神的に痛めつける。そのことで誰に何の利益がある？」

答えられないのが悔しいのか、恥ずかしいのか、また明日香は黙り込む。

犬養の頭を悩ませている要因はもう一つある。

どうして〈ハーメルンの笛吹き男〉なのか。

犯人はあの絵葉書で、何を被害者家族に伝えようとしているのか。

とにかく〈ハーメルンの笛吹き男〉について再度伝承を調べてみるしかない。

二人は無言のままクルマに乗り込んだ。

4

「あの、お夕食ができていますのでどうぞ」

槙野朋絵が盆に載せてきたカレーを差し出すと、殿山と見城は相好《そうごう》を崩した。

「すみませんね、奥さん。変に気を遣わせてしまって」

「いいえ。お二人とも家から外に出られないんですから、これくらい当たり前です」

特捜班の二人が固定電話の前で待機している最中、朋絵が三度三度の食事を用意するのは日課となった感がある。最初のうちは夫と同じ献立を提供していたのだが、二人の刑事は絶えず何らかの調べものをしているため、二日目からは片手で食べられるメニューに特化した。

二人が調べていたのは夫の良邦が会長を務める産婦人科協会の名簿や、部長として所属している病院の職員リストだった。亜美が誘拐されてから、二人は良邦と敵対関係にある人物の抽出に専念しているように思える。

黙々とスプーンを口に運ぶ殿山を見ていると、朋絵はまた同じ質問をせずにはいられなくなる。

「どうして亜美が攫われなければいけなかったんでしょうか」

殿山のスプーンを持つ手が止まる。対面に座る見城と気まずそうに顔を見合わせる。

「まだ犯人からは身代金の要求もありません。おカネ目当ての誘拐じゃないんですか」

殿山は申し訳なさそうに朋絵を見る。

「捜査段階ですので何とも言えません。ただ、先に娘さんが誘拐されたご家庭にも犯人からの連絡はないようですので……」

つまり犯人が音なしの構えをしているのは、亜美に限ったことではないと言いたいのだ。

「捜査本部は増員されており、三百人態勢で捜査に当たっています。どうかご心配なさらないように」

「はい……」

同じ質問に同じ答え。空しい行為だとは分かっているが、そうでもしないと疑心暗鬼で心が黒くなりそうだった。

別室に戻ると良邦が椅子に座り、忙《せわ》しなく貧乏ゆすりをしている。

みっともない癖だからやめて。そう切り出したのは結婚した当初だったが、なかなか直らなかった。それがぴたりと止んだのは亜美が幼稚園に入った頃だったか。亜美が嫌がるわよ、と冗談半分に脅かすと途端に影を潜めた。自然に癖がなくなったのではないのは、時折膝を叩《たた》いて堪《こら》えている仕草で分かる。よほど亜美に嫌われたくなかったと見える。

その癖が亜美の誘拐と同時に再発している。まるで夫婦二人の生活に戻ったようで、何となく不吉を覚える。

「あの二人は何をごそごそしとるのだ」

総合病院の部長、日本産婦人科協会の会長。地位を与えられた男は相応の威厳を備えるようになるが、あくまで仕事用の外面《そとづら》だ。家に帰り、連れ添った女房の前では素《す》を曝《さら》け出す。良邦の場合は、それが小心さと性急さだった。

「刑事というのは外に出て、色んな人間に訊き回るものじゃないのか。近所の怪しい男とか、無職の男に職務質問するものじゃないのか。それをどうして家の中に籠《こ》もりっきりで」

「非公開捜査とかで、あまり大っぴらにはできないそうです。それでも三百人も刑事さんが動いてくれているって聞きました」

「三百人。たったそれだけか」

良邦は腹立たしげに机を叩く。

「槇野家の、ウチの一人娘なんだぞ。千人くらい動員してくれたらどうだ」

傲慢《ごうまん》な物言いだが、亜美を捜索してくれるのなら数は多いに越したことはない。その気持ちは朋絵も同様だった。

「大体、最後まで一緒にいた美鳥という子は怪しくないのか。ひょっとしたら悪い仲間とつるんでいるんじゃないのか」

普段家を空けている男親は娘の交友関係に疎《うと》すぎる。栗田美鳥が亜美の数少ない友人であることさえ知らない。母親よりも接触する機会が乏しいとはいえ、どうしてこんなにも無知なのだろう。

「美鳥ちゃんを疑うなんてどうかしてますよ。何度もウチに遊びに来た大の仲良しじゃありませんか」

「何度も遊びに来ているからいい娘とは限らんだろう」

「栗田さんのお宅もお医者さんで、お行儀もよくてちゃんとした子ですよ」

「そうか、医者の娘さんだったか……」

医者の家庭と聞くと、良邦はあっさり疑念を取り下げる。医者以外の人間が聞けば鼻白む話だろうが、同じ医者同士ということで安心してしまうような身内意識は確実に存在する。

「それにしても攫われてから二日も経つというのに、未だ何の手掛かりもないというのはどういうことだ。それでも世界に冠たる警視庁と言えるのか」

自らの体面を気にしてか、良邦は刑事たちを目の前に声を荒らげることはない。しかしその矛先が向けられるのは常に朋絵だ。仕事の鬱憤《うっぷん》を家の中で晴らすのは構わないと思ってきた。地位が上がれば本音を口にし辛《づら》くなるのが男の世界だと、実家の母親にも教え込まれた。

しかしことは娘の誘拐事件だ。良邦に劣らず、いや比較にならないほど心を痛めているのは母親の自分という思いがある。警察への不満をこちらにぶつけられるのは業腹《ごうはら》だった。

「……そんなに捜査内容に不満があるのなら、あなた自身の口から警視総監にでも文句を言えばいいじゃないですか」

「何だと」

「あなたといえば四六時中ここで文句を垂れるばっかりで。どうせすることがなければ病院に戻ってもいいんですよ」

「病院に戻っても一緒だ。こんな状態で落ち着いて仕事なんかできるものか」

「それなら少しは……」

「娘を誘拐されて、どうして落ち着いていられる」

良邦の機嫌はますます悪くなる。珍しく朋絵が口答えしたのも手伝っているのだろう。

「そもそも、どうして亜美が易々と見知らぬ者に拉致されたんだ。知らない人間にはついていかないというのは小学生に言うことだろう。お前はそんなことさえ躾けられなかさすがに堪えることができなかった。

「言うに事欠いて何て言い草ですか。家の中のこと、亜美の躾《しつけ》やら教育のことまでほとんどわたし一人に押しつけておいて、今更そんなこと言わないでください」

「専業主婦だ。主が外で仕事している間、それくらいこなすのはむしろ当然じゃないか」

「人のことばかり論《あげつら》って。最近あの子があなたを嫌っていたの、自覚していますよね？　だからってわたし一人に責任をおっ被《かぶ》せないでください。わたしは亜美によそ様に出しても恥ずかしくない躾をしたと思っています。それでも躾け方が足りないというのなら、それはあなたが参加しなかった分です」

言い終わってから思わず口を押さえた。

今まで密かに胸に抱いていた不満と憤りが一気に噴き出したようだった。きっと亜美が誘拐された衝撃と不安で安全弁が緩んだのだろう。

朋絵本人も驚いたのだから、夫には尚更だった。良邦は信じられないものを見るような目でこちらを眺めている。

きっと平手が飛んでくる——そう思って身構えたが、予想に反して良邦は首を横に振るばかりで向かって来ない。

「嫌われているのは知ってる。わたしだって馬鹿じゃない。休みの日に話し掛けても碌《ろく》に返事もしなかったからな。だがあの年頃の娘というのは男親をああいう目で見るものだろ？　だから敢えて気にしないように心掛けていた。しかし可愛いと思っていたのは昔と変わらん。同僚からは溺愛《できあい》と揶揄《やゆ》されたが、自分一人くらい溺愛しても構うまいと思っていた」

憤懣《ふんまん》を吐き出した後の虚《うつ》ろに、良邦の本音が流れ込んできた。

「お前も知っているだろう。アレが幼稚園に入った頃から急にわたしの仕事が忙しくなった。病院と協会の掛け持ちで、しかも両方肩書がつくようになった。お蔭《かげ》で生活はずいぶん楽になったが、その分亜美と接する時間が削られていった。それが男親の宿命だと割り切っていたつもりだったが……」

肩書も威厳も剝ぎ取った男は、ただ娘の安否を気遣う普通の父親だった。

夫も傷つき疲弊している。何故こんな単純なことに気がつかなかったのか。

「刑事さんたちにお茶を淹《い》れてきます」

もちろん適当な逃げ口上だった。夫の顔を正視できないまま朋絵は台所に避難する。

普段から家を空けがちの良邦だが、古い教育を受けたせいか厨房《ちゅうぼう》には尚更入って来ようとしない。朋絵が逃げ込むのに、これほど適した場所もなかった。

深いシンクの前で茶葉を取り出している最中も、頭の中に去来するのは亜美の顔ばかりだった。後悔が朋絵を責め苛《さいな》む。良邦にはああ言ったものの、亜美が見知らぬ人間についていったのは家庭内での不協和音が少なからず関係しているのかも知れない。そうだとすると責任の一端はやはり自分にある。

亜美が誘拐されたのは自分の責任だ。もし万が一、亜美が死体で発見されるようなことがあったら——。

そこまで考えて、朋絵は大慌てで頭を振る。

想像してはいけない。

想像すればするほど現実になりそうな恐怖が襲い掛かる。

犬養という刑事に証言した通り、去年頃から亜美は両親に対して心を閉ざし始めた。良邦はそれを思春期ゆえの反応と片付けたが、朋絵は納得できなかった。

思春期になって娘が父親を嫌うのは朋絵自身にも経験があることだった。今まで父親でしかなかった存在がある瞬間からオスに見える。その機を境に容姿にも体臭にも嫌悪感を抱くようになる。後から振り返ってみればそれは一過性の麻疹《はしか》のようなものであり、やがてまた肉親の一人として認識できるようになる。

しかし亜美の父親嫌悪は少女時代の朋絵の比ではなかった。容姿や体臭に止《とど》まらず、存在を思い出すだけでも嫌そうだった。元々潔癖症の傾向があったので余計にそうなったのだろう。それに付随して母親の自分にまで反抗的になったのも、一種の通過儀礼と諦めていたことは否めない。

何故、あの時にもっと娘を理解しようとしなかったのだろう。

何故お互いの距離を縮める努力を怠ったのだろう。

今となっては後悔するより他にない。我ながら現金なものだと思う。手を伸ばせば届く距離にいたから、言葉を交わさなくても分かり合えていると思っていた。嫁ぐのはずいぶん先になるだろうから、身近にいるのが当たり前だと信じていた。いなくなってから、その存在が自分にとってどれだけ大きかったのかが身に沁《し》みた。気がつけば、自分たちの生活は亜美を中心に回っていたのだ。

不意に視界が滲《にじ》んだ。

亜美の誘拐を知らされた当日、不安と恐怖で涸《か》れるほど大泣きしたが、涙嚢《るいのう》にはまだ余分が残っていたらしい。

いつの間にか湯は沸騰していた。

ゆるゆると茶葉の入った急須《きゅうす》に注いでいると涙も乾いた。言い訳代わりに淹れたお茶だが、折角なので持って行くことにした。

居間では殿山と見城が名簿調べを継続していた。

「あの、お茶を淹れましたので」

「いやあ奥さん、本当にお気遣いは結構ですから」

殿山は拝む仕草で茶碗《ちゃわん》を受け取る。無言無表情の見城とは対照的で、案外親しみやすい印象がある。

だから尋ねてみたくなった。

「殿山さん、一つお伺いしてもいいでしょうか」

「どうして犯人はあんな絵葉書を残していったんでしょう?」

拝殿の奥、スマートフォンと一緒に置かれていた〈ハーメルンの笛吹き男〉の絵葉書。最初にそれを見た時から違和感が付き纏っていた。あれから二日、いくら考えても亜美はグリム童話の中の一編と結びつかない。

「一人目のお嬢さんの時にもそれが残されていたんですよね、まるで名刺代わりみたいに。いったい〈ハーメルンの笛吹き男〉にどんな意味があるんですか」

すると殿山は一瞬物憂げな表情を見せた後、見城と目配せを交わした。話してもいいか、という無言の問い掛けに見城が浅く頷く。

「確かにあれは犯人の名刺のようなものなので、我々も〈ハーメルンの笛吹き男〉については素人《しろうと》ながら文献を漁りました。そこに犯人のメッセージが込められているというのは誰もが考えますから。しかし、これには諸説あって、なかなか結論が出ないのですよ」

殿山は頭を掻《か》く。

「グリム童話というのはまるっきりの創作という訳ではなく、グリム兄弟が各地に出向いて民間伝承を編纂《へんさん》したものらしいですな。だから童話の多くには歴史的な事実や事件が含まれています。〈ハーメルンの笛吹き男〉も例外ではなく、一二八四年ドイツのハーメルンという街から百三十人の子供が突如姿を消したという伝承に基づいています。

当然、それだけ多くの子供が一度に姿を消すのですから、相当の理由があると考えられました。その一つが土砂崩れや洪水などの自然災害、あるいは流行《はや》り病によって子供たちが大量死したという説です。これによると笛吹き男は死神の象徴という解釈ですな」

不安は払拭《ふっしょく》しきれていないが、朋絵は寓話《ぐうわ》の解釈に恐々としながら興味を持った。童話の原典はひどく残酷なものが多いと聞いたことがあるが、〈ハーメルンの笛吹き男〉の伝承もなかなかにむごたらしい。

「別の説は何かの軍事行動ではないかという解釈です。一二六〇年にゼデミューンデという場所で戦乱があり、この際にハーメルンの市民軍が壊滅しているのですが、この市民軍が百三十人の子供に転換されたんですな。この解釈の場合は、新兵の徴募官が笛吹き男になる訳です」

これも頷けない話ではないと思った。今より平均寿命の短かった時代では、少年が若き兵隊として徴兵されていたはずだ。

「三つ目の説。これが最も普《あまね》く流布されている説ですが、子供たちは自分の自由意志で街を出て行ったのではないかという、言わば移住説です。十三世紀のドイツは人口があまりに多かったので家と土地を相続できるのは長男だけだった。それで次男以下の子供たちが新天地を目指したというものです。実際、後の歴史学者が調査してみると、東ヨーロッパの植民地にはハーメルンで見られる姓と類似した姓を持つ者が多く残っているらしく、この解釈を補強する材料になりました」

災害死・病死説、軍隊の戦死説、そして移住説。

解釈としてはどれも興味をそそるものだが、現実に起こった二つの誘拐事件と照らし合わせてみると、いささか的外れの感がある。

同じ感想を抱いているのだろう。殿山も合点のいかぬ様子で、また頭を掻き始めた。

「どうにもしっくりきませんでしょう? 病死説にしても誘拐された一人目は確かに障害を負っていましたが、亜美さんは健康体ですしね。軍隊説ではまるで意味不明だし、誘拐だから移住というのも的外れだ」

「そうですね。それに、そんなに解釈が分かれているのなら犯人が名刺代わりに置いていくのも説明がつきませんもの」

朋絵がそう言うと、二人の刑事はまた目配せを交わした。

「そんな訳で、あの絵葉書が何を意図して置かれたのかも捜査中なのです。もうしばらく時間をください。我々は全力を尽くしますので」

朋絵は〈ハーメルンの笛吹き男〉についての解釈が頭から離れなかった。殿山の口調が、何となく奥歯に物が挟まったように聞こえたからだ。

あまりに気になったので別室に備えてあるパソコンを開き、自ら童話の由来を確かめてみようとした。〈ハーメルンの笛吹き男〉を検索するとすぐに一覧が現れる。やはり多くの者が朋絵と同じかそれ以上の興味を持ったとみえ、伝承の解釈を巡っては色んな学者が推論を立てていた。

ところが朋絵の目は、ある解釈の箇所で釘《くぎ》づけになった。それは殿山が口にしなかった第四の解釈だった。

無理もない。とても娘を誘拐された母親に披露できるような内容ではなかったのだ。

『笛吹き男とは精神を患った小児性愛者だった。彼はハーメルンから百三十人の児童を誘拐し、自らの歪《ゆが》んだ愉《たの》しみに供した。ある子供は五体をばらばらにされ、ある子供は木の枝から吊《つ》り下げられた』

その瞬間、朋絵は自分の血が引く音を聞いた。

三　拡大

1

三月十六日、午後一時三十分。

犬養は明日香とともに参議院議員会館委員会室にいた。刑事というのは職業柄様々な場所に出入りするものだが、さすがに議事堂の中に足を踏み入れたのはこれが初めてだった。

席上では五人の少女が居並ぶ議員を前にして、緊張の面持ちで訴えを口にしていた。五人全員が車椅子に乗り、設《しつら》えられた会見席までの細い通路を苦心しながら移動する。彼女たちの母親らしき女性たちが、少し離れた場所から心配そうにその様子を見ている。

委員会室の後部にはカメラを担《かつ》いだ報道クルーが陣取っていたが、数えてみると合計で十人にも満たず、マスコミの関心の低さを物語っている。

「こ、高校三年の仮屋裕美子《かりやゆみこ》です。さ、三年前の九月と十月にワクチンを接種しました。それからしばらくしてから眩暈《めまい》がして、次に手足が痺《しび》れ始めました。こんなこと、今まで一度もありませんでした」

大人を前に話すことに慣れていないのだろう、裕美子は何度も舌を嚙《か》みそうになった。いや慣れていないのではなく、痙攣《けいれん》が舌にまで及んでいるのかも知れなかった。

「それで脳神経外科を受診しました。わ、わたし、ワクチンを打ってから変になったって言いましたけど、異常なしと診断されました。それで世田谷《せたがや》の保健所に相談したら別の病院を紹介されました……こ、厚労省指定の大学病院でした。わたし、震えが止まらないことを言いました。でも、お医者さんは気のせいだとしか言わないんです。き、気のせいで、い、一日中手足が痺れるなんてことがあるんでしょうか。わたし、二月になってから卒倒しました。病院ではメニエール病の疑いがあるという診断でお薬をもらいました。毎日ちゃんと服用しています。でも、全然治らないんです」

「河村季里《かわむらきり》、十八歳です。中学三年の時、ワクチンを接種しました。数日してからいきなり頭痛と吐き気に襲われました。生理痛じゃないんです。わたしの場合、生理痛は身体《からだ》がだるくなるだけなので、それとは別の症状なんです。そのうち手足が麻痺《まひ》するようになりました。指先が震えてペンも持てなくなったんです。授業中、板書もできずノートはミミズが這《は》ったような文字しか残りませんでした。自分でも読めない字なので、家に帰っても復習できませんでした。足もがくがく震え出して、歩いていてもすぐに膝《ひざ》が折れちゃうんです。それで車椅子に乗るようになりました」

　季里はいったん言葉を切った。

「……わたしはキャビンアテンダントになるのが夢でした。そのために小学校に上がる前から英会話を習ってました。でも」

　季里の声は震えながら尖《とが》っていた。

「車椅子の生活になったら、もうキャビンアテンダントの仕事なんてできません。わたしはしょうら……将来の……将来の夢を諦《あきら》めなければなりませんでした。わたし、何にも悪いことをしていないのに、勉強を一生懸命して、背を伸ばすために毎日牛乳を飲み続けたのに、それが全部無駄になってしまいました。わたしの十八年間を返してくれって、誰に言えばいいんですか」

「高校二年生の甲斐詩織《かいしおり》といいます。二回目の接種をした直後からひどい頭痛と痙攣に悩まされました。それで内科に行ったんですけど、そこの先生は検査さえしてくれませんでした。わたしはバレー部に所属していてインターハイに出場するのが夢でしたけど、もう無理で……無理です。ボールを打とうとしても手が大きく痙攣して、すぐボールをこぼしてしまいます」

　詩織はいきなり俯《うつむ》いて洟《はな》を啜《すす》った。犬養のいる場所からでも、彼女が嗚咽《おえつ》を堪《こら》えているのが分かった。

「何か、残酷ですよね、これって」

　明日香は見ていられないという風に視線を逸らす。

「まるで見世物じゃないですか」

「まるで、じゃなくて見世物そのままなんだよ」

犬養は決して目を逸らさなかった。

「あの子たちは自分たちの置かれている現実を議員たちに知って欲しくて、自分たちの姿を晒《さら》している。伝聞だけじゃあその辛《つら》さや苦しさが半分も伝わりはしないからな。それにワクチン禍《か》で苦しんでいる子は全国に千二百人もいる。あそこにいる子たちは、その千二百人のために勇気を振り絞って立っている」

もし自分の娘が同じ立場だったらと思うと居たたまれない。だからこそ余計に目を背けてはいけないと思う。

詩織はようやく顔を上げた。

「……そのうち、痙攣が全身に広がって立っていることもできなくなりました。わたし、それでも学校に通い続けました。松葉杖《まつばづえ》を突きながら登校しました。半年間、頑張りました。でも、もう一メートル歩くのもきつくなって……それで先生と相談して休学することになりました。でも、治療に専念したからといって、この身体が元に戻る保証なんてどこにもないんです。議員の皆さん、わたしはいったい誰に怒ればいいんですか？」

詩織から問い掛けられ、居並ぶ議員たちは皆一様に憮然《ぶぜん》とした表情をしている。中には詩織の視線に耐えられないのか、顔を背ける者もいる。

四人目にマイクの前に立ったのは、まだ幼さの残る小柄な女の子だった。年の頃とい い背恰好《せかっこう》といい、沙耶香によく似ている。

「中学三年、大和田悠《おおわだはるか》です。わたしが最初に子宮頸《けい》がんワクチンを接種したのは去年の四月でした。その後六月頃に高熱と身体中の痛みがあって立つこともできなくなりました。それからすぐお医者さんに行ったんですが、そのお医者さんは碌《ろく》に診察もせずに風邪薬をくれたんです。クスリを服《の》みましたけど治りませんでした。それから二回目の接種を受けました。この時にまた症状がひどくなりました。朝から晩まで筋肉痛と肩こりに悩まされるようになりました。とても疲れやすくなって高熱が出ました。三回目の接種の時には、ワクチンを打つ度《たび》に体調が変になるんだってお医者さんに言ったんです。でもそのお医者さんは絶対に気のせいなんだから我がままを言うなって怒るんです」

悠は眼前にその医者が立っているかのように、虚空を睨《にら》みつける。

「でも三回目を接種した後、症状はもっとひどくなりました。筋肉痛で階段を上り下りすることもできなくなりました。手首の力もなくなってペットボトルの蓋《ふた》も開けられなくなりました。毎日、高熱にうかされました。本当にこのまま死ぬんじゃないかって親が大学病院に運んでくれました。大学病院の先生はエリテマトーデスだと診断しました。すごい難病だそうです。おかしいと思いました。だってわたし、物心つく頃から病気なんてしたことなかったのに！　どうしてそんな聞いたこともないような難病に罹《かか》らなきゃいけないんですか。わたしと両親はワクチンを打ったお医者さんに抗議に行きました。するとそのお医者さんは、お母さんに向かって『あなたがワクチンのせいだと騒ぐから娘さんの病気は全然治らないんだ』とか『そんな風にワクチンのせいにする患者はほとんどが詐病《さびょう》だ』とか言うんです」

きっと悠の母親なのだろう。袖《そで》で聞いていた女性の一人が堪《たま》らないといった様子で顔を覆った。

「終いにそのお医者さんは『ワクチンを打ったことは忘れたらどうだ』と言いました。まるで懸命にワクチンのことを、それを打った自分のことを庇《かば》っているようにしか見えませんでした。その時、わたしと両親は何も言い返すことができずに帰って来ました。でも、今ならはっきりと言えます。わたしをこんな身体にしたのは子宮頸がんワクチンなんです」

悠は半ば絶叫するように話し終えた。犬養は胸が締めつけられる。わずか中学三年の女の子をここまで追い詰める医療とは、いったい何なのだろう。普段、自分の娘が人工透析で命を長らえているので余計にそう思う。何故、医療というものは人の命を救う一方で人の命を蝕《むしば》むのだろう。

以前、臓器移植を巡る事件を捜査している時に頭を過《よぎ》ったことが甦《よみがえ》る。人を不幸にする医療行為にどんな意義があるのか。いや、そもそも医療というのは誰のために存在しているのか。少なくとも患者のためではない。もし患者のためだというのなら、何故医療行為によって彼女たちのような被害者が現れるのか、理屈が合わないではないか。

最後に出てきたのは長い黒髪の女の子だった。

「支倉優花《はせくらゆうか》です。齢《とし》は十……十八、だと思います。何年か前、一度だけワクチンを受けました。そうしたら、あの、数字が全然憶《おぼ》えられなくなりました。今は簡単な足し算もできません。わたしの学校は進学校だから、はじめからこんな風じゃなかったのは確かなんです。それがワクチンを打ってからは……あの、自分の齢も数えられなくって……」

優花の声が震え始める。

「こ、高校生なのに、しょ、小学一年の計算ドリルもできなくなって、こんなんじゃ試験なんて受けられません。行きたかった大学も諦めないといけません。わたし、クラスでもいい点を取っていたのに、大学入るために今まで一生懸命勉強してきたのに、どうしてこんな……どうして……」

とうとう優花は俯いたまま嗚咽を洩《も》らし始めた。

「い、家ではワクチンを打つことを許したお母さんがお父さんから責められてて、もう家族はばらばらなんです。どうしてお母さんが責められないといけないんですか。ワクチンを打てと言ったのはお医者さんなのに、どうしてウチの家族がばらばらにならなきゃいけないんですか」

優花はしばらくすすり泣いていた。それを見かねて母親らしい女性が、彼女を引き下がらせた。

入れ替わりにマイクを握ったのは月島綾子だった。

「お集まりの議員の皆さん。今の彼女たちの訴えを聞いていただけましたでしょうか」

気丈なものだ、と犬養は感心して聞いていた。

子宮頸がんワクチン院内集会〈被害者の声を聞いて〉は元々この日に予定されていた。綾子が集会の取り纏《まと》めをしており、娘の香苗も参加する予定だったという。

その香苗が誘拐されてしまったので開催自体が危ぶまれたが、綾子は予定通り集会を開いた。遠くは栃木から足を運んでくれる親子にも申し訳が立たなかったし、ここに香苗がいればやはり開催に賛成してくれるだろう、というのがその理由だった。

電話では連絡を寄越《よこ》さなかった犯人が、集会の場を利用して綾子に接触してくるかも知れない――犬養と明日香はその可能性のため、綾子に随行しており、警戒とともども集会に紛れ込んだ次第だった。だから犬養は会場の中で不審な動きを見せる人物に注意を払い、一方明日香は参加者一人一人の顔をデジタルカメラに収めている。

綾子の弁舌は続く。

「事情があってここには来ておりませんが、わたしの娘も子宮頸がんワクチンの接種後、極度の記憶障害に陥りました。最初はただ物覚えが悪くなった程度でしたが、そのうち電車の乗継ぎを間違えたり、友達の名前を忘れたりするようになり、遂には母親であるわたしの名前や関係まで忘れてしまいました。もう、小さな頃の思い出も何もかも失《な》くしてしまいました。十五年間の人生をそのまま失ったのです。それでもわたしたちはまだ諦めません。この子たちはまだ十代なんです。これから先ずっと未来が待っているのにどうして諦められるでしょうか」

大したものだ、と犬養は再び感心した。もちろん何度かリハーサルもしたのだろうが、国会議員を前に全くの一般人である綾子が物怖《ものお》じすることなく朗々と訴えている。きっと、それが母親の力なのだろうと思う。

「わたしたちは今、困っています。この子たちを治療する資金と環境がないからです。完治するまでには長い時間と莫大《ばくだい》な治療費が必要なんです。でも恵まれた家庭は多くありません。数年後なんてとんでもありません。来年だって遅すぎます。今です。今すぐ救済して欲しいんです。どうかわたしたちを助けてください。そして、新たな被害者を出さないためにも、一刻も早く子宮頸がんワクチンの接種事業を中止させてください」

綾子が話し終えて一礼すると、居並ぶ議員の中からぱらぱらと拍手が起きた。

最後にマイクを握ったのは、あの村本医師だった。

「都内で小児科を開業している村本といいます。主宰の月島さんとはブログを通じて知り合いましたが、本日は医師としての立場でこの集会に参加させていただきました」

綾子の弁舌に比べれば迫力不足は否めない。それでも村本の言葉には、専門家としての責任と矜持《きょうじ》が感じ取れた。

「こういった薬害は古くて新しい問題です。何年か周期で出現して、医師と製薬会社、そして厚労省の癒着が明らかになり、逮捕者が出て、長い裁判が行われ、患者の何人かが犠牲になってからやっと救済が始まる。しかし、その頃には既に新しい薬害が水面下で進行しているという具合です。つまり解決しているように見えて、根本的な部分は全く改善されていないのです。製薬会社は副反応のあるワクチンを製造し続け、医師は診療報酬点数稼ぎに怪しげなワクチンを患者に投与し続け、厚労省は天下り先欲しさに唯々諾々とワクチンを認可して接種を勧奨するという図式が、連綿と継続している。しかし医師の立場から申し上げれば、異常が生じているような薬品なら、直ちに使用を止めて警告を発するべきです。こんな当然のことを言うのも口幅ったいようですが、医師も厚労省も国民の健康を守るのが使命だからです。有効性が保証されないワクチンを充分な説明もなく勧めるのは犯罪行為にも等しい。患者の利益とは別の論理でワクチン接種を勧奨する厚労省と医療機関は、亡国の徒と言っても過言ではないでしょう」

村本は感情を抑えながら訥々《とつとつ》と語りかける。しかし現役医師による抗議という体裁が、言葉に重みを加えている。

「今、彼女たちの証言をお聞きいただいた通り、ワクチンさえ打たなければ子供たちは障害を負わずに済みました。こんな事業をどうして推進し続けるのでしょうか。どうして検討部会の中に疑義を差し挟む委員が一人もいないのか。知識が足りないのか、それとも良心が足りないのか。第一、子宮頸がんは部位別がんの中では一貫して死亡率が減少し続けています。この事業に、更に三百億円もかけてワクチン接種を推進する必要があるとは到底思えません。議員の皆さん、わたしからもお願いします。患者の生命を担保に私欲に走る製薬会社、役人、医師。そんなハイエナどもよりもこの子たちに目を向けてやってください。この子たちの苦しみを和《やわ》らげることができるのは、国を動かしているあなたたちなのです」

村本に対する拍手は綾子へのそれに比べると、更に控えめだった。

集会が終了すると、綾子は犬養たちの方へやって来た。

「こんな場所にまで引っ張り回してすみません」

深々と頭を下げられたので恐縮した。引っ張られたのではなく、こちらが追い回しているだけだ。

「月島さん、ご立派でした」

明日香が感激したように話し掛けても、綾子の表情は冴《さ》えない。

「そんなこと……不安を紛らせるためかも知れません。何かしていないと頭がどうにかなりそうで」

人は極度のパニックに襲われると、平常心を保とうとして日常の行為をなぞることがある。綾子が集会を開催したのもその表れなのだろうと解釈した。

「五人の女の子も、今日のために一生懸命スピーチを練習してくれたんです。わたしの都合で中止することなんてできません」

「そう言えばあの子たちは全員車椅子ですよね。何でも遠い子は栃木からと聞いていますが、そうなると移動も大変でしょう」

犬養の素朴な質問だったが、綾子は落ち着いて答える。

「それなら心配要りません。今は介護用の設備が割と充実していて……その、高齢者への配慮というのが大部分なんですけど」

「鉄道各線が車椅子使用者に対して便宜を図っているのは存じていますが、駅に行き着くまでが大変なのではありませんか」

沙耶香が移動しなくてはならない場合を考えると、どうしても訊《き》いておきたくなる。

「車椅子に対応した介護用のマイクロバスがあるんです。あの五人の女の子もそれを使って近くのホテルに向かうんです」

介護用に特化したマイクロバスというのは初耳だった。

「老人ホームの入居者が団体で移動する時のために造られたみたいですね。お蔭《かげ》でわたしたちも以前よりは移動が楽になりました。もっとも介護者は別便になってしまいますけど」

バスといってもコストを考慮すれば、大型バスを改造する訳にはいかない。小型バスに六台分の車椅子を収容するのが精一杯で、しかも車椅子だけで結構なスペースを占めるために介護者の同乗できる余裕がないのだと言う。

「でも、運転手さんが介護に慣れた人ですからね。わたしたちも安心してお預けすることができるんです」

聞けば宿泊するホテルは議員会館からクルマで十分の場所にあり、彼女たちの保護者もタクシーで追って駆けつけるらしい。なるほどそれだけ近ければ、車椅子を使用している彼女たちもストレスは最小限だろう。

「全員がホテル泊まりなんですか」

「都内在住の子もいるんですけど、ここまで移動するにもかなり体力を使っているんです。同じ症状の子供たちが親交を深めるのも有意義なことですし……宿泊費と交通費は被害者対策会からもらえるので、それくらいなら許されるでしょう」

本来であれば、その中に香苗も含まれていたはずなのだ。綾子の無念さを慮《おもんぱか》ると、犬養はやはり居たたまれなくなる。

だが捜査は捜査だ。

「それより月島さん、この画像を見ていただけませんか」

犬養は明日香からカメラを受け取り、撮影された参加者たちの顔を示す。

「この中に過去あるいは最近見掛けた人物は交じっていませんか」

委員会室に集っていたのは四十五人の参議院議員と報道陣、そして一般の傍聴人たちだった。もしもこの中に綾子の知己が紛れ込んでいたのなら、その人物が突破口になる可能性がある。

だが画像を次々に送っていっても、綾子の注意を引く人物はなかなか見当たらない。

「議員さんの中には見知った人もいるんですけど……まさかそれは関係ないですものね」

全ての画像を確認するのに十五分を要したが、結局これというカードを引き当てることはなかった。懸命にシャッターを切り続けた明日香は収穫なしと知って短い溜息《ためいき》を吐《つ》いたが、そう易々と干し草の山の中から針が見つけられる訳でもない。

その時、綾子の持つバッグの中から軽やかなメロディが洩れてきた。綾子が中から携帯電話を取り出す。

「失礼します……はい、月島です。ええ、わたしはまだ議員会館におりますけど……え。もう十五分も前にこちらを出発しましたけど……まだ？　道路が渋滞しているんじゃないですか。あ、でもお母さん方はもうホテルに到着しているんですものね……もう少し、お待ちになってはどうですか。ちょうど、こちらに刑事さんもいらっしゃいますから……はい、それでは……」

通話を終えた綾子はゆるゆると犬養たちに振り向く。その顔を見れば聞くまでもない。何か変事が起きた証左だった。

「仮屋さん……裕美子ちゃんのお母さんからなんですけど、子供たちを乗せたマイクロバスがまだホテルに到着していないらしいんです」

犬養は思わず明日香と顔を見合わせた。頭を過ったのは紛れもなく〈ハーメルンの笛吹き男〉だった。

形容しがたい不安が頭上から舞い降りてくる。犬養の頭で警報が鳴り響く。経験上、こういう際の不安は大抵的中する。

「月島さん、そのマイクロバスはどこのバス会社からチャーターしたんですか」

「あの……確かケータイに連絡先が入っていたはずです」

犬養は綾子から携帯電話を受け取る。液晶部分には〈京葉《けいよう》バス〉の文字と電話番号がある。

「月島さん、念のためです。会社の方からドライバーに連絡を取るよう伝えてください。今、どのあたりを走っているのかと」

綾子は犬養に命じられるまま、バス会社と連絡を取る。

犬養たちはいったんバス会社からの連絡を待つ。その間も不安は増大していく。

「まさか、バスごと五人が誘拐されたなんてこと……」

明日香は独り言のように洩らし、慌てて口を噤《つぐ》む。口にした途端、現実になるとでも信じているかのような素振りだった。

やがてバス会社からの電話があった。だが、それを聞く綾子の顔はみるみる驚愕《きょうがく》の色に染まっていく。

「……ドライバーと連絡が取れないそうです」

「電話を替わってください」

犬養は半ば奪うようにして携帯電話を受け取る。

「替わりました。警視庁刑事部の犬養といいます」

『警視庁?』

「ドライバーと連絡が取れないんですって」

『はあ、手前どもの社員で草間《くさま》という男なんですが、さっきから何度呼んでも応答しません』

「ケータイですか」

『ええ、会社から貸与している物ですが』

「GPS機能で現在地を割り出せますか」

『少しお待ちください』

しばらくして通話の相手から返ってきた。

『あのう、現在地は判明したんですが……何だか妙なんです。一ヵ所に停止したままで移動していません』

「それはどこですか」

『千代田区永田《ながた》町二―一―一。参議院議員会館ですよ』

「何だって」

犬養は急いでドライバーの持つ携帯電話の番号を聞き取ってから、綾子に向き直る。

「月島さん、引き続きホテルに待機している保護者の方と連絡を取っていただけますか」

「承知しました」

「行くぞ、高千穂」

その場を駆け出した犬養は自分のスマートフォンでドライバーの草間を呼び出す。コール音は続くものの、相手が出る気配は一向にない。

「ドライバーはこの議員会館のどこかにいる。ケータイの着信音なりバイブ音なりに聞き耳を立てていろ」

「無理なこと言わないでください。こんなに広い建物の中で着信音だけを頼りに捜すなんて」

「こういう建物の中だからだ。一般人の立ち寄れる場所は限定されているはずだろう」

議員会館で一般人が入れる場所といえば参観ロビー、参議院本会議場、御休所、皇族室、中央広間、前庭の六ヵ所くらいしかない。犬養は明日香とともに、それぞれの場所を捜索する。

だがロビーから中央広間、そして前庭まで捜し回ってもそれらしい男の姿は見当たらない。もちろん着信音も聞こえてこない。

あとはどこが残っている？　一般人が自由に出入りできる場所。そこに一定時間留まっていても見咎《みとが》められない場所。

あそこだ――。

犬養は中央広間に取って返し、フロア隅の障害者用トイレに駆け込んだ。

またスマートフォンで呼び出してみる。すると個室の中から微かな着信音が洩れ聞こえてきた。

「ここか、返事をしろ！」

ドアを叩《たた》くが応答はない。犬養はドアをよじ登って、上から中を覗《のぞ》き見た。

便器の上に男が座っていた。目隠しと猿ぐつわをされ、四肢を拘束されていた。その胸元から着信音が空しく聞こえている。

そしてドアを飛び越えた犬養は、男の足元に見慣れた一枚の紙片を見つけた。

畜生、という言葉が自然に洩れる。

それは〈ハーメルンの笛吹き男〉の絵葉書だった。

2

翌日、少女五人を乗せていたマイクロバスは千代田区三番町《さんばんちょう》にある東郷元帥《とうごうげんすい》記念公園の駐車場に乗り捨てられているのが発見された。

もちろん中はもぬけの殻で、少女たちはおろか車椅子さえ影も形もなかった。残されていたのは五人が持っていた携帯電話だけだ。

保護された京葉バス社員、草間文義《ふみよし》の証言によれば状況はこんな具合だった。

参議院議員会館の駐車場にバスを停《と》めて待機していると、バスの乗降口から人が入って来た。スプリングコートを羽織り、つばの広い帽子を目深《まぶか》に被っているので男か女かは分からない。草間は運転席のミラーから見ていたが、てっきりチャーター客の一人だと思い、あまり注意は払わなかった。

その人物がつかつかと前方に近づいてくる。行き先に関して何か確認でもするのかと思っていたら、いきなり背後から頭を押さえられた。そして肩の辺りに何かを注射されるとやがて身体の自由が利かなくなったと言う。

その人物は草間の手足を縛り上げ、目隠しをして猿ぐつわをかませると、帽子のようなものを被せて車椅子に乗せた。一緒にバスから降り、しばらく車椅子で移動するとトイレの中に置き去りにされた。トイレの中というのは臭いで分かったのだと言う。そして個室の中にいる間、携帯電話が何度も着信を告げたが、縛られている上に身体が鉛のように重くて動かないので、どうすることもできなかった。

「草間の運搬に使用された車椅子は議員会館に備えつけられていた物です。トイレの入口にそのまま放置されていましたよ」

犬養の説明を聞いていた麻生は唇の端を捻《ね》じ曲げている。

「草間の体内からは微量の筋弛緩《きんしかん》剤が検出されました。これが身体の自由を奪った原因でしょう」

「筋弛緩剤だと？　そんなものがドラッグストアに売っている訳でもあるまい。すると犯人は医療関係者ということか」

「そうとも言い切れません。検出されたのはスクシニルコリンという薬剤です。これは即効性があり、かつ短時間で回復する筋弛緩剤なんですが、ネットの個人輸入で購入が可能になっています」

筋弛緩剤は用量を誤れば生命にも関わる。その点、スクシニルコリンを使用したのは敵ながら細やかな配慮と言えた。事実、犬養が駆けつけた時には、草間に投与された筋弛緩剤の効果はあらかた消滅していたのだ。

「またぞろネットか。くそ、麻薬といい拳銃《けんじゅう》といい、最近は一般市民がそういう物騒なモノをネットで買っている。そのうちネットで核ミサイルでも売り出すんじゃなかろうな」

麻生は不機嫌の矛先を犬養と明日香に向ける。

「犯人はつば広の帽子を草間に被せて車椅子で運びました。広いつばで目隠しと猿ぐつわを隠せますし、当日は他に車椅子の使用者が五人もいたので、警備員も不審に思わなかったのでしょう。障害者用のトイレは使用者も少ないので、そこに放り込んでおけば発見も遅れる。よく考えたものですよ」

犬養が話す度に、麻生は眉間《みけん》の皺《しわ》を深くする。その反応で、犬養はいつの間にか犯人を称賛している自分に気がつく。

「東郷元帥記念公園にマイクロバスが乗り捨ててあったが、そこからは犯人に繋《つな》がる遺留品は発見されていない。畜生、今度もまたカメラの設置台数の少ない場所を選びやがった。撮影エリアから外れたところだから、乗り捨てた時の様子も犯人の姿も何も映っていない」

よほど腹に据えかねるのか、麻生は自分の机でも叩きそうな勢いだった。

無理もない、と犬養は思った。今度は五人一遍に攫《さら》われてしまった。これで笛吹き男は何と七人もの少女を誘拐したことになる。誘拐された人数としては、日本の犯罪史上最多になるのではないか。

「保護者達も、まさかチャーターしたバスの運転手が誘拐魔だなんて想像もしませんからね。バスが所定の位置にあれば、粛々と子供たちを中に入れて安心してしまう。しかも五人全員が車椅子の身ですから、行き先が途中で変わったことに気づいても抵抗も何もできません」

「公園の近辺で訊き込みをさせているが、現在まで目撃者は見当たらない。これはどういうことだ」

「おそらく犯人は五人の少女をどこかに連れ去った後、マイクロバスだけを公園に乗り捨てたのでしょう。その方が手間も掛からないし、目撃される危険度も小さい」

くそ、ともう一度麻生は毒づく。

「攫われた五人の家庭はいずれも富裕層とは言いかねる。娘の治療費も銀行預金を取り崩しているような家庭がほとんどだ。そんな家庭の娘たちを誘拐して、本人に何の利益がある？　冒したリスクに対してリターンが少な過ぎるじゃないか」

「リターンも何も、笛吹き男は未だ身代金要求はおろか、意思表示すらしていません。ヤツの目的が単なる営利誘拐だと、今一つピンときませんね」

「じゃあ理由は何だ。カネも要らず、警察やマスコミを翻弄《ほんろう》したいがために誘拐を繰り返しているっていうのか」

「それは分かりません。しかし今回攫われた少女たちは、全員が子宮頸がんワクチンの被害者たちです。これで犯人の狙いがワクチン禍に関しての何かであるのは確定したんじゃありませんかね」

「そいつは否定しない。だが、そのことが確定するのに、五人の少女を盗《と》られたんだぞ。こいつは決して安い授業料じゃない。大体、お前が現場にいながらなんてざまだ」

麻生は、犬養がまるで誘拐魔当人であるかのように責める。よほど今回の集団誘拐が応《こた》えている様子だった。

現場での不手際を責められたのでは犬養と明日香も抗弁できない。二人とも綾子に張り付いていたので、五人の警護など思いもよらなかったのだが、これは外部に対しては申し開きが立たない。おそらくマスコミは、現場に警察官がいながらみすみす五人を連れ去られたのだと揶揄《やゆ》するに違いない。

ただし応えているというのなら、麻生よりもやはり五人の親たちの方だろう。事情聴取のため、彼女たちを捜査本部に呼んだのだが、全員がひどく混乱していてまともに聴取できていないという。今から聴取に加わる犬養としては、頭の痛い問題だった。続く麻生の言葉は犬養の考えることを捜査本部の上層部が考えないはずもない。

が当然予想していたものだった。

「津村課長からは、お前たち二人を捜査から外してみたらどうだと打診された」

びくり、と横に立っていた明日香が反応する。彼女の足が一歩前に出た瞬間、犬養はそれを手で制した。

「じゃあわたしたちは後方支援ですか」

「慌てるな。打診だと言っただろう。俺の方からは現状維持と回答しておいた。この期《ご》に及んで楽させてもらえると思ったら大間違いだ。捜査本部が泥を被った責任は、きっちり取ってもらうぞ」

　麻生から解放されると二人はすぐ取調室に向かった。明日香はと見ると、無念さと情けなさが同居したような顔をしている。

「さっき班長に何を突っかかろうとした」

「班長が言ったことをそのまま言おうとしたんです。この期に及んで後方支援なんて真っ平ですから」

「何故だ」

「何故って……そんなの決まっているじゃないですか。犯人の動機が子宮頸がんワクチンに纏《まつ》わることだと最初からあたりをつけていたのは犬養さんですよ。それを今更、他の刑事に委ねるなんて」

やはり、その程度の理由だったか——そう納得しかけた犬養は、次の言葉で己の観察不足を思い知らされた。

「それよりも、あの子たちを攫っていった笛吹き男が許せない。何も悪くないのに絶望の淵《ふち》に叩き込まれて、その上今度は誘拐ですよ。動機が何であれ、絶対に犯人を許すことなんてできません」

つまり母性ゆえの怒りという訳か。女心が読めないのは相変わらずだ。

犬養はふと思い惑う。捜査に個人的な感情を介在させるのは好ましいことではない。捜査員自身の功名心が捜査方向を見誤らせることが多分に懸念されるからだ。母性という原初的な本能も例外ではない。

「あまり熱くなるな」

「えっ」

「一連の誘拐事件において笛吹き男はおそろしく沈着冷静だ。七人もの女の子を誘拐しておきながら、手掛かりらしい物は絵葉書以外、何一つ残していない。それなのに捜査する側が熱くなってどうする。向こうの思う壺《つぼ》だぞ」

明日香は口惜しそうに押し黙る。

最初の事情聴取は仮屋裕美子の母親、一美《かずみ》だった。

「娘たちのスピーチが終わると、わたしたちは議員会館の職員の方に先導されて玄関へ来ました。そこに、来た時と同じバスが停まっていたので、わたしたちは何も疑うことなく、車椅子ごとあの子たちをバスの中に入れたんです」

「運転手が替わっていることには気がつかなかったのですか」

犬養がこう訊くと、一美は抗議するような目で睨んできた。

「刑事さんはバスに乗る時、いちいち運転手の顔を確認するんですか」

「いや……しませんね」

「わたしたちも同じでした。それが油断だったと言われればその通りかも知れませんが、あなたのような刑事さんでも気にかけないことを、どうして一般市民であるわたしたちが気づけますか」

「女の子たちが乗る際も運転手は動かなかったんですね」

「ええ。介護用車なので、電動で車椅子ごと車内に入れてくれるようになっているんです。わたしたちはそれを見守るだけでよかったんです」

一美は着ているワンピースの膝のあたりを、皺ができるほど強く握り締めながら聴取に応える。

「運転手と言葉を交わしませんでしたか。それと、運転手は男でしたか、それとも女でしたか。もし身体の特徴とかあれば教えてください」

「運転手とはひと言も喋《しゃべ》っていません。それに何度も言うようですが、わたしたちは娘たちが無事に乗り込むのを見届けるのが精一杯で、運転手の方は見向きもしませんでした。だから男か女かも分かりません。背恰好だって見ていません」

「ではこの数日の間、怪しい人物からの接触はありませんでしたか」

「ありませんでした」

二人目の聴取は河村季里の母親、千里《ちさと》だった。

「あたしたち親子は栃木からやって来て……マイクロバスでホテルに移動するというスケジュールも、元はと言えばあたしたち親子が遠方からやって来るということで組んでいただいたんです」

「この集会はいつから計画されていたんですか」

「三カ月ほど前からでしょうか。ブログを見て知り合った月島さんのお誘いで参加することになったんです」

「集会のことはブログにも載ったんですね」

「はい。議員さんたちの前でスピーチをする六人も決まっていました。あ、その中には参加できなくなった香苗さんも入ってたんですけど」

つまり集会の日、五人がどこにいるのか、ブログを閲覧した人間なら誰でも把握できたということだ。

「この数日間、怪しい人物からの接触はありませんでしたか」

千里は困惑した様子で、首を横に振るばかりだった。

三人目は甲斐詩織の父親、圭介《けいすけ》だ。お父さんが同行ですかと明日香が訊くと、圭介は憮然として答える。

「家内が詩織の看病疲れで倒れてしまいましたから……わたしはピンチヒッターのようなものです」

どうにも不穏な様子なので、すぐに犬養が代わる。

「詩織さんたちが誘拐されてから問題のバスが発見されるまで、ほぼ半日経過しています。その間、親御さんのどなたかにお子さんからメール受信とかはありませんでしたか」

「さあ……わたしたちは議員会館から宿泊先のホテルまでずっとひとかたまりで行動していましたが、どこの親御さんにも連絡はなかったようです」

「この数日間、あるいは議員会館を出た直後からでも構いませんが、犯人らしき人物から接触はありましたか」

「そんなものがあったら、とっくに通報していますよ」

　圭介の言葉が尖る。

「刑事さん、言っておくがわたしも家内も、そして詩織も他人に恨みを買う憶えはない。きっと他のご家族も同様だろう。だから、こんな風に個別に話を聞いたって捜査は進展しない。さっさと誘拐犯をとっ捕まえてくれ」

「恨みを買う憶えがないというのは、その通りでしょうね。実際、甲斐さんを含めどこのご家庭も娘さんの病状回復に傾注されていて、同情こそされ恨まれることはないようですしね」

「犬養さんといいましたか。あなた、お子さんはいるのか」

「娘が一人います」

「集会での娘たちの訴えを聞いて、正直どう思った？」

偶然にも自分の娘も病魔と闘っている。だが、それを口にしようとは思わなかった。

「身につまされました。一面的な見方は慎むべきですが、それでも厚労省と製薬会社の対応には義憤を感じずにはいられません」

「娘たちが不憫《ふびん》だと思ってくれるか？　だったらすぐにでも犯人を逮捕してくれ。犯人がどういうヤツなのかは分かっているんだ」

「どういう人物だと？」

「決まっている。子宮頸がんワクチンに副反応があるのを知られたくない連中さ。詩織たちの存在が邪魔でしょうがないヤツが五人を攫っていったんだ」

眉唾《まゆつば》ものとんでもない謀略説だが、合計七人も誘拐されたのでは犯人が集団であるという説も満更頷《うなず》けないこともない。そして犯人が集団であるなら、動機は自ずと集団の利益を護《まも》るものに限定されていく。

たとえば殺人事件の場合、一件一件は金銭・愛憎という動機が主軸になる。ところが連続殺人に発展し、二人三人と死体が重なれば動機は別のものに変質する。誘拐も同じだ。一人誘拐するのは営利誘拐や暴行猥褻《わいせつ》目的に絞られるが、これだけの人数が攫われると目的がやはり変質する。

少しでも可能性があるなら無視する訳にはいかない。犬養は犯人集団説を頭の抽斗《ひきだし》にいったん放り込んでおく。

四人目の聴取対象は大和田悠の母親、恵美《えみ》だったが、彼女は終始狼狽《うろた》えていてまともな応答ができなかった。

「早く悠を捜してやってください。あの子はしっかりしているように見えるけど、まだほんの十五歳で子供なんです。きっと今も怯《おび》えているに違いないんです。こんなことをしている時間があるなら早く捜し出してください」

「大和田さん、落ち着いてください。今回の事件を機に捜査態勢も拡充され、街には数百人の捜査員が駆け回っています」

犬養はそう言いながら空しさも感じている。被害が拡大すると、大抵の管理官は人海戦術を採りたがる。それもあながち間違いとは言わないが、今度のように犯人が何の物的証拠も残していない事案では空振りに終わることもままある。

今必要なものは確固たる方向性であって頭数ではない。末端の捜査員である自分が分かっていることを、どうして指揮を執る者が理解していないのか。

「ここ数日の間に、怪しい人物からの接触はありませんでしたか」

「そんなことがあったら、決して悠を東京まで連れて来るような真似はしませんでしたっ」

恵美は叫ぶように言う。

「本当はそれがなくても不安だったんです。あ、あの子は自分では箸《はし》さえ持てなくなっているんです。しゅ、主人は悠の病気を広く世に知ってもらうためには有意義なことだと言いました。あの子もそうしたいと言いました。自分のような症状の人間がいるのを、一人でも多くの人に知って欲しいと言いました。だからわたしは渋々同意したんです。それが、それがこんなことになってしまって……」

それ以降、何を質問しても、恵美からは要領を得ない言葉しか返らなかった。

最後に聴取した支倉優花の母親、可南子《かなこ》はまず警察の不手際を断罪した。

「月島さんからお聞きしました。この一連の誘拐事件は七日から始まっているそうですね。今から九日も前のことじゃないですか。そんなに時間があったというのに、警察ではどうすることもできなかったのですか。もしその間に犯人を捕まえていてくれれば、こんなことにはならなかったのに」

たったの九日で誘拐犯を逮捕しろというのはいささか乱暴な意見だが、反面、九日の間につごう七人もの少女を誘拐されてしまった警察としては反論のしようもない。犬養と明日香は可南子の居丈高《いたけだか》な言葉を前に、首《こうべ》を垂れるより他になかった。

「もっと情報を広く公開して、新聞やテレビの力を利用することもできたはずです。どうしてそうしなかったのですか」

「誘拐事件というのは人質の生命確保が第一義となりますから、情報公開には慎重にならざるを得ません」

「でも、今になっても犯人から身代金の要求とかはないんですよね」

どうやら綾子を通じて事件の進捗《しんちょく》状況は筒抜けになっているらしい。綾子も不用意だと思うが、犯人からの連絡が一切ない以上、洩れるような情報といえば捜査本部の無策ぶりくらいのものだ。

「それではどうして誘拐魔のことを大々的に発表しようとしないのですか。誘拐された子たちが、子宮頸がんワクチン絡みの子供であるのを知られるのが怖いからですか。警察も製薬会社や厚労省や産婦人科協会に遠慮しているのですか」

「いえ、決してそんなことは……」

初動捜査の遅れが非公開捜査に起因したことは否めない。だが、それはあくまで警察側の論理だ。我が子を誘拐され、怒りの矛先を探している母親に対抗し得る理屈ではない。犬養と明日香は可南子に対してひたすら頭を下げ続けた。


事情聴取というよりは、こちらが針の莚《むしろ》に座らされているような心地だった。それでも聴取内容を纏めて刑事部屋に戻ると、麻生がひどく凶暴な顔で二人を迎えた。

「ちょっと来い」

その声から犬養は尋常ならざるものを感じた。どうやら小言叱責《しっせき》の類《たぐい》ではないらしい。

麻生は手袋をした右手に封筒をぶら下げていた。

「きたぞ。〈ハーメルンの笛吹き男〉からの第二報だ」

「何ですって」

「つい今しがた捜査本部宛てに届けられた。指紋採取は終わっているが一応手袋はしておけ」

見れば麻生の机には透明ポリ袋に入ったB5サイズの紙片があった。これが封筒の中身だろう。封筒の表書きも本文も全てワープロ文字になっている。

「絵葉書の次は封書ときた。メールやLINE全盛の今どき、なかなか古風な犯人じゃないか。もっともあれだけ周到なヤツだから用紙やインクで割り出せるとも思えんがな」

麻生の憎まれ口を聞き流し、犬養は文面に目を走らせる。

『これで七人になったのでそろそろ要求する。一人につき十億、合計七十億円を支払えば人質は無傷で返す。金銭の工面についてはこちらから提案してやろう。ワクチン接種事業で潤った製薬会社とそれを推進させた産婦人科協会に協力を仰げばいい。拒否されたらそれが彼らの信条と思って諦めるしかないが、そうなれば被害は七人では終わらない。わたしが古《いにしえ》に攫った子供は百三十人だったのだから。

ハーメルンの笛吹き男』

犬養は唇を強く嚙んだ。目的を達成するまで誘拐を続ける――これが〈ハーメルンの笛吹き男〉を名乗る理由だったか。

顔を寄せるように文面を眺めていた明日香も、同じく怒りを露《あら》わにしている。相棒ながら擦れ違いが続いたが、犯人に対する憤怒《ふんぬ》だけは一致したようだ。

麻生の次の言葉は、二人の怒りに油を注ぐものだった。

「同じ封書が在京テレビ局五局と三大全国紙にも送られたそうだ。切り裂きジャックの事件でフライングをしたテレビ局がその後痛い目に遭っているから、今回はどこも捜査本部に確認の電話を入れてきた。非公開捜査であるのなら報道は自粛するという申し出だが、これだけ広範に送られているんだから一社だけ自粛しても意味がない。まあ形だけのものだろう」

「今回の誘拐事件も劇場型犯罪にするつもりなんですかね、犯人は」

誘拐事件では身代金の受け渡しがあるため、犯人はどうしても被害者家族と接触する必要が出てくる。劇場型犯罪とは相容《あいい》れない性質のものなので少なからず違和感を覚える。

「劇場型犯罪にするメリットは確かにあるのさ」

麻生は紙片に唾でも吐きかねない勢いで言い放つ。

「身代金の七十億円は製薬会社と産婦人科協会に請求しろという件《くだり》だ。もちろん、あっちは無関係だからと突っぱねることもできる。しかしこの文面が全国に報道されてみろ。誘拐されたのがワクチン禍の犠牲者というニュースとも相俟《あいま》って、支払いを拒んだら会社および協会は世間の大非難に晒されることになる。よく考えついたもんさ。この手紙一通で製薬会社と産婦人科協会を否応《いやおう》なく舞台に引っ張り上げちまったんだからな。こうなってやっと犯人がわざわざ母子家庭の子供を誘拐した訳が分かった。何のことはない。最初からヤツの狙いは一般家庭のちっぽけな財布じゃなく、もっと大きな金庫だったんだよ」

3

既に非公開捜査ではなくなったという警視庁の回答により、五人の少女が議員会館から連れ去られた事件は翌日ニュースとなって全国に知れ渡ることとなった。それと同時に月島香苗と槇野亜美の誘拐も関連づけられ、戦後例を見ない集団誘拐事件として取り扱われた。

全ての現場に絵葉書が残されていたこと、そして犯行声明も公開され、マスコミ各社は声明文通り犯人を〈ハーメルンの笛吹き男〉と命名した。

七十億円という身代金も莫大だったが、それよりも目を引いたのは誘拐された少女が揃いも揃って子宮頸がんワクチン禍に関連していたことだ。

子宮頸がんワクチンの副反応については以前にも報道されたことがあったものの、後追い記事がなく単発で終わっていた。一部には製薬会社が火消しに奔走したものと噂されていたが、それが今回の集団誘拐事件で息を吹き返した感がある。

綾子がホームページを立ち上げ、〈全国子宮頸がんワクチン被害者対策会〉が悲痛な声を上げても、民事訴訟にも至っていない段階ではキャンペーンを張ることに躊躇《ちゅうちょ》がある。だが刑事事件となれば話は別だ。

誘拐された少女のうち六人がワクチン禍の被害者、残り一人がワクチンの定期接種を推し進めていた医療機関の関係者の娘。ご丁寧なことに〈ハーメルンの笛吹き男〉が誘拐とワクチン禍の関連を示唆している。折角犯人がエサをばら撒《ま》いてくれている。これに乗らなければ嘘だ。

かくして各報道機関は〈ハーメルンの笛吹き男〉の犯行を報道する一方で、子宮頸がんワクチンの副反応についてもその症例を具体的に列挙していった。腐敗した権力を糾弾するというマスコミ本来の機能が、ここに至ってやっとまともに機能した形だった。おそらく報道する側にも忸怩《じくじ》たる思いがあったのだろう。従来の野次馬的スタンスは鳴りを潜め、ワクチン禍の実態を丁寧に紹介した。被害者救済という動機もある。しかしそれ以上に、これが第二の薬害エイズ事件に発展するとの読みがあってこその報道姿勢だった。

もちろんスポンサーである製薬会社は苦り切っていたが、誘拐事件の根幹に関わる事柄なのでクレームをつける訳にもいかず、幹部連中は頬かむりするより他なかった。ただしワクチン禍自体は再度スポットライトを浴びたことで、国民の耳目を集める結果となった。しかも今回は誘拐事件が絡んでいるので、注目度は以前よりも格段に高い。

ワクチン禍とはこれほどまでに症例が多かったのか。

ワクチン禍とはこれほどまでに苛烈《かれつ》なものだったのか。

ほぼ全時間帯で報道が為されたために、世の母親のみならず普《あまね》く女性層に被害状況が伝わると、早速反響が巻き起こった。以下の台詞《せりふ》は帝都テレビのニュース番組〈アフタヌーンJAPAN〉に寄せられた視聴者の声だ。

『こんなに子宮頸がんワクチンの副反応が酷かったなんて想像もしていませんでした』

『ウチの娘も、保健センターの人からワクチンは半分義務なんだからと騙《だま》されて接種させられました。まだ娘に副反応の症状は現れていませんが、もし症状が出た場合、誰が治療費を払ってくれるんでしょうか？』

『ニュースを見てとても驚きました。わたしも十八になる娘の母親です。いったい、厚労省と製薬会社とお医者は何度同じことをすれば懲りるのでしょうか。薬害エイズ事件であれだけ内外から批判を浴びたというのに、喉元《のどもと》過ぎれば熱さを忘れるというのは、こういうことを言うのでしょうね』

『何の罪もない少女たちに重篤な障害を負わせておきながら、自分たちはのうのうと利益を貪《むさぼ》っている。本当にそれで彼らは医療従事者と言えるのだろうか。ただの犯罪者なのではないだろうか？』

『どうして、こんな大事件が今まで大きく報道されなかったのでしょうか。表沙汰《おもてざた》になった副反応の症例が千二百件ということは、まだ何万件もの症例が潜在しているという意味じゃないですか。それなのに国は定期接種の勧奨を中止しただけで、副反応の究明どころかワクチン接種自体を止めていません。この国は、人命や母親となる女性の身体のことなど何とも思っていないようです』

『折しも今日、保健センターからワクチン接種の通知が届いたので即刻破り捨てた。これだけ被害が明らかになっているのに、それでもまだこんなものを送りつけてくる。全く保健行政というのは厚顔無恥としか言いようがない』

無論テレビ報道では、子宮頸がんワクチンの副反応が医学的に証明されていないと断りを入れていたが、印象としては限りなく黒に近い扱い方であり、またそう取れるような構成になっていた。

事件が明るみに出たことで注目された点がもう一つある。七十億円もの身代金を誰がどうやって工面するかという問題だ。

障害を負った子供たちの家はいずれも中流家庭か母子家庭であり、逆さに振っても一人頭十億円などというカネは捻出《ねんしゅつ》できない。例外は産婦人科協会の会長である槇野だが、彼とて個人資産がそれほどある訳でもない。

当然のことながら〈笛吹き男〉が言及した、製薬会社と産婦人科協会の対応が注目された。だが当の製薬会社も協会もノーコメントを繰り返すばかりで、未だ明確な意思表示はしていない。

『このように製薬会社も日本産婦人科協会も、少女たちの身代金を用立てる件については沈黙を守り続けています。確かに両者に身代金を支払う責任はありませんが、〈笛吹き男〉から指名された以上、何らかの意思表示は必要ではないかとの声も上がっています。誘拐事件の進捗が身代金の工面に左右されるのであれば、今後両者の対応に注目せざるを得ませ……』

ニュースキャスターが言い終わらぬうちに、犬養はテレビのスイッチを切る。

二年前から禁煙になったとはいえ、刑事部屋の天井はタバコのヤニでところどころが黄色く変色している。その斑《まだら》模様を眺めていると、横にいた明日香がぼそりと呟《つぶや》いた。

「ちょっとムカつきます」

「何が」

「マスコミの態度がですよ。七人もの女の子が誘拐された重大事件だというのに、報道のスタンスがワクチン禍に偏っていませんか」

明日香の意見にはなるほどと頷ける部分があった。確かに少女たちが誘拐されたそれぞれの経緯と犯人像の推測を終えると、残りの時間をワクチン禍の説明に充てている番組がほとんどだった。ニュース全体からすればほぼ半分を子宮頸がんワクチンの副反応に費やしている。

「誘拐事件に関しては発表できる新事実が圧倒的に不足している。勢い潜在的にニュースネタのあるワクチン問題に斬り込んだ方が内容は充実するし、厚労省と製薬会社の癒着が背景にあるなら社会批判という体裁を取れる。視聴率を考えれば、こうした構成になるのもやむを得ないだろう」

「それにしたって、犯人許すまじの論調とは遠いような気がします」

「〈笛吹き男〉の声明文を公開した時点で、マスコミは犯人の術中に嵌《は》まったのさ」

「……どういう意味ですか」

「いみじくも麻生班長が指摘しただろ。最初から〈笛吹き男〉は身代金の支払いをワクチン禍の張本人である製薬会社と産婦人科協会に求めている。少し考えれば分かるが、被害少女たちが記憶障害や運動障害に陥っていなければ、あれほど易々と誘拐されたかどうか。言い方を変えれば、お前たちが障害を負わせた人質だから、お前たちが責任を取れと言っているようなものだ。もちろんそれで営利誘拐に正当性が生まれる訳じゃないが、少なくとも誘拐に対する風当たりはワクチン接種を推進した当事者にも分散される」

明日香は何が不満なのか、唇をへの字に曲げて聞いている。

「一方、製薬会社と産婦人科協会にしてみればこれ以上迷惑千万な話もない。自分たちは直接関係がないのに、誘拐犯から名指しされたばかりに、身代金の拠出を拒否できない空気を醸成された。法律的にも道義的にも、彼らがカネを出さなきゃいけない根拠は何もない。それにも拘《かか》わらず、カネを出すのを渋れば世間から攻撃される。そしてこれがまた〈笛吹き男〉の賢いところだが……」

「何ですか」

「事もあろうに、産婦人科協会会長の娘を被害者の一人に加えている。これだけでも向こうの陣営がカネを吐き出す口実になり得る。つまりカネの滑りをよくした。産婦人科協会会長の娘を護り、そして他の少女たちのために巨額の身代金を払うとなれば、協会員の医師たちにも製薬会社の株主にも言い訳が立つ」

「確かにそうです。でも犯人は、実際そこまで考えているんですかね」

「そこまで考えても不思議じゃないってことさ。営利誘拐は最低最悪の犯罪だが、マスコミの対応が押しなべて犯人憎悪に向かっていないのは、そういう状況になっているからだ。否定できないだろ」

「それはそうですが……」

「この件についてネットの反応を見たか」

「ええ、マスコミ発表があってから色んなサイトや掲示板もこの話題で持ちきりですから」

「どんな反応だ」

「例によって例の如しです。身代金要求の方法がスマートだって英雄扱いするバカたちが引きも切りません」

「だろうな。ネットに限らずリアルな世界でも〈笛吹き男〉を持ち上げようとする人間は一定数いる。もっとも、それは大前提あってのことなんだがな」

「大前提？」

「まだ一つとして死体が上がっていない」

明日香の目が驚愕に見開く。

「今はまだ誰の死も確認されていない。だから身代金略取の方法と相俟って犯人を憎みきれない雰囲気になっているが、一体でも遺体が発見されれば即座に世論は犯人糾弾に向かう」

「つまり……犯人はまだまだ人質を生かしておくという観測ですか」

「あくまで希望的観測だがな」

吐き捨てるように言ってから、犬養は再び天井を見上げる。視線を探られないので、鬱陶《うっとう》しい時はこうするに限る。

鬱陶しい理由は主に二つだ。

一つ、〈笛吹き男〉の狡猾《こうかつ》さに自分の知恵が追いついていないこと。

二つ、事件関係者のほとんどが女性であるために、自分本来の観察力が充分に発揮できないこと。

くそ、と犬養は内心で毒づく。誘拐された娘とその母親たち、いずれも心理が読み切れず、誰かが虚偽の証言をしていたとしても見分けがつかない。

実の娘とはまだ完全に関係が修復されていない。その母親とは依然断絶が続いている。何とか距離を縮めようとしているのだが、焦れば焦るほど陥穽《かんせい》に嵌まっていくような気がする。

「犬養さん、いったい何を考えているんですか」

明日香の問い掛けに非難の響きが混じる。天井をただ眺めているばかりでは困惑を悟られない代償に、執務態度を疑われる。

女が駄目なら男だ。

咄嗟《とっさ》に思いついた小学生並みの理屈だが、思考に詰まった時には身体を動かす。身体を動かすうちに、沁《し》みついた思考が戻ってくることもある。

犬養は腰を上げた。

「行くぞ」

「どこに、ですか」

「もう一度、槙野会長宅を訪れてみる」

見抜ける嘘から片付けていく、という事情は黙っていた。

槙野宅に待機していた殿山は、犬養と明日香を見るなり不満げな表情を見せた。二人の来訪を嫌ってのことではない。〈笛吹き男〉の犯行声明があってからというもの、専従の捜査員は皆似た顔つきになっている。先に二人の少女を誘拐し、捜査本部が躍起になっていたところを今度は五人一遍にかどわかした。犯人の思惑はどうあれ、捜査本部とその専従班が虚仮《こけ》にされているのは確かだった。

リビングには槙野と朋絵もいた。殿山の話によれば、亜美が誘拐された日以来、槙野は自宅でできる仕事しかしていないのだという。

「捜査に進展はありましたか」

開口一番、槙野はそう尋ねてきた。だが、その目を見れば本心はどこにあるのか窺《うかが》い知ることができる。おそらく期待半分諦め半分といったところか。

「〈ハーメルンの笛吹き男〉のニュースはご覧になりましたよね」

「ええ」

「犯行声明に使用された文書その他を解析している最中です」

「犯人が特定できるんですか」

槇野の表情は懐疑に固まっている。こういう状態での下手な気休めは却って逆効果になる。

「使用された用紙とインクは大量生産されている製品です。エンドユーザーまで特定するのは困難でしょうね」

「それで捜査が進展したと言えるんですか」

「槇野さんをはじめご家族の方々には申し訳ないと思っています。ただ進展というのは物的証拠に限りませんからね」

同じくリビングにいた殿山と見城が眉《まゆ》を顰《ひそ》めてみせた。あまり事件関係者に捜査情報を洩らすなという意思表示だ。だが犬養は無視することにした。何を釣るにしてもエサは必要だ。

「犯人は犯行声明という非常に分かり易い証拠を残してくれました。その文章や言葉遣いからプロファイリングを行い、犯人像を絞ることが可能です。そしてその犯人像には製薬会社と産婦人科協会との関係に疑念を抱く者という条件が加わる」

「疑念はあくまで疑念でしょう。製薬会社と産婦人科協会の間に不適切な関係はない」

「ほう。つまり適切な関係ならある訳ですね」

槙野の顔が不快そうに歪《ゆが》む。この顔は痛くもない腹を探られた顔ではない。

痛い腹を探られた時の反応だ。

「先日、ある産婦人科の先生にお話を伺う機会がありました。子宮頸がんワクチンの定期接種についてです」

「あんな犯行声明があったのだから、定期接種には反対の立場の医師でしょうな」

「いいえ。わたしの感触では推進派でも慎重派でもない、中立的な立場の先生でした。その先生は、子宮頸がんワクチンの有効性を疑うものではないけれど、明らかな副反応が認められるのであれば、少なくとも定期接種という半ば義務化するような制度は慎んだ方が賢明ではないかという意見でした」

「義務化しなければワクチン接種は有料になる。そうなれば母子家庭など低所得の家庭にワクチンが行き渡らなくなってしまう。第一、副反応自体、医学的に証明されたものではない」

「そうでしょうか。それは単に接種から副反応の症状が発現するまでに長時間が経過しているというだけの理由で、意図的に関連づけを回避しているからではありませんか。その先生によれば、全てのワクチンには副反応の可能性があるということでしたが」

「あなたは本気で亜美を救い出そうとしてくれているんですか。それともわたしに論戦を吹っかけるつもりなんですか」

槇野の口調が俄《にわか》に荒くなる。その怒り方はいささか感情的で、まるで自分の信奉している神を罵倒《ばとう》されたかのような反応だ。

「わたしは〈笛吹き男〉の実像に迫りたいと思っているのですよ」

「……実像？」

「〈笛吹き男〉が何を憎み、何を狙っているのか。それを理解することで犯人の実像に迫れると思っています。まあプロファイリングの一種と言えないこともありません。〈笛吹き男〉は製薬会社と産婦人科協会を身代金支払いの相手に指定しているくらいですから、当然その癒着を疑っている。〈笛吹き男〉が医療関係者であるのか、それとも部外者なのかという問題は後回しにするとして、癒着があるかどうかの真偽ははっきりさせておかないと」

「そんなことが誘拐事件の捜査に必要だとは、とても思えませんな」

「必要かどうかを判断するのはあなたではない。わたしたち警察です」

「話す必要は……」

「娘さんの命が懸かっていてもですか？」

同じ父親だから分かることがある。

父親にとって娘はアキレス腱《けん》になる。誘拐魔の人質にされているのなら尚更《なおさら》だ。

槇野はしばらく犬養を睨んでいたが、やがて肩を落とした。

「お前は席を外していなさい」

槇野の声で、朋絵が別室に姿を消す。

「人払いなら、わたしたちの方も……」

「結構。家内に聞かれたくないだけですから」

槇野はきまり悪そうに言ってソファに腰を落とす。犬養はその正面に座る。

「製薬会社と我々産婦人科協会との間に、不適切な談合のようなものがあるのではないか……そういうことでしたな」

「ええ」

「協会の責任者として断言しますが、そういった事実は一切ありません。単なる憶測かデマの類です」

けんもほろろとはこういうことか。犬養は失望を覚える。この男にとって、組織の責任者という立場は父親よりも重いものとみえる。

だが槇野の言葉はそれで終わりではなかった。

「日本産婦人科協会は清廉な医師の集団です。談合や癒着などといった、汚れた政治家のような振る舞いをする者はただの一人もいません……が、しかし一般論としてクスリ屋と医者は切っても切れない仲ではあるでしょうな」

おや、と思った。

槇野の顔を覗き込むと微かに含羞《がんしゅう》が認められる。表現を変えれば、悪戯《いたずら》を告白する子供のような拗《す》ねた顔だ。

「先ほど、産婦人科医から話を聞かれたと仰《おつしや》いましたな。では、その医師から産婦人科を取り巻く現状について聞かれましたか」

「それほど詳しくは」

「現在、産婦人科というのは専門医が激減しており、地方はどこも人手不足に悩んでいます。総合病院ですら産科を畳んだところもあります。産婦人科医の派遣を依頼している医療機関で、大学が医師の派遣を取りやめたために閉鎖になってしまったのです」

「産婦人科医だけが苛《か》酷《こく》な労働条件ということなのですか。まさか、そんなことはないでしょう」

「いや、これは産婦人科に限ってのことなのですよ。悲しい現実なのですがね」

その声には口惜しさが滲《にじ》む。

「まず出産というのは予《あらかじ》め時間が決まっているものではないので、真夜中や朝方に医師が呼び出されるケースが多い。自ずと勤務が不規則になります。加えて産婦人科というのは扱う範囲がとても広いのですよ。大学なら産婦人科内で仕事を細分化することもできますが、一般病院ではそれも叶《かな》わない。その苛酷な勤務状況の対価が低過ぎる。医者も仙人ではない。霞《かすみ》を食べて生きている訳ではないので、労働に見合った収入がなければ就労意欲も減退していく」

「確かにお産は時間を選びませんからね」

「そして出産というのは新しい生命を扱うので、勢い関係者の期待が高くなります。無事に生まれて当たり前だという雰囲気なのですよ。しかし現実には出産にもリスクは存在します。それこそ近代医学以前には相当数の死産があった訳ですからね。ただ現在、そんな認識はない。それで胎児なり母体なりにダメージがあれば、すわ医療ミスだと訴訟ごとになってしまう。いいですか？　産婦人科医は医師全体の五パーセントしかいないというのに、訴訟は全体の十二パーセントを占めている。理不尽だとは思いませんか」

槇野の声がわずかに上擦るのを聞いて、犬養は少なからず同情する。娘が入院治療を受けていることもあって犬養自身はなかなか治療する立場で考えたことがないが、確かに人の命を預かりながら訴訟リスクと背中合わせというのは苛烈ですらある。

「決定的だったのは二〇〇六年二月、福島県立大野病院で帝王切開手術を受けた女性が死亡した事件で担当医が逮捕・起訴された事件です。正直言えば今どき帝王切開なんて珍しい手術でも何でもない。それがああも容易《たやす》く刑事事件に発展するのでは堪ったものではない。あの事件によって産婦人科医の減少に拍車が掛かったことは否めません」

労働条件は苛酷、収入がそれに見合わない、しかも訴訟リスクが高い。それでは数が減少しても不思議ではない。

「まだあります。昨今の晩婚化で高齢出産が増えています。高齢出産自体が高いリスクを内包しているのに、それでも出産が不首尾に終われば、担当した医師が一方的に責められる。出産適齢期というものが歴然とあり、それに逆らってまで出産するというのに、そのリスクを全て医師側に転嫁しているのですよ」

晩婚化・高齢出産には本人の都合だけではなく社会情勢の影響もある。若年層の結婚難、出産年齢の高齢化は産業構造とも密接な関係がある。それを妊婦のせいにするのはいくら何でも酷だろうと思う。

しかし槇野の言説にも頷ける部分がある。医学は万能ではなく、医師もまた全能ではない。それなのに生死の全責任を被せてしまうのは、医師にしてみれば理不尽以外の何物でもない。

「それほどまでに現在の産婦人科医というのは苛酷で、実働に見合う収入を手にしていません。そして待遇を少しでも向上させようとすれば、一番効果的なのは診療報酬点数を上げることです」

「診療報酬点数……保険点数のことですね。聞くところによれば検査や薬剤投与は、より点数が高いそうですね」

「否定はしません」

「だからワクチン接種が義務化されれば、高い保険点数が濡《ぬ》れ手で粟《あわ》のように得られる。つまりそういうことですか」

「失礼な」

槇野は憤慨してみせるが、本気で怒っているようには見えない。

「産婦人科医がワクチン接種を勧めるのは、あくまで子宮頸がんの防止が第一義です」

それだけは強調しなければ面目が立たないのだろう。

「別の質問を。それでは製薬会社と厚労省の結び付きに関しては如何《いかが》ですか。特に厚労省経済課、でしたか。監督官庁でありながらひどく業界寄りの傾向があると伺いましたが」

犬養は村本医師の言葉を反芻《はんすう》する。ワクチンの定期接種に反対していた人間の言説だが、あながち出鱈目《でたらめ》な妄想とも思えない。

果たして槇野は再びきまり悪そうに顰《しか》め面《つら》をする。

こうして話していても相手の動揺が手に取るように分かる。目の動き、隠そうとする表情、台詞の抑揚と舌の動き。それらを総合的に吟味していけば虚偽なのか本音なのかは大体の見当がつく。この技術がどうして女には機能しないのか、自分でも不思議で仕方ない。

「それも事件に関係あると仰るのですか」

「デマや妄想だけに触発されて七人もの少女を誘拐する人間はあまりいないでしょう。仮にそんな単細胞がいたとして、あれほど証拠を残さない犯罪をやり果《おお》せるとも思えません。案外、業界の暗黒面に根ざす動機が隠れているのかも知れない」

「しかし、だからといってわたしの娘を誘拐する理由にはならないでしょう」

「どうですかね。亜美さんが攫われたことで、製薬会社と産婦人科協会が身代金を用意せざるを得ない土壌は出来上がりましたからね。犯人が両者の事情に精通した者である可能性も否定できません」

しばらく困惑した顔を見せてから、槙野は不承不承に口を開く。

「製薬会社の一部ポストが厚労省の天下り先になっている事実も否定しません。しかし、それは医療に限ったことではないでしょう。金融、保険、建設、教育。あなた方警察だって一緒のはずだ」

「なるほど」

「それを何故、わたしたち医療関係者だけがとやかく言われなければならないのか」

「おそらく人命に係《かか》わることだからでしょうね。元より国民は官僚なんてものに過大な期待はしていない。背任行為や能無し行政について諦めている部分もある。それでも官僚の私利私欲や保身のために、国民の健康と生命が犠牲になることだけは許せない」

「……新薬の国内使用は全て厚労省の認可次第ですから、そこに様々な思惑が絡むのも致し方ないところがあります。また、一度認可された薬剤に副作用・副反応が報告されたとしても、製薬会社としては研究費や開発費など先行投資分を回収しなければ損失を蒙《こうむ》ることになるから即座に販売中止にする訳にはいかない」

それが厚労省の腰の重い理由か。だが副作用・副反応の症状が重篤であった場合、薬剤の回収が一日遅れるだけで被害者が増えていく。それこそ私利私欲と保身のために、国民を犠牲にしている恰好ではないか。

犬養が捜査畑に身を投じてからずいぶん経つ。その間、沈着さを失わないために可能な限り義憤なるものとは距離を置こうと心掛けてきた。だが、槇野の口から直《じか》に癒着の構造を聞かされると平静を保つのが難しくなってくる。多分、自分の娘が医療行政に生《せい》殺与奪《さつよだつ》の権を握られているから余計にそうなのだろう。

「今回、子宮頸がんワクチンの副反応について月島さんのみならず、〈全国子宮頸がんワクチン被害者対策会〉から訴えが出ています。厚労省や産婦人科協会はどんな対応をするおつもりなんですか」

「産婦人科協会としては訴えには何ら医学的根拠もないので無視するか、訴えた患者を詐病として扱うしかない。厚労省の方は……よほど世論が大きくならない限り、様子見を続けるでしょう。役所というのは、そういうところだ。自分から率先して動くことは決してない」

聞くだに胸糞《むなくそ》が悪くなるが、当の会長である槇野が一般論と前置きしながらもここまで語ったのだ。誘拐の動機になり得る事情も聞くことができた。ここらが引き際だろうから最後にもう一つ訊こうという矢先、止める間もなく明日香が歩み出た。

「あなたは、それでも医者ですか」

「何ですって。いくら娘の捜査をお願いしているからといって、その物言いは」

「あなたは自分の娘さんに子宮頸がんワクチンを打てますか。それで副反応が出た時、今のようにのほほんとしていられるんですか」

明日香は既に捜査員としての顔をしていなかった。

母親の顔だった。

「同僚が大変失礼をしました」

犬養はそう言うなり、明日香の腕を取って逃げるようにリビングを飛び出した。

「放してください」

「行儀の悪い犬を野放しにできるか」

「い、犬って」

「自制心の欠片《かけら》もなく、ただ感情を曝《さら》け出すヤツなんて犬みたいなもんだ。優先順位を考えろ」

槇野邸を出てから、半ば強引に明日香をクルマの中に押し込める。

「挑発して本音を引き出そうとするのなら構わん。しかし、さっきのは単純に怒りをぶつけているだけだ。違うか」

指摘されて明日香は黙り込む。どうやら自分の失敗を失敗と認識するだけの分別は持っているらしい。

「お前のお蔭で訊きそびれちまった」

「何をですか」

「以前、村本さんも言及したことだ。製薬会社と厚労省経済課に籍を置く者の中で、副反応の訴えに過敏に反応する者の心当たりはないか。定期接種推進派の身内だから、おいそれと口走るとは思えんが、質《ただ》してみる価値はあった」

「あの父親、既得権益に未練たっぷりの様子だったじゃないですか。そんな男が身内を売るような証言をすると思いますか」

「身内ならしないだろう。だが誘拐された娘の父親としてなら、何か答えたかも知れない」

「父親の立場ですか。あまり当てにならないと思います」

まるで自分の存在意義ともども否定されているような気分だった。

父性が帰属意識に優先することもある――そう弁解しようとした時、スマートフォンが着信を告げた。相手は麻生だった。

「はい、犬養」

『すぐ本部に戻れ。〈笛吹き男〉から次の通信が届いた』

4

捜査本部に取って返すと、麻生の目が据わっていた。手には紙片の入ったポリ袋が握られている。

「前と同じ封書に同じB5サイズの用紙。インクの色も字面も一緒だ」

いささか乱暴に投げられたポリ袋を手に取る。

『製薬会社と産婦人科協会へ。身代金の工面はどうなっている。急がなければ会社の株が値下がりして資産が目減りしてしまうぞ。三月二十三日まで猶予を与える。それまでに七十億円を現金で用意しろ。受け渡し方法は改めて知らせる。ハーメルンの笛吹き男』

「国内で子宮頸がんワクチンを製造販売しているのは二社だ。確認したところ、これと同じ文書がその二社と産婦人科協会にも送付されているらしい。今、回収に向かわせている」

証拠書類にも拘わらずぞんざいな扱いになるのは、文書自体に犯人のモノと思《おぼ》しき指紋が残留していないと決め込んでいるからだろう。

前回の文書について指紋採取してみたところ、やはりと言うべきかそれらしい指紋は遂に検出できなかった。使用された用紙やインクに関しては、犬養が槇野に伝えた通りだ。折角、犯人からの贈り物だというのに、手掛かりというべきものは何一つ得られていない。

「この手紙が偽物という可能性はありませんか。誰か不心得者の悪戯かも知れない」

「その疑念は〈笛吹き男〉自らが払拭《ふっしょく》してくれたよ。本部に届けられた封書の中には七本の毛髪が同封されていた」

「攫われた七人の毛髪ですか」

「今、鑑定に回している最中だが、おそらく本物だろうな」

やはり狡猾だと思った。

電話を通じた声や写真では、捜査側に手掛かりを与えかねない。ところが毛髪一本であれば、少女たちを支配下に置いていることだけを示唆できる。

だが麻生の目が据わっていた理由は別にあった。

「髪の毛一本だぞ。ふざけやがって。それじゃあ生死も定かでないってことだ」

死体からでも毛髪を抜くことはできる。被害者家族にしてみれば、髪の毛だけを見せられても不安が募るばかりだろう。

「前回と同じく在京テレビ局五局と三大新聞にも同じ文書が送られている。〈笛吹き男〉め、いよいよ製薬会社二社の喉元《のどもと》にナイフを突きつけやがった。自ら製薬会社と産婦人科協会に身代金を要求したことを公開して、逃げ場を塞《ふさ》いじまった」

麻生の話はもっともだった。これで製薬会社二社と産婦人科協会は、身代金を払うかどうかの選択を迫られることになった。身代金を支払えば大損、支払わなければ世間の糾弾を浴びる。どちらにしても被害を蒙る形だ。

「財務諸表を閲覧すれば、二社で七十億円の捻出は決して不可能な金額じゃない。産婦人科協会が加われば負担はもっと減る。よく考えついたものさ。企業イメージを護りたければカネを拠出するしかない。この件で自分たちは無関係だと言い続ければ、それだけ世間の風当たりが強くなる」

「それに子宮頸がんワクチンの被害を一層、世間に印象づけることになる。製薬会社にとってみれば泣きっ面に蜂みたいなものでしょう」

くそ、と毒づいて麻生は机を叩いた。

「いったい〈笛吹き男〉の目的は何だ。カネか、それとも製薬会社の評判を落とすことなのか」

「どちらにしても〈笛吹き男〉が、製薬会社に恨みを持っている人物である可能性は濃厚になりましたね。そっち方面の進捗はどうなっているんですか」

「製薬会社には桐島《きりしま》班が当たっている」

まるで苦いものを舌に載せたような顔つきでその名を告げる。同じ捜査一課にありながら、麻生と桐島は犬猿の仲だ。派手な取っ組み合いこそないものの、寄れば角を突き合わせている。さすがに捜査員同士が仲違《なかたが》いすることはないが、両班が合同捜査をする際、連携が取り辛い事実は否めない。

そして翌日の午後、何度目かの捜査会議が行われた。

誘拐された被害少女の数が更新される毎に、投入される捜査員の数は増えていく。お蔭で捜査本部自体が膨脹し、会議も一番広い部屋を使用しなければ捜査員が入りきれない。

四百人以上の捜査員で噎《む》せ返るような人いきれの中、前方雛壇《ひなだん》の中央に構えているのが新任の村瀬管理官、その両脇を津村一課長と麻生が固めている。

「最初に〈笛吹き男〉からの文書に同封されていた七本の毛髪について」

津村の声に反応したのは鑑識課の寺里《てらざと》だった。

「はっ。被害少女宅に残存していた毛髪との簡易鑑定を行ったところ、毛髪は七本とも本人たちのものであることが判明しました」

捜査本部に毛髪が届けられたのは昨日なので、正味一日で鑑定を済ませたことになる。その迅速さが、そのまま捜査本部の本気度を示している。

「次、使用された用紙と封書について」

立ち上がったのは桐島班の葛城《かつらぎ》だ。班が違うから正式にコンビを組んだことはないが、真面目さだけが取り柄の男なので裏付け捜査には適任と見られているフシがある。確かに屈託のない童顔だから、スジ者を尋問するには不向きかも知れない。

「今回、郵送されたのは前回と同じく再生紙百パーセントのクラフト封筒長3、また用紙はホワイトコピーSのB5サイズ。いずれもマスプロ製品であり、全国の文房具店、家電量販店、コンビニに置かれ、広い範囲で販売されているものです」

麻生の言った通りだ。少なくとも使用された用紙や封筒で犯人までは辿《たど》り着けないということだ。インクについての報告はまだ聞いていないが、これも同じようなものだろう。

「残留指紋についてはどうだ」

「用紙本体からは何の指紋も検出されませんでした。封筒の方にはいくつか不明指紋が残存していますが、こちらは現在精査中です」

　それだけ周到な犯人が、おいそれと封筒に証拠を残すとも考え難《がた》い。残存しているのは十中八九、郵便局員の指紋だろう。居並ぶ捜査員たちもそう踏んでいるためか、反応は何もない。

「因《ちな》みに切手の裏からも唾液《だえき》は採取されませんでした」

「消印は」

「前回届いたものが牛込郵便局、今回のものが神田郵便局。集配された時間も午前と午後というように分かれています」

「時間帯と投函《とうかん》場所を変えていることになる。牛込にしろ神田にしろ日中は人通りの多い場所だな」

　従って投函した人物を目撃情報で浚《さら》うのも困難ということになる。

「では次、被害者宅での動き」

　これには月島宅に詰めている長瀬をはじめ、特殊捜査班の面々が次々と報告に立ち上がったが、どこの被害者家庭でも〈笛吹き男〉からの接触は確認できなかった。

「つまり、こういうことか」

　徐《おもむろ》に村瀬が口を開く。

「誘拐犯〈ハーメルンの笛吹き男〉は、誘拐した少女の家族には一切連絡を入れず、製薬会社二社と産婦人科協会、捜査本部、そしてマスコミに声明文を送っているということなんだな」

村瀬の言わんとしていることは最後まで聞く必要がなかった。

最初から〈笛吹き男〉の標的は製薬会社二社と産婦人科協会だった。これもまた麻生の見解を再確認する会議と言える。

「製薬会社二社と産婦人科協会には、既に別働隊を張りつけました」

タイミングを逃さず、津村が言葉を添える。

「過去に遺恨のあった顧客、過激なクレーマー、あるいは不本意なまま退職を余儀なくされた社員がいなかったかどうかを洗わせています。協会の方は会員が相当数に上るので、時間を食っていますが……」

「所轄の捜査員を動員して、そちらも潰《つぶ》していってくれ。身代金の工面について、各団体は動いているのか」

「製薬会社二社は早速取締役会を招集した模様ですが、結論はまだ明らかにしておりません。産婦人科協会については槇野会長自身が自宅に縛られていることも手伝って、まだ具体的な話し合いは為されていないようです」

「各団体には意向を確認する形で身代金拠出の可否を打診してみてくれ。それによって今後の方針が左右されかねない」

カネの話になった途端、麻生は渋い顔をした。

「製薬会社は果たして払いますかね。何といっても直接自分たちには関係のないスジですからね」

村瀬はそれには答えず、正面を向いたままでいる。津村はちらりと村瀬の様子を窺ってから、また捜査員に向き直る。その仕草で、津村自身も村瀬の扱い方に試行錯誤している様が読み取れる。

管理官あるいはその上のポストに固執するのなら、厚労省を徒《いたずら》に刺激しようとは思わないはずだ。逆に事件の早期解決を優先するのであれば、多少の強引さは承知の上で各団体に身代金の拠出を促す。どのみち被害者家族も捜査本部も七十億などという大金は用意できないので製薬会社二社の懐を当てにするよりないのだが、その姿勢によって村瀬への接し方を考慮しようというのが、津村の肚《はら》だろう。

「次、Nシステムによるマイクロバスの追跡」

これには明日香が答える。

「同マイクロバスは二四六号線から麴町を過ぎ、市谷《いちがや》から東郷元帥記念公園に乗り捨てられています。地図を参照していただければ一目瞭然《りょうぜん》ですが、参議院議員会館から記念公園まではほぼ直線で結ばれており、移動に要した時間も三十分以内だったと推測されます」

「土地鑑があったという意味か」

「いえ、それは何とも……確かに広くない道路ですが裏道ということでもないので」

明日香の歯切れが悪いのは、その程度のルートであれば、車載のナビゲーターが難なく指示してくれるからだ。

「Nシステムのカメラがマイクロバスを捉《とら》えた写真がこれだ」

津村の合図で、正面の大型モニターに粒子の粗い画像が映る。マイクロバスの正面を斜め上から捉えた構図だが、運転席に座った人物はつばの広い帽子を目深に被っているために、人相どころか男女の区別さえつかない。この構図では写真を高精度に解析しても同じことだろう。

「記念公園周辺での訊き込みはどうだ」

これには別の捜査員が手を挙げる。

「公園内は閑散としていたようで、また公園の駐車場が高い柵《さく》で通りから遮断されているのが、発見が遅れたのと目撃証言の少ない原因でした。ですが同時刻、公園内のベンチで休憩していた男性が駐車場に二台のマイクロバスが並んでいるのを目撃しています。証言によればその一台が議員会館から走り去ったバスでした」

初めて捜査員の間にざわめきが生じた。

「人質が他のバスに移動させられる瞬間を見たというのか」

「それは残念ながら……目撃した男性はセールスマンで、それほど長く休憩を取れなかったようなので。ただ、並んでいたバスの車種の特定に協力してもらっている最中です」

並んでいたバスが人質をアジトに連れ去った可能性はある。ナンバープレートは記憶していないにしても車種が特定できれば、別の突破口も見えてくるだろう。ただし、これとても現状では目の色を変えるほどの情報ではない。それでも捜査陣がざわめくのは、今まで如何に〈笛吹き男〉が手掛かりを残していないかを証明しているようだった。

会議が終わる寸前、村瀬が締めに入った。

「誘拐は数ある犯罪の中でも一番卑劣極まりない」

凛《りん》とした口調に、捜査員たちは背筋を伸ばす。

「現在、人質の安否は確認できていないが、ご家族を絶望と不安の淵に落としている時点で既に卑劣だ。その卑劣な犯罪が三件立て続けに起き、しかも七人もの少女が誘拐された。今頃犯人はマスコミが騒ぎ立てているのを眺めて悦に入っているに違いない。こんな手合いを野放しにしておけば、早晩模倣犯が出現する。そんな事態は絶対に阻止しなければならん」

決して激してはいない。それでも言葉の一つ一つが胸を貫く。

「必ず〈笛吹き男〉に縄を掛けて、被害少女たち全員を救い出す。いいか。これは捜査一課、警視庁だけの問題ではない。全国民の目と全警察官の期待がわたしたちに注がれている。一層の奮起を望むなどとは言わん。能力以上の能力を発揮して欲しい。諸君らの肩に少女たちの生命と、日本警察の面目がかかっている。以上だ」

村瀬はそれだけ言って、すぐに席を立った。必要なことだけを述べ、言葉の力で兵隊を鼓舞する。指揮官としてはまずまずといったところだろう。

捜査員たちが三々五々散って行く中、雛壇にいた麻生がこちらに近づいて来た。

「お前たち二人は従前通り月島綾子に張りついていろ。もちろん他にも駆り出すつもりだがな」

「誘拐三件目にして上から発破をかけられましたか。それともあの熱弁は管理官の真意ですか」

「知らん」

麻生は吐き捨てるように言う。

「男の嘘を見抜くのはお前の十八番《おはこ》だろう」

「嘘でも役に立つならいいですよ」

「俺が思うには半々ってところだな」

「じゃあ、やはりプレッシャーもありましたか」

「プレッシャーというよりは目処《めど》だ」

声が一段と低くなる。

「席上ではとぼけていたが、身代金七十億調達の目処がついた」

「……製薬会社二社の申し出、ですか」

「というよりは厚労省の差し金だろうな。それぞれの会社の会長と代表取締役が揃って厚労省の偉いさんと面談したらしい。その翌日だよ。内閣官房を通じて発破をかけられたのは」

その説明だけで大筋が読めた。

事件が長引けば長引くほど、ワクチン接種に関与してきた厚労省にも批判の目が集まる。本格的な糾弾にならないうちに事件を解決し、非難を鎮静化させなければならない。そのために製薬会社には現金拠出という形で一時的な免罪符を与えるつもりなのだ。そしてその一方、警視庁に対しては身代金調達というお膳立《ぜんだ》てを整えた上で責任を丸投げする——。

七十億の出費は確かに痛いが、各団体が国内外から集中砲火を浴びるのに比べれば安上がりという判断だ。

「これでエサは用意できる。後はいつ、どんなタイミングで〈笛吹き男〉を釣り上げるかだ」

ふと横を見ると、明日香が釈然としない風で麻生を睨んでいる。

「何やら不満そうだな」

犬養が問い掛けると、明日香は切っ先をこちらに向けてきた。

「結局、捜査の進捗も官僚の言いなりってことですか」

すると麻生はついと犬養に視線を投げた。この場から連れ出せという合図だ。

「ちょっと来い、高千穂」

有無を言わせず明日香の腕を取ると、そのまま大会議室を出る。

「上司と犯人の前で無駄に熱くなるな」

「だって、あの女の子たちが攫われる原因も、本を正せば厚労省じゃないですか。女の子と家族があれほど被害を訴えていたのをまるで無視していたのに、自分たちに火の粉が降り掛かろうとした途端、業界に詰め腹を切らせようなんて虫が良過ぎませんか」

「それがどうした」

「それがどうしたって……」

「俺たちの仕事は官僚の悪徳や保身を糾弾することじゃない。それは別の人間がやってくれる。俺たちの仕事は、さっき班長が言った通りだ。どんな色をしていようが、どんな臭いを放っていようがかまわない。折角用立ててくれるカネをエサに〈笛吹き男〉を捕まえる。社会正義なんぞ語る前に、まず靴底を減らせ」

四　追跡

1

捜査本部に送られてきた声明文に添付された七本の毛髪は、鑑定の結果いずれも被害少女のものであることが判明していたが、もっとも判明したからと言って捜査に進展がある訳ではない。〈ハーメルンの笛吹き男〉が七人の少女を誘拐しているのは分かりきっているし、毛髪が被害少女のものと確認されたところで、それで七人の生存が証明された訳でもない。

捜査本部では容疑者を特定すべく、犯人の遺留品の分析にかかっていたがその成果は捗々《はかばか》しいものではなかった。名刺代わりにされた〈ハーメルンの笛吹き男〉の絵葉書、犯行声明に使用された用紙・インク・封筒、どれもがマスプロ品であり、エンドユーザーまで辿《たど》り着くのは、それこそ干し草の山の中から針を見つけ出すよりも困難な仕事だった。

犯人が乗り捨てたマイクロバスも同様だ。鑑識が車内を隈《くま》なく這《は》い回っても、検出できたのは不特定多数の人間の毛髪と指紋、そして埃《ほこり》だけだ。議員会館のトイレに閉じ込められた草間の証言では、犯人は手袋をしていたと言うからおそらく犯人の指紋を検出するのは絶望的だった。

「七人も誘拐されているってのに、手掛かりらしい手掛かりが一つもない。〈笛吹き男〉は本当に童話の中から飛び出して来たのかも知れんな」

麻生は不機嫌を隠そうともしない。捜査が暗礁に乗り上げ、津村辺りからネジを巻かれた証拠だ。

警視庁刑事部捜査一課の班長ともなれば、現場へ出掛けることもあまりない。部下の咥《くわ》えてきたネタを吟味して指揮するのが務めだが、こうまで材料が乏しいと自ら現場に向かいたくもなるだろう。中にはそれを実行してしまう現場好きの警部職もいるが、麻生はそれを堪《こら》えて部下の能力を伸ばそうとするタイプだった。そのために蓄積した鬱憤《うっぷん》を部下に吐き散らすのは考えものだが、これが巷《ちまた》に言われる中間管理職の悲哀というものか。それでも吐き出す先を犬養たちに限定しているのは、一応信頼されているからだと好意的に解釈しておく。

「捜査が足踏みしている間に、事態は〈笛吹き男〉の目論見《もくろみ》通りになりつつある」

それを明日香が聞きとがめる。

「何かあったんですか」

「記者クラブの会見時、馴染《なじ》みの記者から耳打ちされた。今回、珍しく三大新聞と在京テレビ局五局の歩調が一致したらしい」

「歩調？」

「記者クラブに加盟しているマスコミ各社は、誘拐事件の報道に塗《まぶ》して子宮頸《けい》がんワクチンの副反応について言及していく。そうして製薬会社二社と日本産婦人科協会の責任をやんわりと追及していく構えだ」

「えっ。だって製薬会社からは身代金七十億円が拠出される目処《めど》がついたんじゃないんですか」

「厚労省と製薬会社首脳陣との極秘会談だから、まだマスコミは嗅《か》ぎつけちゃいない。というより、報道の目的は製薬会社にカネを出させるよりは、あくまでも薬害スキャンダルの報道だ。当初予想していたよりも副反応の被害者が多かったのが、俄然《がぜん》興味を引いたらしい。第二の薬害エイズ事件として大々的にキャンペーンが張れる大ネタだからな」

麻生は意地の悪い笑みを浮かべる。

「実際、〈全国子宮頸がんワクチン被害者対策会〉が設立された際に注目したマスコミは少なからず存在した。だが件《くだん》の製薬会社二社はテレビ局にとっては大口のスポンサー、新聞社にとっても莫大《ばくだい》な広告収入源だから、そうそう槍玉《やりだま》に挙げる訳にもいかない。だが、事が誘拐事件絡みなら錦《にしき》の御旗《みはた》を振り翳《かざ》すこともできる」

つまり、〈笛吹き男〉の思惑にマスコミが便乗したということか。

「七人もの少女が誘拐された事件。それだけでも美味《おい》しいネタだが、その背後に薬害ネタも控えている。嫌な話だが、どんな結末を迎えようが誘拐事件は長期間続くネタじゃない。しかし薬害の方は厚労省や医療機関が関与している分、長く保《も》つ。ニュースで飯を食っている立場の人間には最高のご馳走《ちそう》だろうな……ああ、そう言や、もうそろそろだな」

麻生は腕時計を一瞥《いちべつ》する。

「これも記者からのオフレコだ。午後一時から製薬会社二社の記者会見が行われる予定だ」

「一時なら今じゃないですか」

明日香が急いでテレビのスイッチを入れる。チャンネルを飛ばしていると帝都テレビの〈アフタヌーンJAPAN〉に切り替わった。画面には『渦中の製薬会社　緊急会見！』のテロップが躍る。

会見席には四人の男が並んでいる。製薬会社二社の代表取締役と専務だ。やがてフラッシュの焚《た》かれる中、端の一人が徐《おもむろ》に口を開いた。

『先ごろ発生した少女誘拐事件について、犯人は我々二社に身代金を拠出するようにとメッセージを発してきました。元より弊社どもの製品が副反応を起こすなど、およそ考えられないことであり、また医学的根拠も皆無な、完全に言いがかりの理屈ではありますが、七十億円という巨額の身代金を一般家庭の皆様が用意し得るのかどうかという点、また両社の社是が一にも二にも社会貢献であることを踏まえ、弊社どもはその身代金七十億円を肩代わりする用意があることを、ここに発表いたします』

フラッシュが一層、画面を瞬かせる。

「ふん、たったの七十億で勿体《もったい》ぶった物言いしやがる。ワクチンで得られた収入はその倍以上もある癖にな」

麻生がいつも以上に辛辣《しんらつ》なのは捜査が進展しないことへの苛立《いらだ》ちもあるが、ワクチン被害が頻発しても恬《てん》としてこれを省みない製薬会社への憤懣《ふんまん》とも受け取れる。

『まだ捜査本部からの連絡待ちではありますが、犯人の指定した三月二十三日には現金を用意できます。捜査本部にはこの身代金を以て、七人の人質の方が無事ご家族の許《もと》に戻れるよう最善の努力を尽くして欲しいと考えます』

結び方は犬養の予想した通りだった。身代金調達というお膳立《ぜんだ》てをした上で警察に責任を丸投げする。しかもわざわざ派手な記者会見を行って、会社の印象を好転させようと目論んでいる。何のことはない、少女たちに降り掛かった災いを自らのイメージ戦略に利用していると言えば言い過ぎだろうか。しかし七十億円程度で企業イメージが逆転できると考えれば、広告費としては却って安上がりとも言える。

同じことを考えたのか、明日香も白けたような顔をしてテレビのスイッチを切る。

「〈笛吹き男〉にしてみれば七十億円を分捕る目算がついた。製薬会社にしてみればカネを拠出することへのメリットができた。奇《く》しくも犯人とカネを払う側の目論見が一致した訳ですね」

七十億円もの身代金が用意されたというのに、ここにいる三人は少しもそれを口惜しく思っておらず、むしろ奇妙な爽快感《そうかい》さえ抱いている。誘拐事件だというのに、そんな感慨を抱くのは不思議な話だった。

犬養は先の捜査会議で津村一課長の洩《も》らしたひと言を思い出す。

「班長。製薬会社に恨みを抱いた顧客、もしくは不本意な形で退職を余儀なくされた社員については、どこまで捜査が進んでいるんですか」

「正直、芳《かんば》しくない」

麻生は表情を読まれまいとしてか、顔を背けて言う。

確か製薬会社へのクレーマーと退職者、加えて産婦人科協会に個人的な恨みを持つ会員の洗い出しは桐島班の担当だったはずだ。

「それほど向こうと連携が取れている訳じゃないが、それでも捜査会議で虚偽申告するような人間じゃない。これといって目ぼしい報告がないのは、実際に成果がないからだろう」

「しかしどんな組織にも、一人や二人は恨みを抱くヤツがいるでしょうに」

「アリバイとの兼ね合いもある。小耳に挟んだんだが、退職組の多くは別の製薬会社に再就職しているらしい。自由業でもなけりゃ、七人もの人間を誘拐・監禁するような時間的余裕はあるまい」

「クレーマーはどうですか」

「そっちも報告がない以上は芳しくあるまい。もっとも奴《やっこ》さんのことだから、断言できんがな」

麻生の口調には皮肉が滲《にじ》む。それは桐島に対する思いの表れか、それとも捜査に行き詰まった己への自嘲《じちょう》か。

「逆に、そういう関係者に限定しない方がいいかも知れませんね」

「何だと」

「被害者や被害者家族とも、製薬会社や産婦人科協会とも全く無関係の者が犯人という可能性も大きいんじゃないですか」

犬養の言葉に麻生と明日香がぎょっとした顔を向ける。

まだ確証はないものの、〈笛吹き男〉が、製薬会社と産婦人科協会の利益を横から掠《かす》め取ろうとする第三者という読みは、それほど的外れではないと思えた。

誘拐自体は村瀬の言う通り一番卑劣な犯罪だが、身代金を件の製薬会社に支払わせるというアイデアは特筆ものだ。そして悩ましいことに、この一点に注目すれば容疑者の範囲が限りなく拡大してしまう。何も製薬会社や産婦人科協会に恨みを持つ者だけではない。斬新な着眼点と揺るぎない実行力を持った者なら、誰もが容疑者としての資格を有していることになる。

二人とも犬養の言わんとしていることを理解したのか、眉間《みけん》の皺《しわ》をますます深くする。それでも麻生は自分と部下に活を入れようと試みる。

「とにかくこれで〈笛吹き男〉の要望通り七十億円が揃った。期限の三月二十三日までには、ヤツから現金の受け渡しについて指示がある。それが勝負どころだ」

どれほど慎重に計画された誘拐事件にもただ一ヵ所だけ、犯人が警察と接触しなければならない局面がある。言わずと知れた身代金の受け渡し時だ。犯人にとっては最大のリスク、そして警察にとっては最大のチャンス。言い換えれば、この現金受け渡しがどう推移するかで捜査の趨勢《すうせい》が決まる。

「〈笛吹き男〉が七十億を現金で要求してくれたのは大助かりだ」

麻生は嘯《うそぶ》いてみせる。

「これがスイス銀行の秘密口座に振り込めとかの指示だったら泡を食ってたんだがな」

外国銀行の秘密口座は顧客情報を強固に秘匿することで、その筋からは重宝された。ところが最近は風向きが変わった。アメリカ同時多発テロ以降、こうした銀行もマネーロンダリング防止のため銀行情報守秘制度を解除する動きを見せ始めたからだ。スイスばかりではない。ルクセンブルク、シンガポールといった世界のオフショアセンターが次々に司法当局への協力を表明する中、残ったのは香港《ホンコン》くらいのものだ。

ところが香港にしても、秘密口座の開設は容易ではない。たとえばHSBC（香港上海《シャンハイ》銀行）では中国本土の居住者を顧客にしているだけで充分に儲《もう》かるので、外国人相手にそうそう口座を開設したがらなくなっている。しかも開設には本人自身が銀行に赴くことが必須《ひっす》条件で、他にも面倒な手続きがある。とても一般市民が気軽に持てる口座ではない。

口座に送金できないのであれば、現金で受け取るしかない。

「高千穂、目の前に七十億の現金が鎮座している様を想像したことがあるか」

「……あまり現実感がありません」

「普通の大人なら両手で持てるのは五億が限度。七十億ともなれば、軽トラの荷台かヴァンのトランクを使わないと収納できない量だ。当然、受け取る犯人側にも相応の準備が必要になる。量が量だから、受け取ったとしても敏捷《びんしょう》に行動するのはまず不可能になる」

それが犯人検挙の絶好の機会という訳だ。

「七十億もの現金だ。受け渡し後には運搬の問題もついて回る。今言った通りそれだけの札束を運ぶにはクルマを使うしかない。そうすればしめたものだ。都内のありとあらゆる道路を封鎖して、犯人のクルマを包囲する。まず逃げられんさ」

すると明日香が割って入った。

「人質を盾に取って包囲網を強行突破する可能性はありませんか。そうなれば我々も手が出せなくなります」

「最悪、クルマなりどこかの建物なりに籠城《ろうじょう》というパターンも想定される。その場合は狙撃《そげき》班との連携になるだろうな」

狙撃班と聞いて、明日香の顔が歪《ゆが》む。犯人の狙撃は強行突入とワンセットだ。そして強行突入となれば、当然人質の安全に不確定要素が加わってくる。

「もちろん、ひどく追い詰めれば人質が危険に晒《さら》されることになる。強行突入の前に犯人と交渉する訳だが、あれだけ賢い犯人なら、そうそう無茶はするまい」

「……少し楽観的ではありませんか」

「今のは俺の言葉じゃない。津村課長の聞こえよがしの独り言だ」

つまり津村一課長と村瀬管理官のラインでは、既に籠城や強行突入までがシナリオに織り込まれているということか。

「何にせよ、現金を受け取った時、〈笛吹き男〉は自分のポケットの小ささを後悔するだろうさ」

麻生はそう結んだが、犬養の心は晴れない。あれだけ用意周到で慎重な犯人が、現金の受け渡しに関して何も考慮していないなどとは到底考えられなかった。

職場というのはどこもそうなのだろうが、デスク以外にも自分の居場所を確保するようになる。葛城の居場所はフロアの隅にある自販機コーナーだった。

果たしてその長椅子に葛城が座っていた。手にしているのはいつもの微糖コーヒーだ。

「よお、お疲れさん」

犬養の声に振り向いた葛城は、横に明日香の姿を認めると途端に表情を硬くした。この男は面白いくらいに感情が表に出る。よくこれで刑事が務まるものだと感心するが、犬養とは別の資質が捜査能力に寄与しているので、これはこれでいいのだろう。

「露骨に警戒するなよ。捜一には数少ない女っ気だぞ」

「犬養さん一人だったら世間話なんでしょうけど、高千穂さんが一緒ってことは捜査関連に決まってるじゃあないですか」

「ご明察」

「あんまり犬養さんと情報交換するなって言われているんですよ、俺」

葛城とよくペアを組んでいるのは桐島班のエースと言われる宮藤《くどう》だ。だが宮藤は手柄欲しさに情報を守秘するような男ではない。犬養と葛城の接触を嫌がっているのは、おそらくその上の桐島だろう。

「確かに警察組織は上意下達だが、横の連携もないとな」

「それはその通りですが、判明した事実はその都度、捜査会議で公表していますよ」

「判明していない事実については秘匿しているだろ」

犬養は葛城の隣に腰を下ろす。事前に打ち合わせた通り、明日香は反対側に座る。これで二人が葛城を挟んだ恰好《かっこう》になる。

「あの……これはもう情報交換どころか、尋問するような状況になっている感じがするんですけれど」

「尋問か情報交換かは、受け取る本人次第だと思うぞ」

「犬養さん、どうして今回はそんなに躍起になっているんですか。らしくありませんよ」

「らしく？　じゃあ俺らしいってのは、いったいどんな風なんだ」

「少なくとも隣の班の進捗《しんちょく》状況に首を突っ込むような真似はしないじゃないですか」

「いつもとは状況が違う」

「どう違うんですか」

「被害者はまだ生きている。いや、今まさに殺されようとしている」

葛城の顔が強張《こわば》る。

「まさか人質になっているからまだ安全だとは言うまい。この手の誘拐事件で人質が無事に救出される可能性は三割以下だ。大抵の場合、人質は身代金要求の直後に殺害されている。犯人を目撃している証人は早く消してしまった方が安全だし、第一、人質の取り扱いや移動にも危険が伴うからだ。一人でも面倒なのに、それが七人もいてみろ。監視するだけでひと苦労だ。もし俺が犯人なら、そんな手間は最初から排除する。だから攫《さら》われた七人の女の子の生命は風前の灯。それくらいに考えた方が間違いは少ない」

「……犬養さん。攫われた女の子たちが沙耶香ちゃんと同年代だから、ですか」

思わず犬養は葛城を睨《にら》みつける。おっとりとした善人面《づら》なのに、こういうことにはひどく気が回る。これが捜査一課に存在を許される理由の一つだ。

「俺自身のことはいい。お前だってあの年頃の女の子が七人も救助を待っていると思ったら、居ても立ってもいられまい。分かりきったことを言うが、槇野亜美を除いて彼女たちは健常者ではない。一人きりでは移動するのも困難な身の上だ。その心細さを察するのに大した想像力も必要ないだろ」

しばらく葛城は二人の顔を見比べていたが、やがて諦《あきら》めたように嘆息した。

「それで何が訊《き》きたいんですか。俺も分かりきったことを言いますけど、大したネタなんて隠してませんからね」

「桐島さんの班では製薬会社をクビになった社員やらクレーマーやら、産婦人科協会に反旗を翻した会員たちを調べてたよな。その中で、誰かマークしているヤツはいるのか」

「いますよ」

明日香と顔を見合わせる。やはり捜査会議で報告されていないネタがあるのだ。

「ただしまだ追っ掛けている最中で、報告できるまで詰めてないんです。その辺は察してください」

「具体的に教えてくれ」

「でも、犬養さんたちまで追っ掛けたらウチの班と鉢合わせしかねませんよ」

「今のところ、追い掛けるつもりはない」

「今のところって……」

「だが獲物が多いなら、犬だって何匹も必要だろうが」

「相変わらず強引なんだから」

「少し分けてやろうか。そうすりゃお前の大事な円《まどか》ちゃんを早いとこ嫁にできるぞ」

「放っておいてください」

促すと、葛城は渋々といった体《てい》で話し始める。

「まず製薬会社二社の方なんですが……日本にあるのは単なる日本法人であって、ワクチンはイギリス本社で製造されています」

「つまり日本では流通と販売のみということか」

「ええ。転職する社員もいますけど、概ね会社の待遇に満足している社員が多いようです。調べた限りではこの十年、会社に恨みを残して退職した人間は見当たりません。この会社に限ったことかも知れませんが、福祉面や自社製品のサポート体制が万全だったそうですから」

「自社製品のサポート体制？　何だ、それは」

「自社製品で副作用・副反応の報告がもたらされると、いち早く社内報で社員に注意を呼びかけたそうです。問題の子宮頸がんワクチンもその例外ではありません」

「ちょっと待って」

明日香が顔色を変えて詰め寄る。

「何？　それじゃあ、ワクチンに副反応があると判明しても社員にだけ伝えて、公表しようとはしなかったということ？」

「ええ。症例報告はあったが、まだ製品との因果関係が証明された訳ではないので発表するには及ばないという見解らしいですね。もちろん症例報告は社外秘になっていて、口外した者は処罰の対象とされます」

「呆《あき》れた……」

「聞き込んできた先輩も、そう言ってました。たとえ薬害の虞《おそれ》が発覚しようとも、まず自社の社員に優先して情報を開示する。そういう優遇姿勢が社員からの信頼を得ていたようです。会社の待遇に満足していたというのはそういう意味です。最近、早期退職を勧奨していますけど、手を挙げた希望者も大きな不満はなかったようです。少なくとも捜査線上には浮かんでいません」

葛城は吐き捨てるように言う。

「それから会社概要を見ると分かりますが、八人の役員、十人の執行役員のうち六人が元厚労省官僚です。副反応の症例報告があれば当然、彼らの口伝えで厚労省にも報告がいくはずですが、やはり厚労省サイドからワクチン使用について注意喚起が為されることはありません。厚労省が片目を開けたのは〈全国子宮頸がんワクチン被害者対策会〉が設立された後です」

犬養は息を整えて感情に蓋《ふた》をしようとする。しかし義憤から距離を置こうと努めても、胸底から湧き上がる怒りは灼《や》けるように熱い。

「次にクレーマーですが、これものっぴきならない事案は訴訟に発展して和解が成立しているものが多いですね。それ以外はほとんどが、お客様相談室という部署の対応で解決しています」

「産婦人科協会の方は？」

「協会の方針に反旗を翻した会員、という括《くく》りにすると識別は困難ですが、脱会した医師は若干名存在します。ただ、これも協会の運営方針を巡るいざこざで脱会したことになっている場合が多いですね。もっとも例外が一人いますけど」

「例外が一人？」

「他の会員の証言です。この医師は定例会の席上で、はっきりと子宮頸がんワクチンの定期接種勧奨について異議を唱え、槇野会長と口論になり、その直後に脱会しています。ウチの班はこの医師に注目していたんですけれど……結局、白でした」

「何故だ」

「アリバイが完璧《かんぺき》だったんですよ。月島香苗ちゃんが誘拐された三月七日も、槇野亜美ちゃんが誘拐された十三日も、それから五人が一遍に攫われた十六日にも病院に勤務していることが確認できました。いくら学会に対して敵意を抱いていたとしても、アリバイがあるのでは容疑者から除外せざるを得ません」

「参考までに聞かせろ。その医師の名前は？」

　すると葛城は言い難《にく》そうに口を開いた。

「帝都大附属病院産婦人科の小椋敦子《あつこ》という女医さんです」

「小椋先生、中立の立場じゃなかったんですね」

明日香の言葉にはからかうような響きがあった。今まで折りに触れて窘《たしな》められてきた意趣返しといったところか。

だが考えてみれば、小椋女医が産婦人科協会の元会員であったのは意外でも何でもない。学会の会員数は一万六千人以上、大学に籍を置く産婦人科の医師は大抵が入会しているとなれば、帝都大附属病院に勤務する彼女が会員であったのも、むしろ当然と言えた。

2

二人は病院を訪ね、受付で来意を告げる。前回と同様、忙殺気味の小椋女医はなかなか休憩にありつけない様子だった。

待つこと四十分、ようやく二人は診察室に入る。小椋女医は細い目を一層細めて迎えてくれた。

「お待たせしました。申し訳ありませんね、いつもゆっくりと時間が取れなくて」

「いえ、こちらこそ貴重なお時間を奪っているようで恐縮です」

「今日はどういったご用向きなのですか」

「まずは小椋先生が産婦人科協会を脱会された理由からお訊きしたいと思います。それにしても、以前会員であったのを黙っていらっしゃったのは何故なんですか」

「そのことについて、わたしに質問されましたか」

「……いいえ」

「何せ自由になる時間が短いものですから、訊かれたことにだけお答えしています。それが犬養さんに不要な疑念を抱かせたということでしたら、お詫《わ》びしなければなりませんか？」

柔和に笑いながら、小椋女医は犬養の顔を見る。

ただ優しげな産婦人科医だと決めつけていた自分を呪いたくなった。この女医はそんな単純な人物ではない。

くそ、また相手を見誤ったか。

「いえ、それはわたしの落ち度ですから。質問を変えます。小椋先生が産婦人科協会を脱《ぬ》けられた理由は何だったのですか」

「それが今回の誘拐事件に何か関係があるのですか？」

「小椋先生個人の主張というより、産婦人科協会の置かれた立場を知りたいのですよ」

「わたし如きの感想で何が分かると言うのですか。あの協会は大勢の産婦人科医によって構成されています。わたしのように飛び出していくような医者はごくごく少数派なんですよ」

「少数派の意見は決して無視できない性質のものだと思っています」

「なかなかお上手ですね。その顔でそんな風に言われたら、答えを渋る女性はまずいないでしょうね」

小椋女医は艶然《えんぜん》と笑う。ここまで言われれば、いいように扱われているのは犬養でも分かる。

「ただ、新しくお聞かせすることは何もありませんよ。わたしが退会した理由というのは一にも二にも、協会が子宮頸がんワクチンの定期接種に賛同していたからです。既に申し上げたように、明らかな副反応が報告されているというのに定期接種を継続しようという動きは、医師として納得できません」

「それを会長なり協会なりに、抗議されましたか」

「総会で一度だけ手を挙げました」

「反応はどうでしたか」

「蟷螂《とうろう》の斧《おの》ですよ」

小椋女医は肩を竦《すく》めてみせた。

「ご存じかも知れませんが、協会は槇野会長が単独で仕切っている組織と言っても過言ではありませんし、常務理事に名を連ねる方々は皆さん製薬会社と仲のいい医師ばかりです。だから、たかが勤務医の端くれが声を上げても誰も聞く耳を持ちません。ただし、それで協会や槇野会長を恨むということはありませんよ。自分と主張が異なるのであれば黙って出て行けばいいだけのことです。それを根に持って、会長の娘さんを誘拐しようなんて夢にも思いません。それでもわたしは容疑者扱いなのですか？」

すっかり内心を見透かされたようで、犬養は困惑する。気がつけば握った拳《こぶし》の内側にじっとり汗を掻《か》いている。

何て様《ざま》だと思う。いつもは尋問する相手の反応を見ながら追い詰めていく自分が、今回はまるで逆の立場に立たされている。

「そんなことはありません」

犬養の沈黙を補うように明日香が口を差し挟んできた。

「ただわたしたちは、医療関係者からの証言があまり得られてないんです」

「当然かも知れませんね。保険点数制度がある以上、医師とクスリ屋さんはどうしても蜜月《みつげつ》関係になります。その一方を糾弾する動きが出れば、擁護するか無視を決め込むかのどちらかでしょう」

「今度のことで製薬会社や産婦人科協会を恨みに思うような人物に心当たりはありませんか」

問われて小椋女医は考え込むように小首を傾《かし》げる。

「特定の顔はすぐに浮かんできませんね。ただ一つだけ、はっきりしたことは言えますが」

「何でしょうか」

「産婦人科医というのは文字通り、妊婦を含めた女性の健康と生命を護《まも》る職業です。それをたかが保険点数などという愚にもつかないものを優先するあまり、母体あるいは将来母親となるべき少女の肉体に障害となるような薬剤を投与して恥じようともしないのは、産婦人科医の風上にも置けません。言ってみれば全女性の敵です。言い換えれば全ての母親、全ての女性が彼らを憎むでしょうね」

犬養と明日香は身じろぎもしなかった。小椋女医は二人を正面に捉《とら》えて、視線を外そうとしない。

「わたしも女ですから口汚い言葉は好みませんが、副反応の報告があるにも拘《かか》わらず定期接種を継続しようとするような学会には、どんな悪罵《あくば》を浴びせてもいいと思っています。それがたとえ名誉毀損《きそん》に当たるような言葉であってもです」

不意に犬養は理解した。

意地でも誇りでもなく、この女医はもっと根源的なところからワクチンの推進派を敵視している。

「先日もあなたたちの同僚の方がわたしを訪ねてきました。何月何日どこにいたかとか色々訊かれましたが、あれが所謂《いわゆる》アリバイ調べというものだったのでしょうね。このわたしまで容疑者の一人に数えていらっしゃるので、捜査網は途轍《とてつ》もなく広範囲に亘《わた》っているのだと実感しましたよ」

まるで真綿で首を絞められるような皮肉だ。鈍感な刑事には皮肉にも聞こえないかも知れない。

「まあ、疑われている方にしてみればあまり愉快なことではありませんけれどね」

「ご迷惑をおかけしました」

ここは自分が謝罪しておく場面だろう。犬養は軽く頭を下げる。情けないことに、小椋女医の視線を躱《かわ》す言い訳にもなった。

「とりあえず、質問させていただく方には全員にお訊きしている事項でして……言い訳にもなりませんが」

その実、言い訳にしかなっていないのが我ながら辛《つら》い。視線の冷たさで足元を見られているのが皮膚感覚で分かる。大袈裟《おおげさ》かも知れないが、針の莚《むしろ》に座らされるとはきっとこういう心地なのだろう。

「わたし如きに頭をお下げになる暇があるのでしたら、一刻も早く〈ハーメルンの笛吹き男〉とやらを逮捕してください。あなた方に残された時間は、それほどないはずでしょう」

意外な言葉に犬養は面《おもて》を上げる。横を一瞥すると、明日香も怪訝《けげん》そうにしている。

「先生は〈笛吹き男〉が身代金授受の前に、人質たちの命を奪うとお考えなのですか」

「いいえ！　そんなことではありません」

今度は彼女が意外そうに手を振った。

「わたしは女の子たちの置かれている現状が心配なだけです」

「それはどういう意味ですか」

「彼女たちのことはニュースで見ました。参議院議員会館でのスピーチの模様もネット配信で見ました。誘拐された七人のうち、槇野亜美さんを除いた六人は皆、介護者がいなければ日常生活を安穏と送れません。中には定期的な化学的治療を施さなければならない子もいます。ところが最初の誘拐事件が起きてからそろそろ二週間が経とうとしています」

「あ……」

思い出したように明日香が呟《つぶや》く。もちろん事の重大さは犬養にも理解できる。記憶障害に運動障害。中には精神安定を必要としていた被害少女もいた。症状の緩和には定期的な薬剤投与なりリハビリなりが日課になっていたはずだ。それを二週間近くも停止していればどうなるか。

「犬養さん。誘拐犯が、攫った女の子たちをちゃんとした医療器具と薬品の完備した施設に監禁していないという可能性に留意していらっしゃいますか?」

いきなり頭から冷水を掛けられたような気分だった。

あまりにも迂闊《うかつ》だった。〈ハーメルンの笛吹き男〉の思惑や捜査の進捗とは別に、砂時計は時を刻み続けていたのだ。一刻も、いや一秒でも早く救出しなければ、彼女たちの病状が一気に悪化してしまう危険性がある。

腰を浮かしかけた二人を、対照的に落ち着いた風の小椋女医が押し止《とど》める。

「一つ、わたしの素人《しろうと》考えを申し上げてよろしいですか」

「どうぞ、何なりと」

「その〈ハーメルンの笛吹き男〉ですが、警察では、どんな人物を想定していますか」

「まだ推定できる材料は少ないのですが、間違いなく慎重で賢い人物だと思われます」

「短気だったり感情的だったりはしない？」

「おそらく」

「わたしは犯罪心理に詳しい訳ではありませんが、慎重で理性的な人間なら身代金を受け取るまでは人質を生かしておくように思えます。状況の変化で彼女たちが生存していることを証明しなければならない局面が出てくるかも知れませんし、可能な限り不要な作業を厭《いと》うものだからです」

人質を生かしておくのと殺してしまうのと、どちらが面倒か――人を殺《あや》め、死体を処分することに慣れていないのであれば答えは後者だ。

「誘拐犯が攫った七人を監禁しようとすれば、当然ある程度の広さ、そして簡便ではあっても医療設備が必要になるはずです。当然、犯人もしくはその仲間の中に医療従事者がいてもおかしくないでしょうね」

「娘さんに会っていかなくていいんですか」

診察室を出た直後、後ろから明日香が訊いてきたが返事をするのももどかしかった。

もちろん会いたい気持ちはあるが、今顔を見せても沙耶香が喜ぶかどうかは量りかねた。捜査に行き詰まった情けない顔を見せるよりは、無事に七人を救出したと報告した方が喜んでくれるだろう。

今までそんな風に仕事を優先してきたツケが、父娘《おやこ》の関係を崩壊させたことは重々承知している。しかし不甲斐《ふがい》ない父親の顔を見せる暇があれば、一人でも多くの人質を救うために駆け回るのが犬養隼人という男だ。沙耶香に否定されるのは辛いが、否定されるのなら仕方がない。それが警察官という仕事を選んだ己へのケジメというものだ。

小椋女医のくれたアドバイスは有意義なヒントになった。

「首都圏内で廃業した医療施設を虱潰《しらみつぶ》しに当たるぞ」

背中越しに方針を伝える。

「小椋先生の指摘は正鵠《せいこく》を射ている。七人のうち六人は何らかの障害を負っている。うち五人は車椅子の生活だ。相応の広さと設備がなければ監禁しておくのも厄介だ」

「それで廃業した医院という訳ですか」

「個人経営の町医者に限らない。最近は総合病院でさえ人手不足で廃業したところもある。しかも跡地は買い手がつかず、医療設備がそのまま放置されているらしい」

「首都圏内というのは」

「単純に手間暇の問題と、目撃情報のなさだ。議員会館から五人を攫っているのに目撃情報がないことを考えると、監禁場所はさほど離れていないと見るべきだ」

病院の廃業届については都の健康福祉部に、診療所の場合は各区の保健所に提出する決まりなので、そこからデータを拾えばいい。後は現地に足を運んで、人質の匂いを嗅ぎ回るだけだ。

「二人だけで？」

「人海戦術だ。所轄にも協力を仰がなきゃならない。そのために麻生班長を巻き込む」

捜査本部に取って返し、麻生の姿を探す。鬱陶《うっとう》しい時には常に身近にいる癖に、必要な時には決まって姿が見えない。上司というのは得てしてそういう存在だが、探すのに苦労する。

スマートフォンで呼び出して、ようやく居場所を知る。顔を合わせたのはエレベーターの近くだった。

「何だ。ずいぶん急《せ》いているみたいだったな」

「今すぐ所轄に協力を仰いでください」

犬養は廃業した医療施設の洗い出しを具申する。耳を傾けていた麻生は納得顔で頷《うなず》きながらも、最後は思案に暮れる。

「役所に問い合わせて廃業した病院をリストアップするのは簡単だが、所轄に応援を要請するとなると村瀬管理官の承諾が必要になる。説得する材料はあるか」

これには明日香が意気込んで応《こた》えた。

「人質になった七人の健康状態が極度に不安定であることを伝えていただければ」

「それだけの材料で管理官を自在に動かせるなら俺たちも苦労せん」

麻生は渋い顔になる。

「話を聞けば、事は医療施設に止まらない。短期間の間に合わせと考えれば、閉鎖した介護施設も捜査範囲に入ってくる。それを含めたら所轄の人員を更に割くことになる。言わずもがなだが、所轄には所轄の仕事がある。それ相応の状況証拠がなけりゃ無理を押し通せん」

麻生の言う相応の状況証拠とは、つまり〈笛吹き男〉が医療従事者もしくはその経験者であったという確証だ。確かにそれがなければ、限りある捜査員を無闇に使役することになりかねない。本部直属の刑事だけならまだしも、所轄の捜査員にまで無駄骨を折らせることは後々の評価に繋《つな》がる。

だからといってその確証が得られるまで、無為に時間を潰すことはできない。

とりあえず自分たち二人で、片っ端から怪しい物件を当たっていく――そう告げようとした時、麻生の胸元から着信音が洩れた。

「おう、麻生だ。今から部屋に戻るところだが……何だと」

声が瞬時に跳ね上がった。

「ブツはそこに持って来たんだな。分かった、今すぐ行く」

そして話し終えるや否や駆け出した。

「〈笛吹き男〉からの手紙が届いたらしい」

「本物ですか」

「七本の毛髪が同封されてたらしい」

それを聞いて犬養と明日香も歩調を合わせた。

刑事部屋では麻生のデスクを中心に人の輪ができていた。その中には鑑識課員の姿も見える。

「どれだ」

麻生が輪の中心に近づくと、一人の鑑識課員がポリ袋に入った紙片を指差した。端の開かれた封筒も同様に袋詰めされている。

麻生はそれでも安心できないのか、手袋を嵌《は》めてそろそろとポリ袋を摘《つま》み上げる。

紙片に書かれた文面は次の通りだった。

『身代金の受け渡し日時と場所を伝える。三月二十三日午後六時半、場所は大阪市浪速《なにわ》区。仔細《しさい》については追って槙野亜美のスマホに連絡を入れる。　ハーメルンの笛吹き男』

「大阪だとおっ」

麻生は大声を上げた。無意識のうちの大声だったのだろうが、その場にいた一同の気持ちを代弁する声でもあった。

誰もが面食らっていた。誘拐の発生場所から身代金の授受も都内になるだろうと予想していたが、とんでもない番狂わせだった。

「どうして大阪なんだ」

誰かが自問するように言う。それもまたここに集った者たちの代弁だった。

東京でも埼玉でも千葉でもなく、大阪。

「被害少女の中に大阪出身者はいたか」

「いません」

麻生の問い掛けに応える声もひどく動揺している。

動揺しているのは犬養も同じだ。いきなり提示された地名に意表を突かれて、思考が纏《まと》まらない。

落ち着け。

どんな突拍子もないことにも必ず理由がある。

「被害者ではなく、犯人の方に土地鑑があるんじゃないですかね」

また別の刑事が言う。

この言い分には一理ある。身代金の授受が犯人にとって最大のリスクである以上、それを軽減するために土地鑑のある場所を選択するというのは心理として理解できる。

だがそう仮定すると、彼女たちの監禁されている場所の範囲が一挙に拡大してしまう。まさか監禁場所も大阪なのか。それとも監禁しているのは首都圏内で、〈笛吹き男〉だけが大阪に移動するのか。いずれにしても土地鑑という観点から、捜査範囲も拡大せざるを得なくなる。

「いったい何を考えていやがる」

麻生は憎々しげに声を絞り出す。〈ハーメルンの笛吹き男〉などという得体の知れない犯人に、捜査本部がいいように踊らされている口惜しさが滲んでいた。

3

「それにしても、何でその〈笛吹き男〉は大阪の街中を受け取り場所に指定したんでしょうな」

久家《くげ》課長はそう言って自分のスキンヘッドを撫《な》でた。いつもそうやって撫で回しているせいなのか、ひどく光沢のある頭だった。麻生はその頭部から視線を外して弁明する。

「犯人がこの地域に土地鑑があるのではないかという意見があります」

「うーん。しかし土地鑑があるというだけで、誘拐事件では一番神経を遣う場面に選びますかね。まあ、犯人の指示やし七人も誘拐されてる重大事件ですから、もちろん捜査協力は惜しみませんけど、何や腑《ふ》に落ちませんな」

「腑に落ちないのは我々も同様です。しかし人質が向こうの手の内にある以上、現時点ではこちらに選択権はない。悩ましいところです」

他所《よそ》の管轄ということも手伝って珍しく恐縮している麻生の横で、犬養と明日香も同様に畏《かしこ》まる。合同捜査は何度も経験しているが、首都圏以外の軒下を借りるのは初めての経験だった。それも関東を遠く離れた大阪は土地鑑も全くなく、まるで勝手が分からない。

「ウチの本部長や刑事部長も首を捻《ひね》ってましたよ。しかも大阪の浪速区なんて、いっちゃん人通りの多いとこですよってね。何で、そんな犯人に不利な場所を選ぶんか訳分からん」

性分なのか、それとも大阪弁の響きがそう思わせるのか、捜査一課長という肩書にも拘わらず久家は大層親しげだった。この対応は正直嬉《うれ》しかった。見知らぬ土地の上、現地の捜査員にそっぽを向かれたのでは、機動力に支障を来すのは火を見るよりも明らかだからだ。

三月二十二日、犬養は麻生班数人とともに大阪入りした。翌日の身代金引き渡しを前に、大阪府警と打ち合わせする必要があったからだが、それとは別に少しでも大阪の地理に慣れ親しんでおく必要があった。いざとなればこの街を縦横無尽に走り回らなければならない。もちろん地元である大阪府警の協力を仰ぐことが大前提だが、最後には犬養たちが〈笛吹き男〉と対峙《たいじ》するのだ。

だが大阪の街に足を踏み入れた犬養たちは、しょっぱなから驚かされた。

東京は目抜き通りで違法駐車を目にすることが少ない。二〇〇六年の道路交通法改正で誕生した駐車監視員の地道な活動もあり、年々減少傾向にある。ところが大阪の場合は半ば堂々と違法駐車が並び、更には歩行者までがあまり信号を守ろうとしていない。横の道路にクルマが走っていなければ、目の前が赤信号でも平気で渡っている。

「まあ反権力ゆうか、昔っからお上《かみ》の決めたことなんか知るかい、とゆう土壌はありますから」

　久家は弁解するようにそう言い添えた。

「大阪ほど警官が市民から嫌われてるとこは少ないんと違いますかね。わたしなんか巡査になりたての頃、道を歩いとる小学生の女の子から『何やポリ公か』言われたことがありましたからね」

　そう言って、久家はまた頭を撫でる。

　大阪市民の警官嫌いに興味を覚えたのか、明日香がおずおずと割って入る。

「あのう、横で聞いていると東京とはずいぶん事情が違うようなんですけれど……」

「そら、そうでしょう。東京は所詮《しょせん》お上が計画的に作った街ですけど、大阪は江戸の昔から商人と町人が作ってきた街やから、依存度が違うんでしょう。依存度が薄けりゃ日頃の接し方も違ってくる」

「商人と町人が作った街、ですか」

「ええと、一つ例を挙げますと東京都内にも橋は多いでしょう？　東京に架かっている橋は国が架けたモンやけど、大阪に架かっている橋は元々商人と町人が造ったモンです。一事が万事その調子やから、東京ほどお上に威厳とゆうか有難《ありがた》みがない」

「もし現金受け渡しが往来で行われた場合、交通規制の必要がありますが……」

「麻生さん。それはその通りですけど、一週間前から告知するんやったらともかく、明日になっていきなり規制しようとしても混乱するのがオチですよ。それに明日は選《よ》りに選《よ》って日曜日でしょう。浪速区はミナミをはじめ繁華街を仰山《ぎょうさん》抱えてますから、表通りはどこも混雑しますよ」

先行き不安と思ったのか麻生の表情は一向に冴《さ》えない。

そして不安なのは犬養も同じだ。受け取り場所を大阪市内に指定した〈笛吹き男〉の真意も不明なら、明日自分たちの駆け回るフィールドも全く未知の領域になる。

現場での仕事を長く続けていれば地名番地を聞いただけで、脳裏に地図を展開できるようになる。言うなれば脳内のGPS機能だが、馴染みの場所でしか作動しないうらみがある。また、東京都内であれば所轄との連携も円滑に進むが、他府県警となれば動きにぎこちなさも生じる。

「〈笛吹き男〉については、わたしも捜査資料を拝見さしてもらいました。何やポイントで外しにいく犯人ですね」

「外しにいく、とはどういうことですか」

「子宮頸がんワクチンの被害者だけやのうて、その推進派の娘さんも攫う手口とか、七人の保護者やのうて、製薬会社と産婦人科協会に身代金を要求するところとか……こっちの予想をちょいちょい外しよるでしょ」

麻生をはじめ警視庁組三人は頷くしかない。

「そういう犯人がわざわざ大阪を受け取り場所に指定してきたんは、何らかの企《たくら》みがあってのことでしょうな」

「仰《おっしゃ》る通りです。だからこちらとしても二重三重に網を張っておかなければならないんです」

今回警視庁が大阪府警に要請したのは、浪速区を管轄する浪速署署員を含めた二百名での警戒態勢だった。浪速区のどこが現場になろうとも、そしてどんな追跡行になろうとも必ず〈笛吹き男〉を捕縛できる態勢を構築しようとしたのだ。

しかしこの要請は、大阪府警の日常業務に支障を来しかねないとして百名の動員に調整された。警視庁と大阪府警の上層部でどんな綱引きが行われたのか、犬養には知る由《よし》もない。しかし東京都下であれば押し通せるはずの計画が、ここでは実行困難な点に警視庁側の焦燥があった。麻生の言葉はそのせめてもの恨み節だ。

双方の事情を知る久家は、申し訳なさそうに艶《つや》のある頭を叩《たた》く。

「まあ上の決めることですし、大阪府警もそないに警官が余ってる訳やないんで勘弁してください」

軒下を借りている身分としては、三人とも頭《こうべ》を垂れるより他になかった。

翌三月二十三日、日曜日。犬養たちは早朝から東署に待機していた。

既に身代金七十億円は昨日のうちに製薬会社二社から送金され、大阪市内の銀行で現金化されていた。今その現金は東署の道場に保管されているが、七十億円の札束の山は壮観のひと言に尽きた。明日香などは口を半開きにしてその山に見入っている。あまりに無防備な表情だったので、犬養はついからかいたくなった。

「どうした高千穂。口が開いたままだぞ」

「警察官になって、今までも事件絡みの大金を目にしたことはありますけど、さすがにこれだけの金額は……ウチの浴槽がこれで一杯になります」

「札束風呂《ぶろ》か。あんまりいい趣味とは言えんな。さあ、詰め込むぞ」

七十万枚の紙幣は新札で連番になっている。既に浪速署署員の力を借りて番号は控えてある。この番号は各金融機関に手配され、手配番号として入力される。もし銀行窓口で検索に引っ掛かれば、使用された場所の範囲が把握できる仕組みだ。古い紙幣で用意される場合、その番号控えの作業だけで相当な時間と人員を消費してしまう。ただし、これも金融機関に持ち込まれた場合だけで、市中で使用された場合はこの限りではない。そうなれば新札も旧札も関係ない。

番号を控えた札束は百枚ごとに新たに帯封がされている。後は用意された十四個のアタッシュケースに詰めるだけでいい。このアタッシュケースには内部に発信装置が仕込まれており、犯人の手に渡った瞬間から追跡される手《て》筈《はず》になっている。

その詰め込み作業の最中、明日香が短い溜息《ためいき》を吐《つ》いた。

「どうした」

「こんな風にブロックみたいに扱っていると、だんだんおカネという感覚がなくなっちやいますね」

「じゃあカネだと思うな」

犬養は振り向きもせずに言う。

「攫われた七人の命だと思え」

明日香は口を噤《つぐ》んだようだった。

一連の作業を離れた場所から見守る一団がいた。月島綾子をはじめとする、被害少女の母親たちだった。

彼女たちもまたそんな大金を目にするのは初めてなのだろう。明日香のように呆然《ぼうぜん》とする者もいれば、驚きに目を瞠《みは》る者もいる。共通しているのは、その札束の山が娘たちの無事を担保としているという緊張感だった。特に槙野朋絵は娘のスマートフォンを介して〈笛吹き男〉からの指示を受け取るため、傍目《はため》にも重圧に耐えているのが分かる。

犯人から次にどんな指示が送られてくるのかは見当もつかないが、多くの場合誘拐犯は家族に現金を運ばせようとする。捜査員と接触する危険性を少しでも回避したいからだ。周到さでは〈笛吹き男〉も同様だ。身代金の受け渡しには被害少女の母親たちを指名してくる確率が高い。それで万一に備えて大阪まで同行してもらっているのだ。

犯人側が連絡手段として亜美のスマートフォンを指定してくれたのは僥倖《ぎょうこう》だった。電話番号やアドレスは亜美本人から訊き出したのだろうが、これで逆探知をかけられる望みも出てきた。固定電話と異なり、発信元が移動するので場所の特定には困難が伴うが、

い。

　それでも範囲を絞ることはできる。

　通信事業会社も事案が誘拐事件ならばと、万全の協力態勢を取ってくれている。後は可能な限り通話を長引かせて、百人の捜査員で〈笛吹き男〉を袋小路に追い詰めればいい。

　母親たちの緊張を和らげようとしたのか、明日香が軽い口調で話し掛ける。

「確かにあまり目にすることのない光景ですけど、気にしないでくださいね」

　すぐ反応したのは綾子だった。

「でも、まさかこんな大金を娘たちのために……」

「香苗ちゃんたちをあんな酷い目に遭わせた張本人たちが、免罪符代わりに差し出したおカネです。あなた方が罪悪感を覚える必要なんて一切ないんですから」

　馬鹿、と犬養は心中で毒づく。今の言葉はワクチンの被害に遭った家族には痛快だろうが、槙野会長を夫に持つ朋絵にとっては嫌み以外の何物でもない。

　案の定、朋絵は面目なさそうに身を縮こめていた。明日香も遅まきながら失言に気づいたが、後の祭りだった。

「あの、でも亜美ちゃんもれっきとした被害者だから……」

　聞くに堪えず、犬養は明日香の腕を引っ張る。

「もういいから、お前は黙っていろ」

　よくよく考えれば、朋絵を含めて被害少女の父母たちが一堂に会するのはこれが初めてだった。

思い詰めた顔をして朋絵が口を開く。

「亜美も誘拐された被害者ですが、夫はそうではありません。皆さんの大切な娘さんに害毒を撒《ま》き散らした張本人の一人です。決して許されることではありませんし、許して欲しいなどと思いません」

他の母親たちが一斉に朋絵を見る。その表情は様々で、恨みがましいものもあれば同情じみたものもある。

ふっと犬養は朋絵に肩入れしたくなった。今の発言もこの場に槙野会長がいないから出たものかも知れないが、それを差し引いてもなかなか口にできるものではない。

「娘が攫われた当初、いえ、それ以前からわたしは子宮頸がんワクチンの副反応については何も知ろうとしませんでした。夫の仕事には口出ししませんでしたし、医師という仕事に何一つ疑問を持たなかったのです。でも今度のことで夫の仕事にも暗い一面があり、わたしたちがそこから得られた収入で生活していたことを知りました。皆さんが闘病生活に苦しみ、国と製薬会社を相手に奮闘されている時も、わたしたちは自分たちだけの幸福に甘んじていました。それは本当に、本当に申し訳ないと存じます」

朋絵は深々と頭を下げる。

「新聞報道は見聞きしていましたが、大したことではないという夫の言葉を信じて深く考えもしませんでした。亜美が誘拐されたのは、天罰だったのかも知れないと今では考えています」

まずい。このままでは母親同士の糾弾が始まってしまう。

犬養が作業の手を止めて朋絵の許に駆け出そうとしたその時だった。

「もう、やめてください」

朋絵の言葉を遮ったのは綾子だった。

「月島さん……」

「ここにいるのは全員、娘を攫われた親たちです。被害者も加害者もありません」

「でも」

「それぞれの生活ぶりは関係ありません。ある日突然娘を攫われ、不安に怯《おび》えている者同士なんです。それ以外に何の違いもありません。あなただって散々狼狽《うろた》え、怯えたはずです。だから、そんな風にご自分だけを責めるのはやめてください」

綾子は朋絵に寄り添い、その手に自分の手を重ねる。朋絵はもう何も言わなかった。

なかなか心温まる風景だな――そう思った瞬間だった。

突然、朋絵の持つバッグの中からメロディが流れ出てきた。

亜美のスマートフォンに着信が届いたのだ。

犬養は朋絵が取り出したスマートフォンを奪うようにして画面を見る。

『午後六時半、日本橋《にっぽんばし》三丁目交差点。現金は十人程度で分担して持て。容《い》れ物は赤色に限る』

　受け渡し場所の詳細だった。

「畜生」と、麻生が呪詛《じゅそ》の声を上げる。

「メール送信じゃあ、ますます逆探知しづらくなる」

　犬養は今まで作業を傍観していた久家に駆け寄る。

「日本橋三丁目交差点というのは」

「髙島《たかしま》屋の東別館と日本橋センタービルに挟まれた交差点ですが……また妙なところを指定してきよったな」

「何か不都合でもあるんですか」

「堺筋《さかいすじ》ゆう大通りなんですけど、日曜祝日に限らずここも人通りの絶えんところで……逃げるんも追っ掛けるんも、通行人が邪魔になってしょうがないはずやのに、何でわざわざそんな場所を選ぶんや」

　用意されたアタッシュケースは十四個。一人一個としても屈強な男でなければ持ち運びは不可能だ。

「ウチから何人か運搬役に出しましょう」

　犬養の考えを読んだのか、久家が申し出てくれた。それなら自分が手を挙げない訳にはいかない。

「あのっ、わたしも運びます」

明日香が前に進み出るが、犬養がそれを制する。

「とりあえず持ってみろ」

既に詰め込みの終わったアタッシュケースを指差す。明日香はそれを運ぼうと試みるが、膝下《ひざした》まで持ち上げるのが精一杯だった。

「……重たい」

「それ二つで彼女たち一人分の命だ。重くて当然だ」

明日香は悔しそうに顔を歪める。

「お前はバックアップに回れ。下手したら現金担いでいるより、そっちの方が忙しくなるかも知れん」

「それにしても容れ物の種類じゃなく、色を指定してきたのは、どういう了見だ」

麻生はずらりと並んだ銀色のアタッシュケースを眺めて呟く。今から赤色のアタッシュケースを用意する暇はない。

「カラースプレーを調達して全部塗り替えてしまえば別にいいんだが……しかし、どうして赤なんだ？」

誰も麻生の問い掛けに答える者はいなかった。

4

午後六時十五分、浪速区日本橋三丁目交差点。

犬養たち現金運搬班十四人は髙島屋東別館の角に待機していた。交差点の四隅には警察車両のワンボックスカーと覆面パトカーが、今か今かと指定された午後六時半を待ち構えている。綾子たち被害少女の母親たちもワンボックスカーの中で様子を見守っているはずだった。

交差点を中心に配置された警察官は合計百五人。全員が私服に着替えて堺筋の各所に散らばっている。この百五人をワンボックスカーの中にいる麻生と久家が手足のように動かす手筈だ。更に堺筋に交差する各道路にはパトカーが待機しており、犯人がクルマを使って逃走した際にも対処できる。理屈の上ではどこにも逃げ道はなく、〈笛吹き男〉が身代金を受け取ったとしても捕縛するのは容易に思われた。

だが、もちろん相手が一筋縄ではいかないことは麻生たちも充分に承知している。久家の言葉ではないが、問題は〈笛吹き男〉がどこをどう外してくるかという点だった。

三月下旬だというのに、夕暮れの風は湿気を孕《はら》んで重い。立っているだけで早くも額に汗が浮いてくる。

堺筋は夕方になって更に人混みを増したようだった。濃密な空気はこの人いきれが相《あい》俟《ま》ってのものに違いない。

久家の説明によればこの界隈《かいわい》は西の秋葉原《あきはばら》と言われる〈でんでんタウン〉が近く、更に髙島屋が控えている。そのため通りにはリュックサックを背負ったオタク、買い物帰りのセレブと家族連れがひしめいている。東京で喩《たと》えれば銀座《ぎんざ》と秋葉原が渾然《こんぜん》一体となったようなものだろうか。

通りを見渡しているうち、つんと甘い匂いが鼻腔《びこう》をくすぐった。

「高千穂。お前、香水変えたのか」

「わたしじゃありませんよ。それにこれ、香水じゃなくて椿《つばき》油です」

人の流れを注視すると、あちらこちらに浴衣《ゆかた》を着た力士の姿が認められた。

それで犬養は思い出した。今日は大阪春場所の千秋楽だったのだ。

二人の会話を拾った久家が無線で割り込んできた。

『南海《なんかい》電鉄なんば駅を挟んだ向こう側に府立体育会館がありますんでね。本場所が終わったから力士たちが街に繰り出しとるんです。まあ、大阪の季語みたいなもんです。ああ、そう言うたらもうすぐ優勝パレードの時間や』

「優勝パレード?」

『何や、スポーツニュースとか見てませんでしたか。今日、大関の旭日竜《あさひりゅう》が二場所連続優勝決めましたやろ。せやさかい、これからその優勝パレードが行われるんです』

「ちょっと待ってください。その優勝パレードって、どこでやるんですか」

『向こう側の通り、御堂筋《みどうすじ》ですな。府立体育会館から元《もと》町二丁目交差点に入って、そのまま北上して行くんです』

犬養は自分の携帯端末で周辺地図を確認する。なるほど堺筋と御堂筋は五百メートルほど離れて平行に走っている。

『旭日竜は地元大阪の出身ですから。優勝に沸くファンは仰山おりますよ』

その時、犬養の脳裏を何かが掠めたが、摑《つか》み取ろうとする前に麻生の声に掻き消された。

『五分前だ。全員、準備はいいか。不審者は見つけ次第、直ちに確保しろ』

我知らず、呼吸が浅くなる。果たして〈笛吹き男〉は、どこからどう出てくるのか。

あと四分。

三分。

二分。

一分。

息を吞《の》んで待ち構える。

だが、周囲の風景には何ら変化がない。

三十秒。

二十秒。

十秒。

緊張が最大値まで跳ね上がる。

そして——ゼロ。

だが事態は動かない。

どうした〈笛吹き男〉。

この警戒態勢に勘づいて接近するのを諦めたのか。

その時、麻生の声が届いた。

『ヤツからメールがきた。現金運搬の担当者は、今すぐ東方向松屋《まつや》町筋《まちすじ》の交差点まで移動しろ』

犬養は指定された場所を確かめる。ここから松屋町筋までは五百メートルといったところか。

『メールの文章はこう続いている。十五分以内で移動せよ。ただしクルマは使用するな』

「クルマを使うな、ですって？」

『そうだ。そのクソ重たいケースを抱えて走れってことだ。文章はさらに続いている。運び手を替えたりせず真面目に運べ。こちらからは全部見えているぞ』

見えている——？

そうか。それがケースを赤色に指定した理由だったか。

「班長、上です」

『上？』

「〈笛吹き男〉は近辺のビルから通りを監視している可能性があります」

『そうか、それでケースの色を目立つ赤色に指定してきたという訳か』

「付近のビルも調べさせてください。五百メートル以上の通りを監視するには、相当の高さが必要なはずです」

『分かった』

「逆探知はできましたか」

『今やっている最中だ。移動しながら連絡を待て』

言い終わるなり犬養は両手でアタッシュケースを持ち上げる。途端にずしりとした重みで腕が引っ張られた。やはり相当な重量だ。

見かねた様子で明日香が進み出る。

「犬養さん、わたしが一緒に持ちます」

「運び手は十人程度に限定されている。これ以上、人数を増やせん。しかも〈笛吹き男〉はどこからか俺たちの動向を見ている。そんな真似はできん」

「でも」

「お前は俺の先を走れ。障害物があったら、それを排除するんだ」

犬養はケースを持って駆け出した。

五百メートルを十五分間で駆け抜ける。普通なら余裕でできることだが、五万枚の札束を抱えたままとなると、ずいぶん様子が違ってくる。

大の男が血相を変えて突進しているのだ。行き交う通行人が物珍しそうにこちらを見ている。他人へ寄せる関心の度合いも東京とは大違いで、中には訳も分からぬまま「頑張りや」などと声を掛けてくる者さえいる。

髙島屋東別館を過ぎたところから、はや両腕がだるくなってきた。三十代半ば、まだまだ体力気力ともに自信のある犬養だったが、この障害物競走はさすがに難儀だった。

歩道は広いものの、歩行者がそれ以上に多く、前を走る明日香もコースの確保に懸命の様子だ。

「すみません、退《ど》いてください」

「何すんねん！　乱暴やな、姐《ねえ》ちゃん」

「先を急いでるんです。すみません」

「すみませんやないがな。お前らだけの道と違うぞ」

「すみません、警察です」

「お巡りやからゆうて、何でもできる思たら大間違いやぞ」

「すみません、本当にすみません」

これが東京の街中であれば警察の二文字を出しただけで、モーゼが紅海を渡るが如く人が道を空けるのだが、ここではそれもままならないらしい。

この通りは左右に商店が軒を並べているため、店に出入りしている客も多い。その客たちを避《よ》けながら走っていると、両腕にゆっくりと乳酸が溜《た》まっていくのが実感できる。

やはり重い。ロスだと分かっていてもいったんアタッシュケースを置き、両腕を自由にさせたくなる。だが時間を計測する明日香がそれを許してくれない。

「あと十一分です」

畜生、〈笛吹き男〉め。

今もあいつはどこからか俺を眺めて悦に入っているのだろうか。

怒りで自らを奮い立たせると、それが推進力になった。犬養は両脇に力を込め、明日香が確保したコースをひた走る。

「班長。逆探知、どうですか」

『……正直、思わしくない』

「えっ」

『メールではやっぱり送信元を特定しづらいようだ。同じ基地局であることは分かるが、〈笛吹き男〉がその範囲内にいるのは自明の理だから何の意味も持たん』

「くそっ」

ちらと往来を観察する。東京ほどではないが、携帯端末を見ながら歩いている者はかなりの人数だ。ビル内にいる者も含め彼ら全員を捕まえてしまえばその中に〈笛吹き男〉もいるのだろうが、話はそう簡単ではない。

『この区間に百五名態勢ならまずまずと思ったんだが、移動しながらとなると話は別だ。擦れ違う人間の数もその分増えるから、ケータイやスマホを見ているヤツ全員に目を光らせるのは不可能に近い』

おそらくそれも〈笛吹き男〉の目論見に違いない。周囲への注意力を拡散させようとして運び手を移動させているのだ。

日本橋カトリック教会の前を通り過ぎる。

犬養は信者ではなかったが、こんな時くらいはと神に祈る。

神様とやら。もし本当にいるのなら七人の女の子のために力を貸してくれ。

俺の前に〈笛吹き男〉を連れてきてくれ。

ちらと顔を上げれば、商店の並ぶはるか向こう側に高層ビルが見える。それ以外にはさほど高い建物が見当たらない。

いったいヤツはどこから俺たちを監視しているのか。

やがて斜め上に高架が見えてきた。

『見えるか。あれが阪神高速一号環状線だ』

あの高架を通過すれば松屋町筋は目と鼻の先だ。

「あと、何分ある」

「三分です」

ラストスパートという訳か。見れば十四人いる運び手のうち自分は十番目を走っている。別に順位を競っている訳ではないが、少なくとも年下の後塵《こうじん》を拝したくはないと妙なところで意地が出た。

「あと二分。急いで！」

言われるまでもない。

高架を過ぎた辺りから、犬養はスパートをかけた。

吐く息よりも吸う息の方が多くなる。

心臓は早鐘を打っている。

目の前には大覚寺《だいかくじ》の仏閣が見える。その前に拡がっているのが松屋町筋だ。

そして犬養はようやくゴールに辿り着いた。

「間に合いました！　まだ十五秒余裕があります」

そうか、という短い返事をするのも億劫《おっくう》だった。ケースを地面に下ろして肩で息をする。走るのを止めた途端、額から滝のように汗が噴き出した。

まだ身体《からだ》は自由に動かせない。自分ではまだ若いつもりだったが、三十半ばを越えるとあっという間に体力が落ちるというのはどうやら本当のようだ。

一人二人とゴールに到着し、どうやら十四人全員が時間内に完走できたらしい。

さあ、ここまで運んでやったぞ。

いい加減に姿を現せ、〈笛吹き男〉。

そこに麻生の声が入ってきた。

『全員、到着したようだな』

「……しました」

『たった今、〈笛吹き男〉から連絡が入った。運搬続行だ』

「……え」

『その松屋町筋を北に五百メートルほど直進すると、下寺町《したでらまち》の交差点で千日前通《せんにちまえどおり》と交わる。それが次の指定場所だ』

麻生の声はひどく不穏に響いた。

『今度の制限時間は二十五分だそうだ。くそっ』

沸騰しかけた頭が急速に冷えていく。

上司の罵倒《ばとう》を聞いたお蔭《かげ》で、こちらが爆発せずに済んだ。その効果を狙った上での言葉なら、麻生という男も大した管理職だ。

『行けるか』

「ルールなら仕方ないでしょう」

犬養は息を整えてから背筋を伸ばす。横を見れば、他の運搬役十三人は既に走り出していた。

案件を持ってきた自分が遅れる訳にはいかない。

意地が半分、使命感が半分。二つの思いと一個のケースを抱えて、犬養は再び走り始めた。

松屋町筋は下寺町の名の通り、神社仏閣が切れ目なく続いている。手前の光明寺《こうみょうじ》から始まって大覚寺、萬福寺《まんぷくじ》、金台寺《こんだいじ》、源聖寺《げんしょうじ》、浄國寺《じょうこくじ》、稱念寺《しょうねんじ》、大蓮寺《だいれんじ》應典院《おうてんいん》、そして極《ごく》楽院《らくいん》大蓮寺。この仏閣の列が終わるところが千日前通だ。従って犬養たちは建ち並ぶ仏閣を横目で見ながらゴールを目指すことになる。

キリストの次は仏か。今日はつくづく神頼みの機会があるとみえる。

一分足らずの小休止など休みのうちに入らない。すぐに下半身と両腕がケースの重みに堪えかねて悲鳴を上げ始めた。

「犬養さん！」

時折、明日香が振り返りながら声を掛けてくる。年下の女の声援を受けながら走るのは学生時代以来のことだと、場違いなことを考える。

松屋町筋は堺筋に比較して道路幅が広いせいで、人混みはいくぶん緩和されている。しかし前を歩く通行人が障害物であることに変わりはなく、犬養たちを物珍しそうに見る者も相変わらずだった。

「お。何や兄ちゃんたち、こんなとこで駆けっこかいな」

「あんたが一番、齢《とし》食ってそうやけど負けんなや」

「仕事でやっとんねやろな」

「邪魔臭いな。他所でやらんかい他所で」

「あっぶな！　こら、ちっと気ィつけよ」

「何や知らんけど大変そうやねえ」

このケース一個の中身が五億円、二つで女の子一人分の身代金だと大声で喚《わめ》いたら、きっと全員が道を空けてくれるのだろうな──走りながら、そんな取り留めのないことを考える。

駄目だ、思考力が鈍麻《どんま》し始めている。肉体の疲労に惑わされるな。思考を鋭敏にしろ。

「班長、いいですか」

『何だ』

「さっきは東西に延びる通りを走らされました。あれなら道路沿いの高いビルから我々の動きを監視できたとしても不思議はありません」

『そうだな』

「しかし今走らされているのは南北方向です。こっちの方角まで見下ろすとなると、方角的に無理が生じます」

『何が言いたい』

「〈笛吹き男〉は、我々を監視していないのかも知れません」

『それは俺も考えた』

やはりそうだったか。

『だがその予想は外れだ。〈笛吹き男〉は運び手十四人の動向を細大《さいだい》漏らさずチェックしていやがる』

「どうしてそんなことが分かるんですか」

『お前たちが走っている最中に連絡があった。二人ほど遅れているヤツがいるが大丈夫なのか、だとよ』

何だって。

『それで今、付近の地図を3D化して二つの通りを一望できる場所を捜索しているんだが……あまり上手《うま》くいかん。通りを俯瞰《ふかん》しようと思えば視線はどんどん上がっていくが、そうすると肝心のアタッシュケースが見えなくなる』

すぐには考えが纏まらなかった。もし麻生の言うことが本当だとすれば、〈笛吹き男〉は鳥のように上空から自分たちを捉えていることになる。

あるいは――。

「班長。ケースの中に仕掛けた発信機は信用できますか」

『何だと』

「発信機の電波を向こう側が傍受しているとは考えられませんか」

『それも考えた。だが発信機は遠隔操作になっていて、まだ起動していない。スタンバイ状態での微弱な電波を傍受するには、相当大掛かりな装置が必要になるらしい』

すると、これも外れか。

じゃあ、いったい〈笛吹き男〉はどこにいるというのだ。

「犬養さん、少し遅れてます」

頭を巡らせていると、知らず知らずのうちに足が出遅れる。明日香の声に、犬養は己の足を叱咤《しった》して前へ前へと進む。

「俺たちの周囲に変な動きはありませんか」

『ないな。最近流行《はや》りのCCDカメラ搭載型のラジコンヘリでも飛んでないかと思ったんだが、そういう類《たぐい》の姿も見えん』

「身代金受け取りのタイミング、どう考えますか」

『千日前通だとかなりの大型車も通っている。ダンプとの擦れ違いざま、荷台にケースを投げ込ませるとかが関の山だろう』

主要道路には各所轄の警察車両が出番をじっと待っている。ハンドルを握るのは、それこそ浪速《なにわ》の街を自分の庭にしている交通機動隊の面々だ。追跡行になれば、まず取り逃がすことはないだろう。

「犬養さん！」

おっとまた遅れたか。

犬養は足腰にひときわ力を込める。だが悲しいかな、思ったほど脚力が伸びない。ゴール手前、小学校の前でいきなりスピードが落ちた。犬養は歩を緩めて膝と肩に溜まった乳酸を宥《なだ》める。

「犬養さん！」

「十秒だけ、待ってろ」

息を整えていると、身体中発熱しているのが分かる。ワイシャツは大量の汗でべっとりと張りついている。

立ち止まっているうちに最後の一人に抜かれた。

「犬養さん！」

「喚くな」

そう言って、また走り出す。

ゴールの陸橋まで来ると、先に到着した十三人が思い思いに姿勢を崩していた。中には四つん這いで荒い息をしている者もいる。犬養も例外ではない。ケースを地面に置き、その上に腰を下ろした。

五億円の上に尻《しり》を据えるなどという真似は、後にも先にもこれっきりのことだろう。走り終えた身体が急速に重みを増す。自重を支える力さえ欠乏しているようだ。

「間に合ったか、高千穂」

「ぎりぎりオーケーです」

犬養を含め、運搬役の十四人は疲労困憊《こんぱい》の様子だ。仮に今〈笛吹き男〉が目の前に出現したとしても、すぐ飛び掛かれるような機敏さは発揮できそうにもない。

まさか、これが〈笛吹き男〉の狙いなのか――そんな風に考えていると、また麻生の声が耳に入ってきた。

『間に合ったみたいだな』

「何とか」

『向こうさんもそれは把握しているようだ。今しがたまた指示が出たぞ』

またか。

犬養は周囲に気づかれないように嘆息を洩らす。

「次は何ですか」

『千日前通を西へ、御堂筋に向かう』

「……もう一度、お願いします」

『繰り返す。御堂筋に向かえ。制限時間は四十分』

「何ですか、それ。〈笛吹き男〉はわたしたちをおちょくってるんですか！」

犬養より先に、明日香が怒りを露《あら》わにした。

「結局、大きく迂回《うかい》して元に戻るんじゃないですか」

その通りだ。時間を考えればあのまま堺筋を北上して西に進めば済む話ではないか。それをわざわざ遠回りさせたのは〈笛吹き男〉の悪意だとしか思えない。

『捜査員を徒《いたずら》に疲弊させて、追跡の手を緩めさせる目論見かも知れん。だが、心配には及ばん。運搬役の十四人がへたっても、百五人の警官がバックアップに回ってくれる。必ず〈笛吹き男〉は逮捕してみせる』

こちらを鼓舞するための口説《くぜつ》であっても心強い。

「……とことん付き合うしかなさそうですね」

『頼む』

そのひと言に少し驚いた。日頃から頼られていると感じてはいたが、言葉にされるのはそうそうあることではない。

武骨で癇癪《かんしゃく》持ち、時折視野狭窄《きょうさく》に陥るきらいはあるが、警察官として信頼できる上司だ。そういう人間から頼むと言われて、無下《むげ》に拒めるものではない。

「高千穂、露払いよろしく」

腰のバネを使って上半身を起こし、両手でケースをぶら下げる。

行け。

自分自身に号令を掛けて、犬養は三度《みたび》走り出す。足はもう、鉛のように重かった。

国立文楽《ぶんらく》劇場を右手に見ながら、ひたすら西に走る。並走していた別の警官は今にも吐きそうな顔をしている。他の連中も似たようなもので、楽に息をしている者は一人もいない。千日前通は今までで一番広い道路だが、通行人の数も比例して多かった。

「何やあれ。何かの罰ゲームか」

「見てみい。みんな真っ青な顔してるで」

「何や知らんけど、頑張り」

既に陽は落ちていたが、まだ人の顔が判別できる程度には明るい。通行人たちは相変わらず好奇心剝《む》き出しの視線を送ってくる。

「お願いします、道を空けてください。道を空けてください」

先導する明日香の声も掠れてきた。

畜生、と犬養はまだ見ぬ犯人に向かって毒づく。今もどこかでこの様子を見て嗤《わら》っているのだろう。今のうちに好きなだけ嗤っておくがいい。逮捕した後は当分唇が上弦の形にならないように扱ってやる。

しばらく走っていると、またもや四肢が悲鳴を上げ始めた。膝から下の筋肉が強張り、まるで他人の足に思える。

日暮れ時だというのに熱気は更に増したようだ。額と顎《あご》の下からぬらぬらと汗が噴出し、走る度に滴《したた》り落ちている。

冷えた水を寄越《よこ》せ、と喉《のど》が訴える。

冷気を寄越せ、と肌が訴える。

休息を寄越せ、と筋肉が訴える。

それらを無視して闇雲に走っていると、やがて意識が朦朧《もうろう》としてきた。

堺筋との交差点を過ぎた時点で、遂に足が止まった。

「犬養さん！　頑張って」

明日香が必死に手を引っ張るが、もう下半身が言うことを聞かない。

ふと横を見れば、他の運搬役も体力の限界が近づきつつあるらしい。

御堂筋まではあと五百メートルといったところか。とてもその距離まで完走できるとは思えない。

肉体の限界が精神の限界を決める時がある。今がちょうどその状態だ。

「犬養さん！　もうひと息なんですよ」

もうひと息。いや、そのひと息が果てしなく遠いのだ。

とうとう見るに見かねたのか、明日香が犬養からケースを奪い取った。

「それが犬養さんの全力ですか」

こんな時まで憎まれ口か――そう思った刹那《せつな》、犬養の頭で別の声が響いた。

『全力を尽くすだけじゃダメなの』

沙耶香の声だった。

『香苗ちゃんにもしものことがあったら、みんなが絶望する』

『お父さん、お願い』

すっかり忘れていた。

事件が始まった時、自分はそういう約束をしていたのだ。

娘との約束も守れない父親なんて最低だよな。

犬養はケースを抱えきれず、引き摺《ず》り気味にしている明日香の手を摑まえた。

「俺の全力をお前が決めるな」

か細い腕からケースを奪い返し、上半身を持ち上げる。振り返れば自分の後方で四人が膝を屈していた。

「俺たちの働きに七人の少女の命が懸かっている」

四人はのろのろと顔を上げる。

「うち六人は何らかの障害を抱え、死ぬほど怯えながら俺たちの救出を待っている。今、彼女たちを救えるのはここにいる十四人だけなんだ」

それだけ言って、犬養はまた一歩を踏み出す。現金なもので沙耶香を思うと、身体の別のところから力が湧いてくるような気がする。

「あんた一人にだけいいカッコさせる訳にはいかんなあ」

誰かが呟くのが聞こえた。

やがてビックカメラのビルが目前に見えてきた。そこから二百メートルも進めば御堂筋に到達する。

もうすぐだ、と安堵《あんど》しかけた時、犬養は同時に不吉なものを目撃した。

御堂筋は人で鈴なりになっていた。

『最後の指示がきたぞ』

麻生の声は上擦っていた。

『御堂筋に入ったらそのまま北上、二百メートル先にある道頓堀橋《どうとんぼりばし》の上で待機』

橋の上で身代金の授受を行うつもりか。

「班長。御堂筋が人で埋まっています」

『パレードだ。旭日竜の優勝パレードとかち合った』

その瞬間、最初に脳裏を掠めたものの正体に気がついた。

犯人の狙いはこれだ。犬養たちに無駄なマラソンをさせた挙句《あげく》、パレードでごった返す人混みを利用して、警察の足を封鎖する企てだったのだ。

「あの人混みに紛れたら自由に動くのは困難です」

『最初からそれが目的だったか……だが指示に従わない訳にはいかん。バックアップの警官を御堂筋に向かわせるから、お前たちも道頓堀橋に向かってくれ』

「……了解」

元よりこちらに選択権はない。今自分たちにできるのは、ケースを肌身離さず道頓堀橋まで持って行くことだけだ。

犬養は覚悟を決めて、見物人の渦の中に身を投じていった。

「旭日竜ー」

「おめでとうー」

「次は横綱やー」

覚悟を決めて飛び込んだが、見物客たちの熱狂の度合いは生半《なまなか》なものではなかった。

地元出身という要因が手伝っているのか、それとも元々大阪市民の気質なのか、ひと目力士の雄姿を見ようと、押し合いへし合いし、その狂乱ぶりはまるで何かのデモのような様相を呈している。ケースを手にした犬養は、案の定見動きが取れなくなった。

「ちょっとあんた、何こんなとこへ大荷物持ってきてん。邪魔やないか」

「押すなあっ」

「割り込みすなあっ」

「すみません、公務なんです。道を、道を空けてください」

明日香の必死の呼び掛けも、この人混みの中では却って逆効果だった。

「何が公務じゃ、このスカタン」

「ポリがえばりくさってからに」

「お前らの方が出て行きさらせ」

身を捩《よじ》るようにして道頓堀橋に向かう。

『運搬役。無事に到着したか』

「今、橋を目指している最中ですが……ちょうど人の流れに逆行する形で、強い抵抗を受けてます」

『バックアップの警官たちも人混みに押されて、全員は中に入れない。とにかく橋の上に全員揃ったら連絡を寄越せ』

「了解」

それから犬養たちは見物客から邪魔者扱いされ、罵《ののし》られ、小突かれながら橋に向かって歩を進めた。橋の上に十四人全員が揃ったのはそれから十五分後だった。

「班長。全員、揃いました」

報告した時、犬養は息も絶え絶えだった。

無理もない。五億円が入ったケースを抱えて二キロ以上の距離を走らされ、今またこの狂乱じみた人の群れの中に放り込まれているのだ。もう話すことさえ面倒臭くなっている。

北上してくるオープンカーを見ようとして、人々が橋の中央に集中する。自ずと犬養たちは端の方に追いやられる。

犯人はどっちの方角からやってくる。

北か、それとも南か。

『〈笛吹き男〉の連絡だ』

「ヤツは、どっちから来るんですか」

麻生の声は怒りを孕んでいた。

『東だ』

「えっ」

『敵はその橋の下を流れる道頓堀川の上流からやって来る』

犬養たちはすぐさま上流の川面《かわも》に視線を移す。

いた。

薄暗くなった川面の上流から煌々《こうこう》とライトを点《つ》け、一艘《そう》の小型船がゆっくりと近づいてくる。

『船が見えるか』

「見えます。どうやら小ぶりの遊覧船のようです」

『〈笛吹き男〉からの指示はこうだ。その遊覧船は橋の真下でエンジンを停止させる。その荷台に向かってケースを投げ落とせ。所要時間は一分。それを過ぎるようであれば取引は中止する』

まさか船で来るとは——。

これで身代金受け渡しの日時を三月二十三日の大阪市浪速区に指定した理由が分かった。優勝パレードとその道中を横切る川の存在。警察の注意を道路上に集中させ、パレードのどさくさに紛れて盲点である川で現金を回収する。そのための布石だったのだ。

悔しさが麻生の言葉の端々に滲み出ていた。善後策を協議する間もなく、遊覧船はしずしずと橋の下に潜り込む。目を凝らしてみれば、荷台には緩衝材のつもりかウレタンが敷き詰められている。

『今は人質の命を優先する。ケースを投げ落とせ』

「了解」

犬養たちは橋の欄干《らんかん》から身を乗り出し、船の荷台に狙いを定める。欄干から荷台まではおよそ五メートル。荷台も広いので垂直落下なら、まず的を外すことはない。

荷台の上に人の姿は見当たらない。操縦席にそれらしい人影はあるものの、夕闇とガラスの反射で風体《ふうてい》は不明だ。

順番にケースを投げ落とす。敷き詰めたウレタンが深いらしく、ケースが落下してもくぐもった音がするだけだった。

そして最後のケースが投げ落とされると、遊覧船はいきなり疾走を開始した。

ぶるん、と豪快なエンジン音を立てたかと思うと、結構な速度で道頓堀川を下っていく。犬養たちの執念を振り切るように、その後ろ姿はだんだん小さくなる。

「遊覧船、下流に向かいました。追跡を……」

犬養は言いかけて口籠《くちご》もる。

大阪府警に要請して動員した百五名は全員道路の上だ。しかも浪速署を中心にしていて、大阪水上警察には何の手配もしていなかったはずだ。最前の麻生の悔しげな口ぶりはそれを証明していた。

運搬役の他の十三人はすっかり気落ちした様子で欄干に身体を預けている。水面を見下ろす視線は鈍く、昏《くら》い。

『……たった今、府警本部を介して水上警察に応援を要請した』

たった今では遅過ぎる。水上警察が到着する頃には、相手は大阪湾だ。

『発信機の起動を確認した。出足が遅れたにせよ、追跡は可能だ。絶対に逃がさん』

通信はそこで途絶えた。麻生の激した顔が目に見えるようだった。

その後、水上警察が到着したが既に手遅れだった。

唯一の希望だった発信機はアタッシュケースごと日吉橋《ひよしばし》付近に沈んでいるのが発見された。どうやら船上で札束を詰め替えたらしい。初動の遅れが祟《たた》り、逃走した遊覧船を拿捕《だほ》することは遂に叶《かな》わなかった。

運よく、捜査員の一人が遊覧船を欄干から撮影していた。咄嗟《とっさ》の機転で自分の携帯端末を使ったのだ。この画像によりすぐに船体が特定され、所有者が割り出された。

だが割り出された所有者も〈笛吹き男〉ではなかった。所有者は零細の業者であり、時折船舶を客に貸し出す商売をしていたのだ。

「悪いけどさあ、男か女かも分からへんのよ」

翌日聴取を受けた業者は何ら悪びれる様子もなかった。

「ホームページで予約を受けて、当日の夕方にエンジンキーを渡したんやけど、つばの大きな……ああ、アポロキャップ言いまんのか。それにグラサンとマスクとジャンパー着込んでるから身体の線も分からしません。言葉もうんとかすんとかしか言わんしね。そりゃあちいっと風体怪しいとは思ったけど、今日び花粉症の人間やったらそれが標準装備やしねえ。こっちもカネさえ貰《もろ》うたらお客さんやし。ああ、船を返却する時でっか？　これが失礼な話でね、元の船着き場どころか南港《なんこう》の埠頭《ふとう》に置き去りにされてたんです」

発見された遊覧船には早速鑑識が乗り込み、徹底的に捜査が行われた。しかし日常的な手入れが悪く、不明指紋と不特定多数の毛髪が山ほど検出されるだけで、これはという物的証拠は一つも得られなかった。

また遊覧船を南港に停泊させた際、七十億円の現金をクルマなり何なりに移し替えたはずだったが、こちらの方もまだ目撃者は現れていない。

ともあれ〈笛吹き男〉はまんまと警察を出し抜き、七十億円の受け取りに成功した。

捜査本部の大黒星だった。

五　記憶

1

捜査本部の大会議室はひどく重い空気に支配されていた。

「大阪府警に頭を下げて百人もの応援を頼みながら、みすみす七十億もの現金を掠《かす》め取られた挙句《あげく》、犯人の後塵《こうじん》を拝したということか」

こうした会議で最低限のことしか口にしないのは村瀬の長所と思えたが、大失態の後では言葉数の少ない分辛辣《しんらつ》に響く。

現場で指揮を執った麻生にはまるで針の莚《むしろ》だ。会議が始まった頃から尻《しり》の据わりが悪そうにしている。犬養の座る場所からでも額に汗が滲《にじ》んでいるのが分かる。

「現状、犯人と接触したのは船舶を貸し出した業者だけだ。そちらからの詳細な情報はまだ取れていないのか」

明日香が立ち上がる。

「前科者リストを閲覧してもらいましたが、犯人は帽子にサングラス、そしてマスクを装着していたため、未だ特定に至っておりません」

「しかし言葉を交わしたのなら男女の区別くらいはつくだろう」

「ホームページから予約を受けて、当日は、はいとかいいえとかの返事しかしなかったので、それも分からないと」

「人相も分からない客相手に、ずいぶん杜撰《ずさん》な対応をするものだな」

「零細業者ということもあり、多少得体の知れない客であっても、小型船舶免許さえ取得していれば断らないそうです」

「しかし小型船舶操縦免許証には写真が貼付《ちょうふ》してあるはずだ。それで充分人相の確認は可能だろう」

件《くだん》の業者から事情聴取した明日香は面目なさそうに俯《うつむ》く。

「それが……免許証の呈示さえいい加減に済ませていたようで、やはり人相の確認はできませんでした。同業者や利用者たちの間でも対応が杜撰な業者として有名らしく、わざわざ犯人が選んだのも、それが理由と思われます」

「杜撰な対応、ただし手数料や保証金はバヵ高いという類《たぐい》か」

「はい……」

自分が業者でもないのに、明日香は消え入りそうな声で答える。

「いずれにしても〈笛吹き男〉が大阪に土地鑑を持ち、且《か》つ小型船舶の免許を取得していることは分かった。これでかなり絞れるはずだ」

怪しいものだと犬養は思ったが、敢《あ》えて手は挙げなかった。平成十六年度時点で小型船舶免許の受有者数は三百万人を計上している。犬養が参考にした資料では新規受有者は若年層が多い傾向というから、現在の受有者はもっと増えているだろう。そして三百万人という数は、条件を絞ったとしても百人単位の捜査員が潰《つぶ》せる数ではない。

「奪取された七十億円について番号照会の手続きは終了しているか」

これには隣に座る麻生が応《こた》える。

「当日より国内の主な金融機関には通達済みです」

言葉が弱々しいのは、各金融機関が番号を記録したところで、実際に該当紙幣が持ち込まれるのは当分後になることが予想されるからだ。身代金奪取の手際といい、これほど狡猾《こうかつ》な〈笛吹き男〉が、奪った紙幣を早々に流通させるとは考え難《がた》かった。

「大阪市内での捕物《とりもの》が優勝パレードの最中ということで、地元マスコミの注目を浴びた。誘拐事件という性質もあり、記者クラブには誘拐事件に関する報道協定を要請する」

村瀬の口調には苦渋が滲む。〈笛吹き男〉の犯行声明が在京テレビ局と三大全国紙に送られた時点で警視庁は公開捜査だとしていたのだが、全てが相手に先手を打たれ、捜査本部はことごとく後手に回った印象は否めない。この決定を遅きに失したと非難するマスコミも出てくるだろう。

「取引に際して我々が相手の指示で拒んだものはない。従って身代金を奪取した犯人からは何らかの連絡がある」

村瀬の言うことはもっともだった。七十億円を手にした今、犯人側に人質を確保しておく理由はなくなった。問題はそれが人質の解放か、それとも殺害かという相違だけだ。会議に参加した全員が承知しているからか、空気は尚更《なおさら》重くなる。まるで誘拐された七人の通夜に参列しているような雰囲気だ。

敗軍の将は兵を語らず——ではないが、捜査本部の完敗であることは確かだった。まんまと身代金を奪われ、しかも犯人には指先一本触れていない。こちらに手持ちのカードは一枚もない。人質をどう処分するかは〈笛吹き男〉の胸三寸に委ねられているのだ。報道協定が結ばれてしばらくは伏せられるとしても、協定解除後に経緯が明らかにされれば捜査本部、分けても村瀬に非難が集中するのは確実だった。

「まだ試合が終了した訳ではない。人質の無事を確認し、犯人に手錠を掛けるまで事件は終わらない」

管理官としては精一杯の喝《かつ》なのだろうが、如何《いかん》せん兵隊を鼓舞するには材料が不足している。

「今、〈笛吹き男〉は札束に囲まれて自分に酔っている最中だろう。言い換えれば一番警戒心が薄くなっている時だ。ヤツを捕縛するのは今しかない。各員にはこれまでにも増して一層奮起を促したい。以上だ」

解散の声にも、捜査員たちは力なく立ち上がる。無理もない。陸上競技に喩《たと》えるなら周回遅れのランナーがトップに追いつけと命令されるようなものだ。

雛壇《ひなだん》を離れる麻生は心なしか面窶《おもやつ》れしているようだった。帰京した直後、津村から厳しい叱責《しっせき》を食らったのは聞かずとも分かる。

「まだ障害物競走を完走した労《ねぎら》いを言ってなかったな」

犬養の顔を見るなり早速皮肉を飛ばす。これしきのことで麻生の憂《う》さが晴れるとも思えないが、項垂《うなだ》れて愚痴られるよりは数段マシだ。

「あんな重たい荷物を抱えてよく走ったもんだ」

「二、三度死にかけましたよ」

「それでも完走したんだ。俺だったら百メートル走った時点でリタイアしているさ。もっとも完走したからといって褒美は出んがな」

犬養の横にいた明日香は相変わらず俯いている。彼女のしたことといえば犬養に伴走しながら声を掛けただけだ。挽回《ばんかい》できないような失態をしでかした時には、汗を流した者より汗を流さなかった者がより罪悪感を抱え込む。

二人の消沈ぶりがあまりにも気の毒だったためか、犬養はつい洩《も》らしてしまった。

「褒美が全くなかった訳じゃありませんよ。それなりに収穫はありましたから」

口にしてからしまったと思ったが、もう遅かった。

「何を摑《つか》んだ」

麻生は胸倉を摑まんばかりの勢いだった。

しかし確証が得られるまでは、犬養も喋《しゃべ》るつもりはない。

「もう少し調べさせてください」

するとと犬養の性格を熟知している麻生にも思うところがあるのだろう。そこから先は執着しようとしなかった。

「こういう状況下でお前を好きにさせる理由は承知しているんだろうな」

「何となくは」

「何を、とは言わん。せめてどこを摑んでいるかくらいは教えろ」

「首根っことまではいきませんが、尻尾《しっぽ》ですかね」

「じゃあ、行け」

麻生は顎《あご》でドアのある方を指した。

「名前通りの狩猟本能を見せてみろ」

きっと麻生の目には、自分がポインターかコッカー・スパニエルのような猟犬に映っているのだろう。

「もし見当違いだったら、雑種犬並みの扱いになるんですかね」

「ふざけるな。そんなもの犬以下だ」

麻生は不機嫌そうな顔で背中を向けた。

「犬養さん、本当に手掛かりを摑んだんですか」

明日香も不機嫌そうだった。

「いったい、いつ」

「現金を積んだ船を見送っている時だ」

「だったら、どうしてわたしに教えてくれなかったんですか」

「その時は単なる思いつきだった。思いつきが形になるには時間を要する。第一、確証もない話に引き摺《ず》り回されるのは、お前だって嫌だろう」

「それじゃあ、今は確証があるんですか」

「確証と言うか、引っ掛かりみたいなものだな。憶《おぼ》えているか。〈笛吹き男〉は俺たちが大阪の街中を駆け回っている様を正確にトレースしていた」

「はい」

「最初はどこかの高いビルからでも監視しているんじゃないかと勘繰ったが、東西だけじゃなく南北方向への移動も捕捉《ほそく》していた。あんなことができるのは空を飛ぶ鳥か衛星だけだと思った。だがな、もう一つだけそれが可能な視座がある」

「どこですか」

「巣の中さ」

　半信半疑の明日香を引き連れて、犬養は月島家を訪れた。応対した綾子は大阪への往復が応えたのか、やや疲れ気味に見えた。

「顔色が優《すぐ》れないようですね」

「いえ……まだ犯人から連絡がないものですから。ちゃんと身代金を受け取ったのだから、すぐにでも香苗たちを返して欲しいと思っています」

「犯人が紳士的だと信じておられるようですね」

虚を衝《つ》かれたように綾子がこちらを見る。

「カネを奪い目的を果たした誘拐犯にとって、もはや人質は邪魔者でしかない。しかも顔を見られ声を聞かれているのなら脅威ですらある。月島さんを前にして何ですが、いっそ口を封じてしまった方が得策です。それなのに何故、〈笛吹き男〉が無事に香苗さんたちを返してくれると信じられるのですか」

「それは親として当然です！　娘の無事を祈らない母親が、いったいどこにいるというんですか」

「これは失礼しました。下手な言い訳ですが、この齢《とし》になっても女性の心、母親の心理というものにとんと不案内な男でしてね」

「え……娘さんがいらっしゃると聞きましたけど」

「娘はいますが、バツ2ですよ。同じ過ちの繰り返しです。たった一人の娘とさえ擦れ違うばかり。それくらい女心というものを分かっていない」

そうだ。事件関係者のほとんどが女だったから、誰が真実を述べ、誰が嘘を吐《つ》いているか見当もつかなかった。

「男としてこれほど頼りないヤツはいないでしょうね。ただし刑事としてなら、そここの経験はあります。つまり人を疑うという能力です」

「……誰か、疑うような人がいたんですか」

「最初に疑ったのは人ではなく、出来事です。月島さんはご存じないかも知れませんが、大阪市内で身代金の受け渡しをする際、〈笛吹き男〉はわたしたちの一挙手一投足をずっと監視していたようなのです。現に途中で遅れだした者がいると、正確にその人数まで指摘してきた」

「高いところから見張っていたんでしょうか」

「それが一番、理に適《かな》った推測でしょうね。しかし現場は高層ビルが多数あり、しかも我々が移動したのは三方向です。あの周辺一帯を3D化したモデルでシミュレーションしてみましたが、そんな絶好のポイントはただの一点もありませんでした」

「じゃあ、どこから」

「クルマの中からです」

「クルマ？」

「具体的には警察車両のワンボックスカーです。指揮車両では麻生班長がわたしたちと絶えず連絡を取っていました。ケースに仕込まれた発信機でそれぞれの位置も把握できたはずです」

「じゃあ、通話や発信位置を傍受されたとしか……」

「その通りです。〈笛吹き男〉はわたしたちの会話を聞いていたんです。ただし、それは無線傍受《しらうと》などといった手の込んだものではありません。警察のデジタル無線を傍受するのは素人にはとても無理ですしね。それよりももっと簡単な方法があります」

「どうするんですか」

「ワンボックスカーの中にいて、我々の話を横で聞いていればいいんです」

綾子の目が見開かれる。

「それは……同乗していたわたしたち家族の中に犯人がいたということですか」

「実は少し調べさせてもらいました」

そう言って犬養はA4サイズの紙を取り出した。

「香苗さんが誘拐された際、あなたのケータイの番号を教えてもらったのをご記憶ですか。無断で申し訳なかったのですがその発信記録を調べました。するととても奇妙なことが分かったんです」

犬養はじわりと綾子との間合いを詰める。綾子はびくりとして、わずかに腰を引く。

「身代金受け渡しが始まった午後六時半から約一時間、あなたはどこかにメール送信をしていますね。回数にして四回。いつ〈笛吹き男〉が現れるのか。香苗さんたちは無事に解放されるのか。彼女たちが姿を現すのはいつなのか。家族であれば息を詰め、固唾《かたず》を呑《の》んで推移を見守っているその最中、あなたはいったい、誰に何を伝えていたのですか？」

綾子は目を伏せて黙り込む。女心の読めない犬養にも、その仕草の意味するところくらいは分かる。

「そんなメールを打った記憶、ありません」

「月島さん、あなたのケータイをお借りしたいのですが」

「……はい？」

「たとえ削除してもメールは復元することが可能です。記憶がないと仰《おつしや》るのなら確かめてみようじゃありませんか」

犬養はそう言って片手を差し出した。

これは賭《か》けだった。綾子の携帯電話はａｕなのだが、ａｕの場合はメールを削除しても三十日間はメールサーバーで保存されているのだ。もちろん全てのメールを引き出せる訳ではなく、ある条件が揃った場合に限定されるのだが、その知識を持っている者はそう多くない。

果たして綾子の肩はぶるぶると震え出した。

追い打ちをかけるなら今だ。

「わたしはあなたが〈笛吹き男〉か、あるいはその共犯者ではないかと疑いました。すると引っ掛かっていたこと全ての辻褄《つじつま》が合う。最初に香苗さんが誘拐された際、犯人は防犯カメラの網から逃げるようにして犯行に及んでいる。あなたと巻嶋巡査が手分けして神楽坂周辺を捜しても見つけられなかった。それは〈笛吹き男〉の手際の良さというより、あなたと〈笛吹き男〉が連絡を取り合っていれば至極簡単なことだったんです」

綾子は相変わらず俯いたままなので、犬養は続けることにした。

「わたしは次に他の誘拐事件についても疑ってみました。香苗さんの事件を狂言だと仮定した場合、それは疑って当然だからです。三月十六日、参議院議員会館から五人の少女がバスごと攫《さら》われましたが、この時バスに乗っていたのは他に正体不明の運転手が一人だけです。つまり車椅子でなければ移動できないとはいえ、悲鳴を上げることも何かしらの抵抗もできる五人が無抵抗のまま犯人に従ったことになる。これもよくよく考えれば理屈に合いません。東郷元帥記念公園でバスを乗り換える際も、五人全員が騒ぎ出したら短時間で済ませられたはずもない。しかし、もし五人全員が事情を承知し、〈笛吹き男〉に協力したのであればこの限りではありません。そして五人の少女が事情を知っていたのであれば、その保護者たちも到底無関係では有り得ません。何故ならこの五人は院内集会が開かれたあの日まで一堂に会することはなく、逆に密接な連絡を取り合っていたのがそれぞれの保護者たちだからです」

犬養の横で話を聞いていた明日香も目を丸くしていた。最前、明日香から問い質《ただ》された時、関係者の中に〈笛吹き男〉の共犯者がいることは匂わせたが、槇野夫妻を除く保護者全員がそうだとは言っていなかったからだった。

「さあ」

もう一度、犬養は片手を差し出す。

「わたしの考えが突拍子もないことだと言うのなら、あなたのケータイを提出して潔白を証明してください」

犬養はそのままの姿勢で待つ。

自分の切り札がブラフ紛《まが》いであるのは百も承知している。今の段階では、綾子は証拠提出を拒否できるし、正式な手続きを踏んで提出を要請したとしても、その間に携帯電話を処分されたら犬養に勝ち目はない。

綾子を含めた保護者たちが共謀しているというのも、ただの推測に過ぎない。物的証拠と呼べるものは何一つないのだから、これも否定されてしまえば終わりだ。

「今ならまだ間に合います」

更なる言葉に、綾子は固まっていた。

「狂言誘拐であったと告げてくれた上で七十億円を戻してもらえれば、大した罪にはなりません。しかしそのカネに手をつけてしまったら、しばらくは月島さんたちを勾留《こうりゅう》しなければなりません。そうなった場合、誰がお嬢さんたちの面倒をみてやれるんですか」

それが決め手となった。

突然、綾子は両手で顔を覆ったかと思うと、指の隙間から「……申し訳ありませんでした」と呻《うめ》くように洩らした。

落ちてくれたか。

犬養は待つことにした。ここまでくれば、後は本人が自発的に話してくれるはずだ。

しばらく放っておくと、やがて落ち着いたらしく綾子が顔を上げた。

「大変失礼しました。今、犬養さんが仰ったことは大方その通りです」

「お話しいただけますね」

「はい……」

「この計画が月島さんをはじめとした、ワクチン禍《か》で被害を蒙《こうむ》ったご家族の共謀であったこともお認めになりますね」

「はい。ただし仮屋さん、河村さん、甲斐さん、大和田さん、そして支倉さんはわたしの方から話を持ち掛けました。本当のところ、皆さんこんなことには乗り気ではなかったんです。それでも強引に焚《た》きつけ、計画に引き入れたのはわたしです。あの方たちに責任はありません。全部わたしが悪いんです」

「どうして皆さんを引き入れようとしたのですか」

「事件をなるべく大掛かりにして、莫大《ばくだい》な身代金を奪う目的があったからです。香苗一人が攫われたのでは世間も注目してくれませんし、製薬会社が億単位のおカネを用意してくれるとは思えなかったのです」

「最初から身代金奪取が目的だったのですか」

「そうです」

綾子はあっさりと答えたが、その口からカネありきの話が出たことに犬養は違和感を覚える。

「でもそれが全てじゃありません。香苗の記憶を奪った製薬会社と産婦人科協会に責任を取って欲しかったんです。子宮頸《けい》がんワクチンは半ば義務だからとか、無料のうちに接種するべきだとか、散々甘い言葉でわたしたちを騙《だま》し、自分たちは利権と癒着してわが世の春を謳歌《おうか》している。それなのにわたしたちは充分な治療費や信頼できる医療機関や完治の希望もなく、日々を不安に過ごしている。こんなことってありますか。加害者が潤って被害者が泣きの涙で暮らしているなんて……香苗があんなことになってから、ようやくわたしはワクチンを巡る構造を知りました。そして何度もワクチン定期接種の勧奨は中止して欲しいと訴えました。でも厚労省も製薬会社も産婦人科協会もてんで相手にしてくれません。彼らにしてみれば、いち母親の訴えなんてごまめの歯軋《はぎし》りくらいにしか思えないのでしょうね」

「それで身代金を製薬会社と産婦人科協会に要求したんですね」

「ええ。七人もの誘拐、七十億もの身代金。そして誘拐されたのが全員ワクチン禍の関係者となれば、当然皆さんの目が製薬会社と産婦人科協会に向けられます。関係ないなどと言えなくなるのは織り込み済みでした。いえ、あの人たちが平然としてきたことに比べたら、それさえも正当な要求だと思えました」

「しかし奪った七十億円もの大金をどう使うつもりだったんですか。月島さんもご存じの通り、紙幣番号は全て控えられています。使う金額が大きければ大きいほど足がつきやすくなるはずでしょう」

「もちろん七十億なんて大金を七家族だけで案分するつもりはありませんでした。どこかにプールして、それこそわたしたち以外にもワクチン禍で苦しんでいるお嬢さんやご家族のために役立てるつもりでした。こんな言い方は乱暴かも知れませんけど、一種の基金のようなものを考えていたんです」

「足がつきやすくなるのは同じです」

「香苗たちを海外で治療したいと考えておりました」

「海外？」

「欧米ではワクチンの副反応に関して、日本よりも研究が進んでいると聞いています。国内で治療が見込めないなら海を渡るしかありません。億単位の身代金は、渡航費用や現地での生活・入院治療費を考慮したものでした」

「善意の寄付を募ることは考えなかったのですか」

「もちろん考えましたとも！　最初、ブログを開設した頃は香苗に善意の手を差し伸べて欲しいと思いました。だけど他にも障害に苦しめられているお嬢さんたちがいるのを知り、香苗だけが助けられても駄目なんだと思うようになりました」

「だから仮屋さんたちも仲間に加えたんですね。誰か反対する人はいなかったんですか」

「わたしは皆さんとブログで知り合った後、実際に何度かお会いしました。被害者家族の中にはすっかり諦《あきら》めている人やとてもこの計画に賛同してくれそうにない人もいました。あの五家族はわたしが選びに選んだ方たちでした」

つまり院内集会〈被害者の声を聞いて〉自体が、この後に続く集団誘拐のために開かれたという訳か。

「繰り返すようですが、他のご家族はわたしに唆《そそのか》されて計画に参加したんです。それだけはどうぞ忘れないでください」

「それだけではないでしょう」

犬養は再び綾子との間合いを詰める。

「月島さん。あなたはまだ一番大事なことを言っていない。〈笛吹き男〉というのは、いったい何者なんですか」

「それは……」

「香苗さんが誘拐された時、あなたは巻嶋巡査を巻き込む役目を果たしている。当然、香苗さんを連れ去った〈笛吹き男〉はあなたとは別の人間だ。あなたはドラッグストアの前に香苗さんを待たせて店内に一人で入った。事情聴取の際には、店内がウナギの寝床のように狭かったから一人で入店したと証言したが、これもよく考えてみれば辻褄が合わない。記憶障害を患い、一秒でも一人にしておけない香苗さんを置き去りにしたのは、わざと〈笛吹き男〉に拉致《らち》させるためだった。集団誘拐も同様。彼女たちがバスごと攫われた時、あなたは我々と行動を共にしていた。バスを運転していたのはあなたじゃない。身代金受け取りの際もそうです。あなたはずっとワンボックスカーの中にいて〈笛吹き男〉と連絡を取り合っていた。小型船舶を運転していた〈笛吹き男〉はあなたではない。第一、あなたは小型船舶の免許を取得していませんしね。月島さん。先ほどあなたは五人の家族を計画に誘ったのは自分だと仰った。しかし自分が立案者だとはひと言も言っていない」

綾子はすっかり顔色を失《な》くしていた。

「狂言誘拐をし、全くの第三者である製薬会社と産婦人科協会に身代金を要求する。この抜群のアイデアを出したのはあなたではなく、〈笛吹き男〉だった。おそらく〈笛吹き男〉ともブログを通じて知り合いになったのでしょう。香苗さん並びに他の少女たちの窮状をあなたから聞かされ、〈笛吹き男〉が計画を立てた。違いますか？」

「それは……それは」

「お気づきですか。わたしはさっきから二件目の事件、つまり槇野亜美さんの誘拐についてはわざと触れていません。何故だか分かりますか」

綾子は犬養を凝視するだけで唇を固く閉ざしている。最後の最後まで、こちらがカードを開くまで望みを捨てないつもりらしい。

「亜美さんは産婦人科協会会長の娘さんです。彼女を人質の一人に加えれば、製薬会社と産婦人科協会も身代金を拠出しやすくなる。しかもワクチン禍の被害者家族を疑惑の目から遠ざける効果もある。これもまた比類なきアイデアです。しかし、いくら何でも槇野会長や朋絵さんを共犯にすることはできない。だから亜美さんの事件だけは他の六人と少々事情が異なる。あなたが他の保護者を説得したような風にはいかない。大胆な考え方だが繊細さに欠ける。月島さん、亜美さんの誘拐だけは〈笛吹き男〉の人選ではなかったのですか？」

綾子はついに犬養から視線を逸らした。彼女の自制心は限界に近づいている。

「ある医師がわたしに助言をくれました。誘拐された七人のうち六人は介護と定期的な化学的治療が必要な少女です。つまり長期間彼女たちを確保しておくためには、ちゃんとした医療器具と薬品の完備した施設が必要なのです。一介の母親であるあなたには無理な注文ですから、自《おの》ずとそれを用意するのは〈笛吹き男〉の役割となります。さて、これで〈笛吹き男〉の条件はかなり絞られてきましたね。一、あなたと知り合いで、且つ子宮頸がんワクチンの副反応について同じ思いを抱いているか、あるいは抱いているように振る舞っている人物。二、医療器具と薬品の完備した施設を使用できる人物。三、バスと小型船舶を運転できる人物。四、少なくとも大阪御堂筋界隈《かいわい》の土地鑑を持つ人物……このうち一と二で、わたしはある人物に照準を合わせました。三と四に関しては後追い調査です。そして裏が取れました。その人物は学生の時分、大阪に住み、大型自動車と小型船舶の免許を取得していました。何より、その人物は現役医師で医院を経営しています」

明日香は半ば啞然《あぜん》としながら犬養の説明に聞き入っている。彼女にはこの人物の名前を告げていない。全ては綾子の反応を確かめながら真相を明らかにしたかったからだ。

「〈笛吹き男〉は村本隆医師ですね」

犬養がそう告げると、綾子は観念したように頭《こうべ》を垂れた。

2

むらもと小児科医院へと向かうインプレッサには犬養と明日香の他、綾子も同乗していた。

「村本先生と初めてお会いしたのは、ブログを開設して間もなくのことでした」

綾子は訥々《とつとつ》と話し始めた。

「ブログを開設したものの、当時わたしはワクチンの副反応についても碌《ろく》な知識を持っていませんでした。だから現役のお医者様と知り合いになれるのは、とても有難かったんです」

「それで香苗さんたちの置かれている現状を訴えられたんですね」

「はい。すると村本先生も医師の立場からワクチンの定期接種勧奨には反対だと仰って……それまでは孤軍奮闘のような気持ちだったので、すごく頼りになる援軍を得たようでした」

「やっぱり計画は村本医師の方から持ち掛けられたのですか」

「ええ。現役医師として、安全性が充分保証されていない薬剤の接種を半ば義務のように勧奨する医療行政は到底看過できない。そしてこの計画なら誰の迷惑にもならない。支払われる身代金だって、元々製薬会社と産婦人科協会がワクチンの副反応を無視して蓄財したものを還元するだけだからと」

なるほど被害者の立場からすれば、そういう理屈も成り立つのかも知れない。

「村本先生は、欧米で副反応についての治療が進んでいることを教えてくれました。日本ではまだまだ製薬会社やワクチンに迎合する空気が強くて、副反応に対する研究が立ち遅れています。政府機関も積極的に取り上げようとしません。香苗の行く末を考えていくと、どうしても海の向こうで治療を受けさせなければと思うようになったんです」

「誘拐計画の細部を詰めたのも彼だったんですか」

「はい。自分は若い頃から釣りが趣味で、それが昂《こう》じて小型船舶免許を取った。これが今度の計画には大いに役立つって。大型自動車の免許もその時分にノリで取った、みたいなことを仰ってました」

これは犬養が裏付け捜査で得た情報そのままだった。

関西の医大に籍を置いていた頃、村本は二級小型船舶の免許を取得し、また普通免許取得の直後にやはり大型自動車免許も取得している。記録を見ただけでは取得の事情までは分からなかったが、趣味の延長とはいささか意外だった。

「現役医師の参加が他のお母さんたちの安心にも繋《つな》がったのでしょうね」

「その通りです。仮屋さんたちも村本先生が娘たちの面倒を見てくれるという条件があったから承諾してくれたんです。ただでさえ介護が必要な子たちを、医師以外の誰かに委ねようなんて思えませんから」

「しかし医院に勤める看護師たちをどう言いくるめたんですか」

「村本先生は計画の一週間前には全ての準備を整えていました。病棟のベッドを空にして、看護師さんたちには外来の患者さんしか対応させないようにしたらしいです」

「では連れ去られた七人は」

「ええ。むらもと小児科医院の病棟に匿《かくま》われています」

初めて医院を訪れた際、診療所の奥に別棟が見えた。犬養は居宅と思い込んでいたが、あれは病棟だったのか。

不意に犬養は己の首を絞めたくなった。あの日、もし別棟まで足を延ばして中を覗《のぞ》いていれば、そこには香苗がいたはずであり、その瞬間に事件は解決していたのだ。

「村本先生に娘たちを預けた理由はもう一つあります」

「何です、それは」

「村本先生はワクチンの副反応について治療法を模索しておいででした。外国の文献や症例報告などを取り寄せて研究していたんです。副反応に悩まされる六人の娘たちにとって、先生の許《もと》に置かれることは治療の意味も併せ持っていました」

では村本は、この時間も香苗たちの治療に勤《いそ》しんでいるのだろうか。

犬養は腕時計で時間を確かめる。既に診察時間を過ぎ、午後八時を回ったところだった。

犬養たちが綾子を伴って訪れることは無論、当の村本には伝えていない。綾子は心配ないと注釈をつけたが、犬養としては七人の少女を匿っている現場を押さえておきたかったし、そもそも村本に十全の信頼を置いている訳でもない。第一、相手のアポイントを取ってから逮捕に向かう刑事など聞いたこともない。

綾子から事情を聴取した今では、村本が義憤に駆られて狂言誘拐を立案し、実行したのもやむを得ないとまで思えてきている。化学的治療を継続中の娘を持つ父親とすれば、共感するところも多い。

しかし一方、警察官としての犬養は村本を逮捕するという職務を全うしなければならない。

インプレッサは不忍通りから二つ裏筋に入った。五十メートル先の正面に、ぼんやりと〈むらもと小児科医院〉の看板が見える。

「直接、病棟へ行くぞ」

犬養は明日香を従えて診療所の奥にある別棟に向かう。綾子はただおろおろとした様子で後についてくる。

別棟に鍵《かぎ》は掛かっていなかった。

挨拶《あいさつ》の言葉もなく、犬養は引き戸を開けて中に足を踏み入れる。

玄関は右半分がスロープになっており、手前の部屋は居住空間のようだが、奥の方にはかなりの広さの部屋が控えている。あれがおそらく病室だろう。

手前の部屋を覗く。独り者の部屋はどこも似たようなものだ。八畳間にベッドとパソコンデスク、壁に設《しつら》えられた本棚は医学書で占められている。ベッドの上には脱ぎ捨てられた服が無造作に置いてある。

犬養はそっと椅子の座面に手を乗せる。ひんやりとしており、今まで人が座っていた形跡は感じられない。

だが、いる。

声はしないが、確かに人の気配がする。

廊下を隔てた対面のドアは洗面所のものだった。そして、ここにも村本の姿はない。残るは奥の病室だけだった。

部屋へ近づくにつれて気配はますます強まる。

そしてその引き戸を開けた瞬間だった。

「誰」

いきなり声を掛けられた。

車椅子に座った河村季里だった。

「憶えていないかい。議員会館で君たちの近くにいた警察の者だ」

警察、という言葉に部屋中の人間が反応した。

そこには六人の少女がいた。

河村季里、仮屋裕美子、甲斐詩織、大和田悠、支倉優花——そして月島香苗。

やっと見つけた。

「みんな、大丈夫？」

早速、明日香が全員の許に駆け寄る。素人ではなく、現役の医師がつきっきりだったのだから大事のあるはずもなかったが、これは警察官としての本能のようなものだろう。

「身代金はあそこにあると聞いています」

綾子は部屋の隅にあるドアを指差した。見掛けは大きめの納戸《なんど》のような造りだった。

犬養はそのドアに歩み寄り、そろそろとドアを開ける。

一瞬、口が半開きになった。

広さは六畳ほど。おそらく物置として使用されていたようで、壁の棚には何本かの薬瓶が点在している。

そしてその部屋一杯に黒いポリ袋の山が鎮座していた。その数、十数袋。

まさかと思い、その中の一つを開けると、果たして帯封で纏《まと》められた札束がばらばらと溢《あふ》れ出した。東署の道場で目撃した七十億円の現金を思い出す。もちろん正確な枚数など数えようがないが、ここに置かれている札束はあの時と同量に見える。

しかし七十億もの現金をポリ袋の中に仕舞い込むとは――。

村本は大型自動車の免許を取得している。どこからかトラックを調達してポリ袋ごと大阪からここまで運んだに違いない。大勢の人間がその姿を目にしただろうが、ポリ袋の中に札束が詰まっているなどと想像する者はいない。

思わず苦笑が洩れる。

無事に奪取した七十億円をポリ袋に入れたまま放置している様子で、村本のカネに対する執着のなさが窺《うかが》える。村本にとってカネなど二の次なのだ。

ともあれ金額の確認は必要だろう。捜査本部に連絡し、何人かカネ勘定させる人員を手配させることにしよう。

全ては犬養の予想通りだった。たった一つを除いては。

肝心の村本と槇野亜美の姿がどこにも見当たらない。明日香も同じことに思い至ったのだろう、慌てた様子で部屋の中を見回し始めた。

「犬養さん」

明日香から声を掛けられたがそれには構わず、綾子の許へ向かう。

綾子は犬養が近づくと、また申し訳なさそうに目を伏せた。

「月島さん。あなたのケータイを見せてください」

「あの……」

「目的は果たしたんだ。今更、構わないでしょう」

意味を察したのか、綾子は抵抗もせずに携帯電話を差し出す。

メールの送信済みボックスを開くと最新の送信メールが表示された。送信相手は〈村本先生〉。

『知られました』

「短くて的確な警告ですね。いつ打ったんですか」

「刑事さんが来たその時に……」

「どうしてこんな真似をしたんですか」

「予《かね》て村本先生と打ち合わせていたんです。もし警察が計画に気づいたらすぐ連絡するようにって」

「村本医師は亜美さんを連れ去ったようですね。それも打ち合わせの中に入っていたんですか」

「とんでもない！　連絡するように打ち合わせていたのは逃げるためじゃなく、心の準備をしておくためでした。そ、それがこんなことになるなんて」

「本当に？」

「信じてください！」

綾子は頭を振りながら懸命の面持ちで弁解する。

さて、これは真実なのか、それとも演技なのか——少しの間、綾子の仕草を観察したが、悲しいかな犬養には見当もつかない。

分かっているのはまだ事件が終結せず、それどころか予想外の方向に転がったということだけだ。

犬養は香苗たち六人の少女に向き直る。

「村本先生と槙野亜美さんはどこへ出掛けたんだい」

記憶障害を患った香苗は困惑したように、首を横に振るだけだ。

優花から悠、詩織から裕美子へと視線を移していくが、誰もが切なそうに首を振る。

「このまま村本先生を放っておくと、彼は今度こそ犯罪者になってしまう。それでもいいのかい」

するとき季里が口を開いた。

「先生は犯罪者なんかじゃありません。ここに来てからも、ずっとわたしたちの治療に専念してくれました。あの人は、立派なお医者さんです。わたしが今まで出会ったうちで最高のお医者さんです」

「では、その最高のお医者さんを助けられるのは君たちだけだ。二人はどこへ行った？」

「……分かりません」

季里は力なく俯く。

「さっき、先生のケータイにメールが届いて……それを見るなり、先生は亜美ちゃんを連れてここを出て行ったんです」

「行き先は告げなかったのか」

「はい。わたしたちには、『もうすぐお母さんたちが迎えに来るはずだから、おとなしく待っていなさい』と言い残したきりでした」

この言葉の真偽もまた、犬養には判別がつかない。

メールの発信から既に三十分以上が経過している。クルマで逃走したとなると、かなり遠くまで逃げているはずだ。

緊急配備の四文字が脳裏に浮かぶ。

犬養は自分のスマートフォンを取り出して麻生を呼び出した。良い知らせと悪い知らせ。あの上司はどちらを先に聞きたがるのだろうか。

相手は最初のコールが終わる前に出た。

『麻生だ。何があった？　もちろん吉報だろうな』

3

翌々日、犬養と明日香は麻生の前に立たされていた。

「月島香苗たち六人の人質は無事に保護、七十億円の身代金も発見。だが誘拐実行犯村本が亜美を連れて逃走、か」

麻生はそう言うと、眉間《みけん》を揉《も》みほぐすように指を当てた。刑事部屋では他の捜査員が出払っており、今は犬養と明日香を含めた三人しかいない。

「前進したように思えるが、その実人質一人は向こうの手の中、犯人は未だ逮捕できず。要は状況が元に戻っただけだ」

犬養からの連絡を受けた麻生は直ちに捜査員を村本の自宅に派遣し、香苗たちを保護して現金を回収した。現金は強奪された七十億円が手つかずのままだったという。

「でも、実行犯が誰なのかは分かったんだし……」

明日香が弁解めいた口調で言う。

「それで行方が分からなかったら一緒だ。人質の人数も奪われたカネが使われたかどうかも関係ない。もし一人の人質が殺害されたら、その時点で我々の負けなんだぞ。くそ、何故狂言誘拐というだけで済まさなかったんだ」

麻生の言葉は犬養と明日香を責めているようにも聞こえる。その気持ちは理解できなくもない。今まで〈笛吹き男〉の行動は大胆で計算高かったが、その反面残虐さや拙速さは感じられなかった。どこか紳士的な印象があり、七人もの人質をすぐには殺害しないだろうという根拠のない安心感に繋がっていた。

だが今は違う。

正体を知られ、七十億円の現金も手放さざるを得なかった。追い詰められた犯人は無軌道になることが多い。たった一人の人質をどう扱うのか、これからは予断を許さない。

「大体、どうして選《よ》りに選《よ》って健常者の槇野亜美を連れ去る。まだ記憶障害を負っている月島香苗の方が扱いやすいはずじゃないか」

「それについては村本に動機があります」

麻生の苛立《いらだ》ちを鎮めるような冷静な口調で犬養が切り出す。

「村本の娘も子宮頸がんワクチンの被害者でした。ワクチンの副反応が直接の死因ではありませんが、四肢の機能障害が災いして陸橋の階段から転落、脳挫傷《ざしょう》で死亡しています」

「しかしワクチンが原因だと特定された訳ではないんだろう」

「特定されずとも、村本がそう思い込んでいれば一緒でしょう。村本にとってワクチンの定期接種を勧奨した槇野会長は娘の仇《かたき》です。だからこそ、その子を切り札に選んだんですよ」

「待て」

麻生は却って慌て出した。

「それなら、人質が殺害される可能性は前より高いってことじゃないか」

気は進まなかったが嘘は吐けない。犬養は「ええ、その通りです」と、肯定してみせた。麻生はひどく凶悪な顔で黙り込む。

村本の自宅で香苗たちと現金を発見した犬養は、その場で麻生に緊急配備を呼びかけた。麻生に否《いな》やのあるはずはない。即座に警視庁管内の所轄署に通達し、主要道路での検問を行った。

だが数分遅かった。

村本は自分のクルマに亜美を乗せたまま、逃走し、まんまと本部の捜査網を掻《か》い潜《くぐ》って行方を晦《くら》ましてしまったのだ。緊急配備をかける数分前、埼玉県に向かう国道に設置されたNシステムが村本のクルマを検知している。夜間ゆえに車内の様子は不明だが、ナンバープレートは村本のクルマと同一だった。そしてこちらは翌日の正午近く、所沢《ところざわ》市郊外の路地に乗り捨てられているのが発見されたが、村本たちのその後の足取りは杳《よう》として摑めなかった。麻生のみならず、捜査本部の村瀬が歯嚙《はが》みしたのは言うまでもない。

人質六人と現金が戻ったにも拘《かか》わらず事態は未だ混迷の色を濃くしている。今まで被害者と見られていた綾子や香苗たちも纏めて共謀者と見なされ、今は警察病院で監視下の身にあった。

彼女らに、村本の潜伏先に心当たりはないかと質してみたが元より今回の計画を遂行するためだけに集まった者たちなので、そこまで村本の過去を知悉《ちしつ》する人間は皆無だった。

「父親の槇野会長はどんな反応を示していますか」

「反応も何もあるか。村本に連れ去られたのが自分の娘だけだと知るや、半狂乱とまでは言わんがそれに近い状態だ。捜査本部に乗り込んで村瀬管理官や津村課長に罵倒《ばとう》の嵐だ」

あの端正な槇野が取り乱して村瀬に食ってかかる図というのは、それはそれで興味深い光景だと思った。

「でも……こんなこと慰めにもなりませんけど、村本医師は本当に香苗ちゃんたちの治療に真剣だったみたいです。医院から押収された資料や治療記録は、子宮頸がんワクチンの副反応治療に対して活路を開くものになるかも知れないっていう話です」

明日香の言葉は相変わらず弁解めいていたが、話す内容は捜査本部以外の人間にとっては大いに慰めになる。

自分の娘が子宮頸がんワクチンの副反応に苦しめられた思いが強かったのも一因だったのだろう。村本は香苗らの記憶障害、その他の運動障害について何種類かのステロイドの集中投与が有効である可能性に言及していた。副反応の治療法が確立していない現状、一介の開業医から提示された新たな可能性は、警察病院の医師を唸《うな》らせたと言う。中には、村本を逮捕しても研究は続けさせるべきだという意見もあるらしい。

だが、それも追い詰められた立場の捜査本部にしてみれば雑音以外の何物でもなかった。

「本当に慰めにも何にもならんな。村本がどれだけ画期的な治療法を研究していようと、その同じ手で槇野亜美を殺害する可能性だってあるんだ。それとも村本が殺人を犯さない確信でもあるのか」

麻生に反論されて明日香は押し黙る。

「もし村本が殺人者になったら、それまで行ってきた治療、これから続ける予定の研究も封印されてしまうだろうな。それが損失だと思うのなら、一刻も早くあいつを捕らえろ」

その時、麻生のデスクで卓上電話が鳴った。

「はい、麻生……何だと」

一瞬で麻生の顔色が変わる。

「写していい。今すぐ持って来い」

麻生は忌々しそうに受話器を置く。

「たった今、〈笛吹き男〉、いや村本から四通目の文書が到着した。一、二通目と同様、在京テレビ局五局と三大全国紙にも同じものが送られてきたそうだ」

やがて数分もしないうちに、手紙は麻生たちの許に届けられた。

それは脅迫文というよりも告発文の体《てい》をなしていた。

『今すぐ厚労省は子宮頸がんワクチンの接種を中止し、製薬会社二社と産婦人科協会はその副反応について責任の所在を三月二十八日付け読売《よみうり》・朝日《あさひ》・毎日《まいにち》の各朝刊にて公表せよ。要求が聞き入れられない場合、槇野会長の娘の命は保証しない。

わたしの娘はワクチンの副反応が原因で死んだ。いやわたしの娘に限らずワクチン禍によって死んだ少女、障害を負わせられた少女は世界中に何千人何万人といるだろう。

厚労省・製薬会社二社、そして産婦人科協会はこうした声が全国から上がっているというのに何ら耳を貸そうとはしなかった。彼女たちの症状が精神的なもの、あるいは詐病《さびょう》だとして懸命に封殺しようとしてきた。それぞれが医療に携わる者でありながら省の権益、企業の収益、個人の利益を優先させている。少女たちの未来や生命よりもカネの方が大事だと考えている亡国の輩《やから》たちだ。彼らの暴挙を看過すれば、この国から少女たちの被害者はなくならない。それは紛れもなく、この国の破滅に直結するものだ。敢えて言おう。先に挙げた三者はこの国の未来を崩壊させようとする悪党の集団である。

重ねて言う。

わたしの要求は既にカネでも補償でもない。現在、公然と行われている犯罪の停止と謝罪のみなのだ。

ハーメルンの笛吹き男　村本隆』

「野郎、遂に動機を公表するどころか本名まで名乗りやがった。もう何も隠すつもりはないってことか」

麻生はコピーされた文書を机上に叩《たた》きつける。警視庁ならびに捜査本部を嘲笑《ちょうしょう》していた犯人の手紙なのだから、捜査に専従する責任者として気持ちは分からなくもない。

しかし一方、犬養は告発文に込められた村本の無念や怨嗟《えんさ》も理解できた。

娘を持つ父親として、もし自分が村本の立場であったら果たして関係する省庁や企業を恨まずにいられただろうか？　もし警察を出し抜く才覚と協力者が揃っていたら、犯罪への誘惑を断ち切ることができただろうか？

「どうした、犬養」

雑念は麻生の声で掻き消された。

「何でもありません。ただ村本の要求を当事者たちに伝えるのも、一つの解決策じゃないかと考えます」

「まず無理だな」

麻生は言下に否定した。

「もちろん捜査本部としては省の責任部署と製薬会社二社、そして産婦人科協会にこの手紙の内容を伝える。人命を考慮して協力も仰ぐ。だが果たしてあいつらが村本の要求を呑むと思うか」

麻生は怒りを隠そうともしない。その怒りは村本に対するものと製薬業界らに対するものの両方と思えた。

「薬害エイズ事件の時を憶えているか。彼らは被害者団体がどれだけ涙を流しても、どれだけ対話を求めても、そしてどれだけデモを繰り返しても司法判断が下されるまで徹底的に無視し続けた。今度も一緒だ。さすがに槇野会長お膝元《ひざもと》の産婦人科協会はこちらの提案に耳を貸すかも知れんが、それだって厚労省や製薬会社が握り潰そうとするに決まっている」

犬養に反駁《はんばく》する言葉はなかった。

「村本の生活記録を追う。逃走する人間が初めての場所を目指す可能性は少ない。必ず土地鑑のある場所を選ぶはずだ。大阪は言うに及ばず、ヤツが幼少期を過ごした場所から現住所まで虱潰《しらみつぶ》しに捜す」

確かに今はそれが一番有効な手法だろう。だが期限の二十八日と言えば明後日だ。正味二日も猶予のない中、虱潰しといえども効果的に捜査員を使わなければ無駄に時間が過ぎてしまう——そう考えていた時、再び卓上の電話が鳴った。

「今度は何だ」

苛立ちを隠そうともせず受話器を握った麻生は一転、驚きに目を剝《む》いた。

「いつのことだ……たった今だと」

言うが早いか、麻生は刑事部屋に備えつけられたテレビのスイッチを入れる。画面に映ったのはニュース番組〈アフタヌーンＪＡＰＡＮ〉のキャスターの顔と、今見たばかりの告発文だった。

『このように、村本隆と名乗る犯人は厚労省・製薬会社二社および産婦人科協会に対して要求を突きつけてきました。問題は文面通り犯人の要求が金銭ではないことです。犯人が指定した日まであと二日、各団体の対応が注目されるところです』

「帝都テレビがやってくれた」

麻生はにんまりと笑う。

「犯人の要求がワクチン定期接種の中止と謝罪なら、これを公表しないことが人質の生命に関わると報道協定を破ったらしい」

「そんなことをしたら記者クラブから締め出しを食らいませんか。確か帝都テレビは切り裂きジャックの事件でもフライングしたじゃないですか」

明日香がおずおずと疑義を差し挟むが、すぐに犬養がそれを打ち消す。

「帝都テレビだけが暴走したらそういう目も考えられるが、今回に関しては報道することにマスコミの正義がある。ワクチンを巡る癒着構造を叩くきっかけにもなる。おそらく他のキー局も三大紙も雪崩《なだれ》を打ったように追随する」

「だろうな。これで製薬業界を交渉の場に引っ張り出せる。それも密室の談合めいた相談じゃない。マスコミと全国民がそれぞれの出方を注視している。厚労省はともかく営利団体の製薬会社と産婦人科協会は消費者と患者の手前、村本の要求を絶対に無視できなくなる」

両手を擦り合わせる麻生を見ながら、犬養は別のことを考えていた。

確かに企業と協会は苦渋の決断を迫られるだろう。しかし、業界を牛耳る厚労省は別だ。

官僚は絶対に自分の過ちを認めようとしない。認めたが最後、その失点が役人人生について回り己の首を絞め続けるからだ。そしてまた官僚の得意技は逃げることだ。追及から逃げ、責任から逃げ、そして倫理からも逃げる。そういった有象無象《うぞうむぞう》どもが、この事態にただ指を咥《くわ》えて見ているはずがない。おそらく内閣官房あたりを介して、捜査本部へネジを巻きにくるに違いない。

「折衝役は村瀬管理官が引き受けてくれる。製薬業界の反応次第では期限が延長される可能性もある。こちらはその間に村本を包囲する。二人とも行け」

それが合図だった。

犬養と明日香は刑事部屋を飛び出す。さながら野に放たれた猟犬のようだが、こんな時は自分の名前が忌々しく思えてくる。

「犬養さん、まずどこに行くつもりですか」

「もう一度、村本の自宅に向かう」

「でも、鑑識が洗いざらい調べた後ですよ」

「しかし手掛かりが残っているとすればあそこだ」

犬養は後ろも見ずに答える。明日香がついて来ようが来るまいが関係なかった。

「憶えているか。我々が月島宅から村本宅に向かう途中で、村本は月島綾子からのメールを見て逃走した。着の身着のまま最低限の持ち物しか手にできなかったはずだ。どこに逃げるにしろ、証拠を隠滅させる時間的余裕はなかった。潜伏先がこれまでの生活史に刻まれたような場所だったら、自宅にその痕跡《こんせき》の残っている確率が高い。写真、知人からの手紙、土産物、そういう品物の出処《でどころ》を一つ一つ当たっていく」

喋りながら自信が揺らいでいく。

家の中に思い出の品が残っているのは予想がつく。だがその出処のどこかに村本がいるとは断言できない。

すると犬養の不安を見透かしたように明日香が声を掛けてきた。

「それって半分は勘みたいなものですよね」

「そうだ。確証があるんなら、今頃警官隊を向かわせている」

「わたしも勘で喋ってもいいですか」

「月島綾子はまだ嘘を吐いています」

「何だ」

思わず足が止まった。

「……どういうことだ」

「今言った通り勘だから根拠はありません。でも彼女が全てを告白したと見えた時、わたしはまだ何かを隠しているように思えたんです。何て言うか……一番大事なことを隠すために他の全てを喋った。そんな風に感じたんです」

犬養はまじまじと明日香の顔色を窺う。この捜査でチームを組んでから、初めて見る顔だった。

相棒を信じて、不確かなことも己の落ち度になるようなことも伝えようとする目。

犬養は女の嘘を見破れない。だが女同士なら、明日香なら綾子の嘘を見破れるかも知れない。

上手な嘘というのは九割の真実に一割の嘘を混ぜることだ。明日香の指摘には頷《うなず》ける部分がある。

分かった、とだけ答えて犬養はまた走り出す。綾子が何を隠していようが、初めからそういう心積もりなら生半《なまなか》な訊き方ではどうせ白状すまい。

それならこちらから暴いてやるまでだ。

村本の診療所周辺にはまだ二人の警官が張りついていた。まさか村本がのこのこ舞い戻るはずもなかったが、念には念を入れてのことだ。犬養たちは早速中に入り、まず手前にあった村本の個室を覗く。

机上のパソコンは既に押収されており、埃《ほこり》がちょうどその形に残っている。

「そう言えばパソコンの中身、解析は終わったんですか」

「ここには村本しか居住していなかったから、特にパスワードの設定もされていなかった。内容は容易に閲覧できたそうだ」

「その中に家族写真はなかったんですか」

「なかった」

犬養は机の中を浚《さら》いながら言う。

「鑑識の話じゃ、中に収められていたのは子宮頸がんワクチンの副反応に関する六人の治療データと月島綾子との連絡フォームくらいで、村本やその家族に関する個人的なものは見当たらないそうだ。一般患者のカルテは診療所のパソコンに収納されていたから、こちらはもっぱら個人用だったんだろう」

そして現在、六人の治療データは警察病院を介して大学病院に持ち込まれている。残された研究データを起点に治療法の開発が進められているが、現場の医師からはやはり村本の参加を望む声が多いという。

「事件が解決した後、村本さんがまた治療法の開発に参加することはできないんでしょうか」

「難しいだろうな。狂言誘拐のままだったらともかく、これはれっきとした誘拐で、しかも人質の父親は槇野会長だ。捜査本部は彼に自由な振る舞いを許さないだろうし、槇野会長も社会的報復を含めて、有形無形の圧力をかけてくる」

「それで誰が幸せになるんですか」

明日香の声はわずかに尖《とが》っている。

「犬養さん、気づいてます？」

「何をだ」

「事件の解決を遅らせた方がいいってことです」

やっぱりそれを言い出すのか。

明日香ならそう考えるだろうと予想していた言葉だった。

「このまま村本さんが逮捕されないまま期限の二十八日になれば、人命尊重の観点から厚労省や製薬会社は村本さんの要求を呑まざるを得ません。マスコミが公表した今、子宮頸がんワクチンに副反応があるのは公の事実になりました。国も被害者の救済に乗り出すでしょうし、今まで被害者家族を門前払いしてきた製薬会社も交渉のテーブルに着きます。そうすれば全国でワクチン禍に苦しんでいる患者に救いの道が開かれます」

「だから捜査の手を止めろとでも言うのか」

犬養は静かに言い放つ。敢えて抑えた口調にしてみたが、明日香は切迫した顔をしていた。

「厚労省や製薬会社は要求を吞まざるを得ないとか、国が被害者の救済に乗り出すだろうとか、お前の言っていることは全て楽観論だ。期限が到来しても厚労省や製薬会社は頰かむりをしたままかも知れないし、国が被害者救済に乗り出す確証なんてどこにもない。いいか、国やら官僚なんてのは省益第一で、自分たちの立場を危うくすることには一歩たりとも近づこうとしない。おそらく村本から要求を出された時点で官邸を通じて捜査本部に圧力を掛ける一方、国民の批判を躱《かわ》す方策を練り始めている」

「それこそ悲観論じゃないんですか」

「この手の話は最悪の事態を想定しておくくらいがちょうどいい。第一、国や製薬会社が本当に患者のことを考えているのなら、月島綾子の娘たちのような悲劇はとっくに解消されているはずだ」

「でも」

「お前は一番忘れちゃならないことを忘れている。法律というのは人を幸せにするためにある訳じゃない。そして俺たち刑事も、人を幸せにするためにいる訳じゃない。犯行を未然に防ぐ。犯人を逮捕する。それだけが刑事の仕事だ。違うか」

明日香は悔しそうに押し黙る。だが犬養の方は、それで終わらせるつもりはなかった。

「最悪の場合、要求が通らないと憤った村本が発作的に槇野亜美を殺す可能性だってある。お前は故意にその可能性に触れようとしていないだけだ」

「果たして村本さんがそんな行動をするでしょうか」

「娘の復讐《ふくしゅう》となれば、善い父親ほど鬼畜になりかねん。愛情が深いほど、それが引っ繰り返った時の憎悪は計り知れない」

何故なら自分がそうだからだ、とは言わなかった。村本とは似たような立場だから気持ちが分かる、などと言えば下手に同情されかねない。

しばらく抽斗《ひきだし》の中を漁っていると、指先が硬い紙片に触れた。取り出してみると数枚の写真だった。

犬養は写真を机上に並べる。

おそらく村本の妻なのだろう。前髪を解《ほつ》れさせた妊婦が乳児を抱いて笑っている。村本の話では、この妻は出産から間もなくして息を引き取っている。

二枚目の写真は幼稚園入園式の写真だった。幼稚園正門を背に、眩《まぶ》しそうに笑う女の子がこちらに向かってVサインをしている。写真手前から伸びている影は撮影者のものだろう。

三枚目の写真。小学生ほどの女の子と村本がジェットコースターをバックに収まっている。自撮りなのだろう、村本の顔だけがわずかにフレームから外れている。

見ている最中に胸の痛みを覚えた。きりきりと刺すようではなく、周りから締めつけられるような懐かしい痛みだ。犬養は沙耶香とこうした写真を撮った記憶がない。小学生の頃はいつも捜査で忙しく、やっと暇ができたと思った頃には既に別居していた。思い出一つ、写真一枚も残しておらず何が父親だろうと自虐的になりたくなる。

四枚目の写真は部活動の最中か試合中に撮られたものだろう。中学生くらいの少女がテニスラケットを握ってコートを駆けている。被写体のブレがそのまま躍動感となって見る者に迫ってくる。

ピンボケの写真ながら、それを保存していた村本の心根を思うと共感が湧いた。克明かどうかは関係ない。ただ我が子の生命感溢れる姿を留《とど》めておきたくてシャッターを切っているのだ。

写真はそれきりだった。

村本の娘はこの後ワクチンの副反応が発現し、無理を押して登校したある日、陸橋の階段から転落する。闘病中の姿が写真として残っていないのも、村本の気持ちを考えれば当然と思える。

その時、犬養の脳裏に閃光《せんこう》が走った。

何故こんなことに気づかなかったのだろう――犬養は自分を罵《ののし》りたくなった。

「ここには、もう何もない」

いきなり犬養は声を上げた。

「えっ」

「この写真だけじゃ全然手掛かりにならん。抽斗に入っている書類は何の役にも立たない。もう一度本部に戻ってパソコンの中身を吟味してみよう。鑑識が見逃したものが何かあるはずだ」

「でも」

「急げ。もたもたしてると置いていくぞ」

そう告げるなり犬養は村本の自室を後にする。そして別棟から退出する際、ちらと玄関脇に視線を走らせる。

間違いない。

推論を確証に変え、犬養は明日香とともにインプレッサへ乗り込んだ。

まだ納得していない様子の明日香に向かって、犬養はこう告げる。

「確かに女の勘というのは大したものだな」

「えっ」

「しかし俺だって、男の嘘を見破るのはなかなかのものだぞ」

4

その日の深夜一時過ぎ。

さすがに警備の警官も帰り、人気《ひとけ》のなくなった村本の別棟はしんと静まり返っていた。

数日前まで七人の少女たちが暮らしていた病室も今は動くものとてなく、静寂の中にある。

不意に物音がした。

猫でもなければネズミでもない。だが明らかに意思を持った生き物が移動する気配がある。

七十億円の現金が無造作に置かれていた物置部屋。その天井板が突然内側から外れた。闇の中で、板の外れた場所から明かりの洩れているのが分かる。屋根裏に光源があるのだ。

やがて屋根裏からそろそろと隠し梯子《はしご》が下りてくる。おそらく造りつけなのだろう。踏み板が木でできており、造りは頑丈そうだ。床まで下ろすと長さもぴったりだった。そして梯子を伝って、一つの人影がゆっくりと下りてくる。病室は真っ暗なのに、勝手知ったるように天井から洩れる明かりだけを頼りに部屋を歩き始めた。

「やっと出て来ましたね」

人影がその声に反応するや否や、病室の電灯が灯《とも》った。

煌々《こうこう》とした明かりの下、人影はあっと短い声を上げる。

電灯のスイッチを押した犬養はその人影が村本であることを確認する。横にいた明日香も納得したようだった。

「あなたのクルマが所沢で見つかったのはフェイクだ。月島綾子からのメールを受信したあなたはすぐ五人の少女の保護者のうち誰かと連絡を取った。その人物がクルマを運転して途中で乗り捨てたんだ。こうしておけば、誰もあなたがそのまま診療所に身を潜めているなんて思いつきませんからね」

眩しさに慣れた村本は意外そうに犬養を見ている。

「どうしてここにいるのが分かったのかって顔ですね。馬鹿馬鹿しいほど簡単な話です。玄関脇の電気メーターを見ていたら、ひどくゆっくりではあるが微動していた。ほとんどの電源を落としていたにも拘わらずメーターが回っているのは、この建物の中で誰かが生活している証拠だ。さすがに屋根裏部屋の存在には気づかなかったですがね」

村本が依然として別棟のどこかに潜んでいると察知した犬養は、殊更《ことさら》大きな声でここにはもう何もないと宣言してみせた。その声をわざと村本に聞かせて油断させるためだった。

「槇野亜美もその屋根裏部屋ですか」

犬養が一歩踏み出したその時だった。

村本はサルのような敏捷《びんしょう》さで梯子を駆け上がった。

犬養と明日香はその後を追う。

梯子を上がりきると狭小な場所に出た。屋根裏だから高さがないのは当然だが、その代わりに広さがある。目算でざっと三十畳ほど。天井には全部で十二個のダウンライトが埋め込んであり、光量は充分だった。単なる物置ではなく、立派な居住空間だ。

何の根拠もなかったが、これが村本の娘の個室だと思った。もちろん階下にちゃんとした勉強部屋もあったのだろうが、この秘密めいた場所は彼女の隠れ家として役立っていたに違いない。その証拠に、壁紙は女の子の好きそうな絵柄だった。

部屋の隅には寝具と弁当のポリ容器があった。よく見れば食料はまだ何日分か備蓄があるようだ。

中央に村本と少女が立っていた。犬養は初見だったが写真で確認している。彼女こそ槇野亜美だった。

「近寄るな」

村本は背後から亜美を羽交い締めにし、片手にはナイフを握っていた。

「近寄ったらこの娘を刺す」

羽交い締めにされた亜美は苦しげな顔を天井に向けている。

「そこを退《ど》いてくれ。わたしはこの娘と一緒にこの家を出る」

「駄目です。そのナイフを置いて亜美さんを解放してください」

「あと一日でいい。期限の二十八日までわたしを放っておいてくれ。二十八日の朝刊に製薬会社と産婦人科協会の謝罪が掲載されれば、わたしの方から警察へ出頭する」

「あなたの気持ちは分からんでもありません。しかし自分は警察官ですから、そんな要求は呑めない。未成年者略取及び誘拐罪で逮捕します」

「この状態でそんなことができると思うのか。こっちには人質がいるんだ」

村本の持つナイフが亜美の首筋に当たる。

初対面の印象そのままに、村本はこの場にあっても生真面目だった。生真面目過ぎて、誘拐犯にありがちな悪辣さなど微塵も感じられない。

「三文芝居はもうそのくらいにしませんか」

「何だと」

「あなたにその娘を傷つけるような真似ができるはずない」

「ふざけるな。わたしの槇野会長に対する恨みは知っているだろう」

「少し前まではわたしもそう疑っていました。けれど抽斗に入っていた娘さんの写真を見て考えを変えました」

犬養は肩の力を抜いた。これから話すのは刑事の言葉ではない。立場を同じくする父親の言葉だ。

「あなたが写した美咲さんの写真は、どれも父親の心情が表れていた。一日一日成長していく娘を眩しく見ながら、少し寂しく思う父親の心情だ。全世界を敵に回してでも、我が子を護《まも》りたいという父親の心情だ。そんなあなたが、他人の娘とはいえ若い命を蔑《ないがし》ろにするはずがない」

村本の顔に躊躇《ちゅうちょ》が生まれる。

隙ができた、と思った瞬間だった。

ナイフを当てた首筋から一筋の血が流れてきた。

明日香が短く叫ぶ。

「亜美さん！」

「動くなあぁっ」

村本の怒声で犬養も明日香も足を止める。

「これ以上近づいたらこの娘は出血多量で死ぬことになるぞ。どうすれば効率よく大量の血を流せるか、わたしが知らないと思うか」

二人は脅されるままに二、三歩後退する。

「わたしは本気だ。先の要求が聞き入れられなければ、この娘を生贄《いけにえ》として祭壇に捧《ささ》げる。捧げる先が神であろうと悪魔であろうと構うものか」

「お願い」

初めて亜美が口を開いた。

「助けて……」

「さあ、早くわたしの家から出て行ってもらおう。この別棟には何ヵ所か監視カメラが設置されている。今後一人でも侵入したら、容赦なくこのナイフで彼女の頸動脈を切断する」

「分かった。我々は撤退する。くれぐれも早まらないでくれ」

「早く行けえぇっ」

犬養は片手を突き出して村本を牽制《けんせい》しながら、じわじわと後ろ足で降り口に近づいていく。明日香と連携を取りながら村本と格闘する選択肢もあるが、本人の心理状態と亜美の安全を考慮すると得策とは言い難い。

明日香と階下に降りると、タイミングよく梯子が回収されていった。最後に天井板が嵌《は》められると、なるほどそこに部屋があるとは想像もできない。

犬養は玄関に向かう間も天井付近に視線を走らせる。村本の言う通り、玄関へ到着するまでに二台のカメラが確認できた。棟全体ではもっと設置されているだろう。

診療所の敷地を出ると、所定の場所に麻生が待機していた。

「いたのか」

別棟に村本の存在を嗅《か》ぎつけた後、犬養は麻生班の面々と数十人の警官隊を伴って再訪していた。言うまでもなく、最悪の場合は突入が考えられたからだ。従って診療所は完全に包囲されていた。

「屋根裏部屋に潜んでいました。人質は無事です」

「よし」

「しかし、体よく追い出されました。面目ありません」

「くそっ。それで要求は？」

「先に通達してきた内容のままです。きっと約束の期限が到来するまで籠城《ろうじょう》するつもりでしょう。何日分か食料も残っていました」

「向こうの武器は」

「見たところナイフだけでしたね」

「進入路は」

「屋根裏部屋に一つだけ採光窓、後は階下に通じる収納式の梯子です」

ううう、と麻生は犬のように唸る。

「人質も食料もあり。どうも捜一や特捜班だけで解決できそうにないな」

「班長」

「もうお前なら見当がついているだろう。村瀬管理官は状況次第でSAT（特殊急襲部隊）を派遣すると言ってきた。あれは間違いなく上から指示が出ている。強行突入も含めて期限前に事件を終結させようって肚《はら》だ」

「しかし、今強行突入したら却って人質が危険に晒《さら》されます」

「そう具申はしてみるが、おそらく結論は変わらん。人命尊重を優先しつつ速やかな解決を図れ、だ」

麻生は口をへの字に曲げて警察車両に向かう。その背中は、叱られるのを承知で職員室に赴く子供のようだった。

「管理官はいったい何を考えてるんですか」

傍らで聞いていた明日香が犬養に食ってかかる。食ってかかる相手が違うことを承知しながら、そうせずにはいられないのだろう。

昔ある為政者は、人命は地球よりも重いと言った。だが、それすらも政治的配慮を糊《こ》塗《と》するための詭《き》弁《べん》に過ぎなかった。

現実として人命より重いものなどいくらでも存在する。いや、宗教や政治形態によっては塵芥《ちりあくた》ほどの価値もないのではないか。この国もそうだ。省益や既得権益を護るためなら、自分と自分の家族以外の人命など路傍の石同然に思っている人間が腐るほどいる。そうでなければ、何度も何度も薬害を巡る悲劇が繰り返される現実を説明できない。

「管理官に限らず、建物の上階にふんぞり返っている人間の考えていることはいつも同じだ。今更、俺の口からそれを聞きたいか」

明日香は悔しそうに口を噤《つぐ》む。この先は何を言っても愚痴にしかならないことを知っているのだ。

それでも犬養は考えを巡らせる。どうにかして強行突入を回避する手段はないのか。回避できないとしたら、被害を最小限にとどめる方法はないのか。

そして何より村本と亜美を無傷のまま確保する方法はないのか。

村本はもう一つだけ嘘を吐いている。その嘘を効果的に暴いてやれば、おとなしく投降してくれるかも知れない。しかし、そのためにはどんなお膳立《ぜんだ》てをしてやればいいのか――。

だが思考は途中で掻き消された。

「……の野郎っ」

怒りを隠しきれない様子で麻生が戻って来た。

「いったい何考えてんだ、全く」

奇《く》しくも明日香と同じ台詞《せりふ》が飛び出してきた。

「どうしたんですか」

「村本め、帝都テレビをはじめとした在京テレビ局に、自分が診療所に立て籠《こ》もっていることを電話で知らせやがった」

「何ですって」

　これには犬養と明日香が同時に叫んだ。

「それだけじゃない。二十八日の謝罪広告の予定を前倒しして、朝方のテレビで製薬会社と産婦人科協会に謝罪会見をさせろと要求してきた。自己顕示なのかそれとも強行突入させないための予防策なのか。どっちにしろ逆効果だ、馬鹿めが」

　麻生は拳《こぶし》を片方の手の平にぶつける。

「それで厚労省や警察が怖気《おじけ》づくとでも思ったのか？　結局はＳＡＴの招集を早めただけだ」

「じゃあ」

「ああ。警視庁警備第一課から選りすぐりの隊員二十名がこちらに急行している」

　慌てて犬養は腕時計を見る。現在午前二時十二分。朝一番のニュースに間に合わせるとなると、あと五時間もない。槇野会長はともかく製薬会社二社を説得してテーブルに着かせるのは時間的にほぼ不可能だ。言い換えれば、その五時間弱の間に強行突入するという意味になる。

「もちろん、それだけじゃない」

麻生は心底うんざりしたようだった。

「村本から連絡を受けたテレビ局のクルーたちが大挙して現場に押し寄せてくる。ひょっとしたらSATより到着が早いかも知れん」

ハイエナはオオカミより足が速いという訳か。

マスコミ注視の中での強行突入。下手をすれば、村本の急所を貫く銃声がマイクに拾われる。あるいは流れ弾に当たった亜美の死体がカメラに映される。

冗談じゃないぞ——犬養は再び熟考に入った。

結局、各局の報道クルーよりもわずかに早くSATが到着した。数基の投光器で別棟が闇の中に浮かび上がっている。

現場で待機していた捜査員に告げられた作戦は単純極まりないものだったが、よく考えれば最も効果的と思えた。

別棟の外から交渉役が何度か村本に呼び掛け、注意を逸らしている間にSAT隊員が階下と屋根に潜伏する。もちろん潜伏時に監視カメラは無効化しておく。

そして頃合いを見計らって採光窓から閃光弾を発射、村本が無力になった隙を衝《つ》いて確保する。尚、人質については村本を確保する寸前、可能な限り隔離させる。

作戦の全貌《ぜんぼう》を知らされた犬養は、この場に槇野会長を連れて来たい衝動に駆られた。

人命救助よりも犯人確保に重きを置いた作戦がプランAと聞かされたら、いったいどんな顔をすることやら。

プランBは更に単純だった。村本が無力化せず凶器を使用する素振りを示したら、直ちに射殺せよ。

まるで子供の立てるような作戦だが、単純なほど成功率は高いと言われればそれまでだ。麻生をはじめ捜査員の面々は不承不承の体で頷かざるを得なかった。

だが、ここで犬養が声を上げた。

「交渉役は俺にやらせてください」

SATの隊長と麻生は揃って犬養を見た。

「村本と俺は面識があります。見ず知らずの捜査員が相手をするより警戒心が薄らぐでしょう」

二人は顔を見合わせて渋々といった風に頷いた。

作戦開始は三時ちょうどだった。既に診療所の敷地をSATと警官隊が包囲し、更にその外周を報道陣が取り囲んでいる恰好《かっこう》だ。

『ただいま午前二時五十分、世間を騒がせた〈ハーメルンの笛吹き男〉こと村本隆容疑者が人質の少女とともに自宅兼診療所に立て籠もっています。捜査本部は村本容疑者と接触を試みており……』

『少女七人を誘拐するという犯罪史上類を見ない〈ハーメルンの笛吹き男〉事件は、容疑者の一人である村本隆医師が暴走したことによって最終局面を迎えつつあります。人質となった少女の安否が気遣われていますが、捜査本部はいったいどういった作戦を立てているのでしょうか』

『えー、わたしの立っているところからは容疑者の自宅が一望できるのですが、奥にある別棟に容疑者は立て籠もっています。既に警察との睨《にら》み合いが始まって二時間が経過しており……』

これだけ離れていてもレポーターたちの興奮した声が届いてくる。こんな時間にさぞ近所迷惑だろうと思う。

「とにかく相手を刺激しないでくれ」

ＳＡＴの隊長は繰り返し言う。

「相手が話に気を取られたらそれでいい。下手に交渉しようなんて考えるな」

「了解」

それだけ答えて、犬養はスマートフォンの画面を押す。村本の電話番号は綾子の携帯電話から送信済みだった。

四回目のコールで村本が出た。犬養は麻生たちの許を離れ、診療所に向かいながら話す。

「村本さん。犬養です」

『何だ』

「診療所は完全に包囲されてます。既に特殊部隊が配置について強行突入の準備を終えています」

「犬養！　お前いったい何を」

背後で麻生が叫ぶが構ってはいられない。

「屋根裏の採光窓から閃光弾を放ってあなたを確保するつもりだ。それだけじゃない。一階から出て来た場合も考慮して狙撃《そげき》隊員もスタンバイしている」

「犬養！　黙れっ」

後ろから自分を制止しようとする足音が近づいてくる。犬養は捕らえられないように歩みを速めながら別棟に接近する。

『……何故そんなことを教える。何かの罠《わな》なのか』

「警官隊の後方にはカメラを担いだ報道クルーが鈴なりになっている。あいつらを使えば〈笛吹き男〉の目的も達成できるんじゃないのか」

返事なし。

「村本さん。あなたはこの期に及んでもまだ嘘を吐いている。だけど、もういいんじゃないか。ここで降りても娘さんは分かってくれる。しかし潮時を間違うと怪我人、ひょっとしたら死人が出る。それはあなたも本望じゃないだろう」

「貴様あっ、犯人を逃がすつもりかあっ」

「今すぐ投降しろ。交渉相手は人の命なんて何とも思ってないぞ」

そこまで喋った時、後ろから乱暴に肩を摑まれた。体重を掛けられ、バランスを失って前のめりに倒れる。スマートフォンはあっという間に奪われた。

「貴様、背任行為だぞ」

頭上からSAT隊員の声が落ちてくる。

背任か。では、その大本となる任務とやらはいったい誰のためのものだ。有無を言わせず元いた場所に引き摺られていく。

その時、別棟に動きがあった。

ドアが開き、村本が両手を上げて出て来た。そして彼の背中から、ちらちらと亜美が顔を覗かせている。

「確保おっ」

SAT隊長の合図で、入口付近に待機していた隊員たちが一斉に襲い掛かる。多勢に無勢で、村本は何の抵抗もなく地べたに組み伏せられた。

「容疑者確保しました！」

だが、それで終わりではなかった。

隊員たちが村本の確保に気を取られている間隙《かんげき》を縫って、亜美が駆け出した。向かっているのはカメラの放列が待つ報道陣の方角だった。

不意を突かれた隊員と警官隊の間をすり抜け、亜美は報道陣の中に飛び込む。飛んで火に入る夏の虫だ。亜美はたちまち質問とフラッシュの嵐に呑み込まれる。

「大丈夫ですか？　怪我はありませんか」

「犯人に暴力を受けましたか」

「監禁されていた気持ちを」

「今、一番会いたい人はどなたですか」

無遠慮に突き出されるマイクやICレコーダーを前にして、亜美は高らかに叫ぶ。

「皆さん、聞いてください！」

張りのある声に、報道陣はしんと静まり返った。

「わたしの父、槇野良邦は利権のため、医師の倫理を製薬会社に売った人間です。子宮頸がんワクチンの副反応が各地で報告され始めても、製薬会社の利益を護るためにずっと無視してきました。でも、ワクチンの危険性を誰よりも知っていました。何故なら実の娘であるわたしには、決してワクチンを接種させようとしなかったからです」

ざわめきとともにまたフラッシュが焚かれる。

「わたしはその罪を明らかにし、ワクチン接種を中止させるために狂言誘拐を計画しました。こうでもしないと、誰もワクチンの被害に遭った人たちの声を聞いてくれないと思ったからです。わたしも罰を受けます。でも、その前に謝罪し、罰を受けなければならない人間がいるんです」

後の言葉は記者たちの質問で掻き消されてしまった。

その様子を犬養と明日香は離れた場所から見ていた。

「犬養さん。今のは……」

「そうだ、あれがお前の勘づいた月島綾子の隠していた真実で、村本の吐いていた嘘だ。計画の詳細を詰めたのは村本だった。協力者を募ったのは月島綾子だった。しかし最初の立案者は槇野亜美だった。〈ハーメルンの笛吹き男〉は彼女だったのさ」

エピローグ

「面会だ」

警官の声で綾子はついと顔を上げた。留置場から見る景色は殺風景に過ぎるので、外に出られるだけで嬉《うれ》しくなる。

ところで面会相手は誰だろう。あの生真面目そうな弁護士だろうか、それとも犬養だろうか。

槇野亜美が報道陣の前で事件の真相を打ち明けてから三日が経過した。

狂言誘拐に加わった人間はいずれも警視庁の取り調べを受けている。中心人物となった亜美、村本、綾子、そして村本のクルマを所沢に乗り捨てた甲斐圭介の取り調べは特に厳しい。奪った七十億円はそのまま供給元の製薬会社に返還されたが、綾子たちは軽犯罪法第一条十六項「虚構の犯罪又は災害の事実を公務員に申し出た者」として罪に問われたのだ。弁護士によれば有罪となった場合、一日以上三十日未満の拘留または千円以上一万円未満の科料になるという。加えて偽計業務妨害罪もある。こちらはもっと深刻で三年以下の懲役または五十万円以下の罰金とされている。

それはいい。問題は勾留《こうりゅう》中、香苗の面倒を見られないことだった。関係者全員が罪に問われる中、記憶障害を負った香苗だけは例外とされ、現在警察病院で治療を受けている。自分が勾留されている間もずっと治療を続けさせてもらえれば幸いなのだが、それは約束されたことではない。

綾子のホームページに亜美がハンドルネームで訪問した時からこの計画は始まった。亜美は全国でワクチン禍《か》に苦しめられている少女が大勢いることにショックを受け、その事実をひた隠しにしている父親と製薬業界全体に、少女らしい潔癖さで憤っていた。彼女が産婦人科協会会長の娘であることを知り、オフ会で会ってから計画は具体性を帯びてきたのだ。犯した罪は償うべきだ、と亜美は訴えた。ワクチン禍の被害者を無視し、利益ばかり追求した薬事関係者は今こそ罰を受けるべきなのだと訴えた。誰にも実害は及ばない、いやむしろ何もしない方がワクチン禍を徒《いたずら》に拡大させることになる——綾子と村本の熱意に五つの家族が応《こた》えてくれたが、今では申し訳ない気持ちで一杯だった。

一方、亜美の指弾を受けた厚労省や製薬会社、そして産婦人科協会も無傷ではいられなかった。少女の身体を張った告発に世間とマスコミが乗り、一大キャンペーンが繰り広げられた。厚労省経済課と製薬会社二社は批判の矢面に立たされ、政府は子宮頸《けい》がんワクチンの定期接種中止を検討し始めた。産婦人科協会では槇野が辞表を提出し、責任の所在を巡《めぐ》ってもひと悶着《もんちゃく》が続いているらしい。

綾子たちにすれば当初の目的が達成された形だが、それでも気が晴れないのはやはり香苗の将来に光が差したことにはならないからだった。

今回のことでワクチンの副反応についての研究は加速するだろうと言われている。だが、画期的な治療法は未だ確立されておらず前途は依然として多難だった。

面会室に通じるドアが開き、アクリル板の向こう側にいる三人を見て綾子は息を呑《の》んだ。

犬養と明日香、その二人に付き添われて香苗が座っていた。

「香苗」

駆け寄って、思わず抱き締めようとしたがアクリル板が邪魔をした。綾子はアクリル板に手をついて娘の顔を凝視する。

不安げな眼差しは普段と同じだった。身を隠している最中、村本は独自の治療法を色々と試してくれていたが、すぐに結果が出るものではなく村本本人も焦燥に駆られていたのを思い出した。

ワクチン禍が社会問題に発展し、解決への道も開き始めた。

だが自分の娘はまだ記憶の森の中を彷徨《さまよ》い続けている。自分が何者なのかも知らず、処理できない情報の渦に巻かれて怯《おび》えている。

顔を見ていると自然に涙が込み上げてくる。問題が動き、関係者たちが新しいステージに移ろうとしているのに、自分の娘だけは記憶の闇の中で右往左往を繰り返している。何と不憫《ふびん》なのだろう。

やがて綾子は奇妙なことに気づいた。

こちらを見ている香苗の目がいつもと違う光を放っている。不安な色はそのままだが、困惑の感情も見て取れる。

しばらく見つめ合っていると、ゆっくり香苗の唇が開いていく。

「……おかあさん？」

綾子がアクリル板に手を付けると、香苗も向こう側から手を合わせた。やがて、板越しに香苗の手の温もりが伝わってきた。

了

解説

新井《あらい》　見枝香《みえか》（三省堂書店）

ラストのどんでん返しで驚く前に、私は驚いていた。

政治、震災、テロ、冤罪《えんざい》。どうしたって現実社会とリンクしてしまう取り扱い厳重注意のテーマで、見事などんでん返しミステリを成功させてきたのは、作者のフラットな視点があったからだ。己の主義主張を主人公に代弁させたいだけの小説では、あれほどのインパクトを読者に与えることはできない。

しかし本作は、いささか偏りがあると感じた。

子宮頸《けい》がんワクチンについて、冷静に考えてみてほしい。ワクチンは何のためのものか。

実際、私は身近な人をがんで失くしている。せめてそれがワクチンで避けられるがんだったら、とやりきれない思いだった。忘れてはいけない。子宮頸がんワクチンは、多くの人を救ってきたのだ。

しかし物語の中には、利権以外でワクチンの恩恵を受けた人が出てこない。当たり前だ。子宮頸がんにならなかったことを、わざわざワクチンのお陰だと言って感謝する人などいない。そもそもフェアではないのだ。

それぞれの立場と利益を基盤にした理屈があり、どうやったって正解は出ない。

だが、ただ惑わされ流され、仕方がないと考えるのをあきらめてしまってもいいのか。

その中にも、絶対に揺るぎないものがあるのではないか。

どこまで意図したものかはわからないが、この中山七里《なかやましちり》らしからぬ偏った論調が、逆に私を冷静にさせた。熟考して、もっと判断に迷えと言われているように思えた。

だから私は、物語のその後を妄想することにした。


飯田橋《いいだばし》駅から早足で三分のホテルは、平日の二十時過ぎとあって、人影はまばらだ。学生のような服装の美鳥《みどり》を呼び止める者もなかった。

吹き抜けの二階から、眩《まぶ》しい光と賑《にぎ》やかな声が降ってくる。目指す場所はあそこだ。

エスカレーターに足を掛けたところで、美鳥は唐突に、今日が三月十三日であると気付いた。あれからちょうど、十年だ。

亜美《あみ》が連絡をして来ないだろうことを、美鳥はどこかでわかっていた。伊達《だて》にいちばんの親友をやっていたわけではないのだ。

頭が良く、冷静に正しさを選び取るが、決して冷淡なわけではない。そこに懊悩《おうのう》がないわけでもない。カバンを持って立ち尽くす美鳥の気持ちが、わからなかったわけがないのだ。

だから、無理に捜し出すようなことはしなかった。


親友がいなくなった後、いつまでも落ち込んでいたかといえば、そんなこともない。なにしろ「感情の赴くままに動けばいい」と言ったのは自分だ。

美鳥は自分なりの人生を、心の赴くままに進むことにした。

今は神保町《じんぼうちょう》の書店で働いている。亜美の事件がなければ、本を読むことなどなかった。子宮頸がんワクチンや、医療に関する事件や訴訟についての本を読んだことが、美鳥の人生を変えた。何が正解か、何をすべきなのかを考え続けた十年だった。


美鳥は子宮頸がんワクチンを接種していたが、副反応はなかった。しかしそう言えるのは、もともと丈夫な体で、ここ十年、病気らしい病気もしなかったからだ。もしワクチンを接種していなかったら、今頃子宮頸がんを患っていたかもしれない。その可能性は、誰にも否定できないのだ。

実際、ワクチンのおかげで、世界の子宮頸がん患者は激減した。副反応に苦しむ少女と、後にワクチンのおかげで子宮頸がんを回避できる少女の人数は、どうしたって比べることができない。そして、そのために誰かが犠牲になってもよいなんてことは、絶対にない。

会場に足を踏み入れると、正面に座ってボロボロ泣く新郎新婦の横で、もらい泣きした司会者が披露宴のお開きを告げるところだった。やたらと泣いている人が多い会場だ。きっと直前に、新郎か新婦が手紙でも読み上げたのだろう。美鳥もなんだか泣けてきた。いい会だったようだ。

タキシードを着た新郎の横に座る、しあわせそうな新婦の名前は、香苗《かなえ》。

ホテルの車寄せに出ると、雨が本降りだった。

十年経っても人は変わらない。夜からの降水確率は百パーセントだと予報が出ていたのに、傘を持って出るのを忘れてしまった。うっかりにも程がある。

この寒さで雨に濡れたら、さすがの美鳥も風邪をひいてしまう。

『帰り道、途中まで一緒だったよね。入っていかない？』

その声を聞くのは十年ぶり。

人を待たせても決して慌てる素振りなど見せないのが彼女らしい。

そして、待たされても憎めないのが彼女らしい。

美鳥は振り返る。

『お待たせ』

本当はまだまだ続くが、ここまでにしておく。

どうしたら亜美にまた会えるだろう。笑顔で美鳥と会わせてあげられるだろう。

それを考えることで、私なりの「揺るぎないもの」を追い求めた。

中山七里さんとの出会いは、デビュー作の『さよならドビュッシー』だ。過酷な運命を辿《たど》るピアニストの少女にすっかり心を奪われてしまい、七年経ってもまだ私の中にいる。亜美は少し、あの子に似たところがあるのかもしれない。

最後になるが、この小説のラストで大活躍をする刑事、犬養隼人《いぬかいはやと》のことにも触れておく。彼がどこまでも刑事としての信念を失わなかったからこそ、この異色な物語が中山七里作品として成立しているのである。病と闘う娘を持つ父親として、今回の事件では苦しい面もあっただろう。しかし彼は、ぶれなかった。女性の気持ちが読めない男だが、私の理想の上司ナンバーワンである。

もしこの作品で初めて犬養隼人に出会ったなら『切り裂きジャックの告白』と『七色の毒』で、彼のことをもっと好きになって、ここに帰ってきて欲しいと思う。

作者の筆が異様に速いため、その後の犬養刑事には、妄想せずともそう遠くないうちに会うことができるだろう。

本書は二〇一六年一月に小社より刊行された単行本『ハーメルンの誘拐魔』を改題し、文庫化したものです。

ハーメルンの誘拐魔《ゆうかいま》

刑事犬養隼人《けいじいぬかいはやと》

中山七里《なかやましちり》

平成29年 11月25日　初版発行
令和７年 ２月10日　22版発行

発行者●山下直久

発行●株式会社KADOKAWA
〒102-8177　東京都千代田区富士見2-13-3
電話　0570-002-301（ナビダイヤル）

角川文庫 20643

印刷所●株式会社KADOKAWA
製本所●株式会社KADOKAWA

表紙画●和田三造

ISBN978-4-04-106357-6　C0193

◆◇◇

角川文庫発刊に際して

角　川　源　義

第二次世界大戦の敗北は、軍事力の敗北であった以上に、私たちの若い文化力の敗退であった。私たちの文化が戦争に対して如何に無力であり、単なるあだ花に過ぎなかったかを、私たちは身を以て体験し痛感した。西洋近代文化の摂取にとって、明治以後八十年の歳月は決して短かすぎたとは言えない。にもかかわらず、近代文化の伝統を確立し、自由な批判と柔軟な良識に富む文化層として自らを形成することに私たちは失敗して来た。そしてこれは、各層への文化の普及滲透を任務とする出版人の責任でもあった。

一九四五年以来、私たちは再び振出しに戻り、第一歩から踏み出すことを余儀なくされた。これは大きな不幸ではあるが、反面、これまでの混沌・未熟・歪曲の中にあった我が国の文化に秩序と確たる基礎を齎らすためには絶好の機会でもある。角川書店は、このような祖国の文化的危機にあたり、微力をも顧みず再建の礎石たるべき抱負と決意とをもって出発したが、ここに創立以来の念願を果すべく角川文庫を発刊する。これまで刊行されたあらゆる全集叢書文庫類の長所と短所とを検討し、古今東西の不朽の典籍を、良心的編集のもとに、廉価に、そして書架にふさわしい美本として、多くのひとびとに提供しようとする。しかし私たちは徒らに百科全書的な知識のジレッタントを作ることを目的とせず、あくまで祖国の文化に秩序と再建への道を示し、この文庫を角川書店の栄ある事業として、今後永久に継続発展せしめ、学芸と教養との殿堂として大成せんことを期したい。多くの読書子の愛情ある忠言と支持とによって、この希望と抱負とを完遂せしめられんことを願う。

一九四九年五月三日

角川文庫ベストセラー

切り裂きジャックの告白
刑事犬養隼人

中山七里

臓器をすべてくり抜かれた死体が発見された。やがてテレビ局に犯人から声明文が届く。いったい犯人の狙いは何か。さらに第二の事件が起こり……警視庁捜査一課の犬養が執念の捜査に乗り出す！

七色の毒
刑事犬養隼人

中山七里

次々と襲いかかるどんでん返しの嵐！『切り裂きジャックの告白』の犬養隼人刑事が、〝色〟にまつわる7つの怪事件に挑む。人間の悪意をえぐり出した、傑作ミステリ集！

代償

伊岡瞬

不幸な境遇のため、遠縁の達也と暮らすことになった圭輔。新たな友人・寿人に安らぎを得たものの、魔の手は容赦なく圭輔を追いつめた。長じて弁護士となった圭輔に、収監された達也から弁護依頼が舞い込み。

本をめぐる物語
栞は夢をみる

大島真寿美、柴崎友香、福田和代、中山七里、雀野日名子、雪舟えま、田口ランディ、北村薫
編／ダ・ヴィンチ編集部

本がつれてくる、すこし不思議な世界全8編。水曜日にしかたどり着けない本屋、沖縄の古書店で見つけた自分と同姓同名の記述……。本の情報誌『ダ・ヴィンチ』が贈る「本の物語」。新作小説アンソロジー。

執着
捜査一課・澤村慶司

堂場瞬一

県警捜査一課から長浦南署への異動が決まった澤村。その赴任署にストーカー被害を訴えていた竹山理彩が、出身地の新潟で焼死体で発見された。澤村は突き動かされるようにひとり新潟へ向かったが……。

角川文庫ベストセラー

使命と魂のリミット　東野圭吾

あの日なくしたものを取り戻すため、私は命を賭ける——。心臓外科医を目指す夕紀は、誰にも言えないある目的を胸に秘めていた。それを果たすべき日に、手術室を前代未聞の危機が襲う。大傑作長編サスペンス。

夜明けの街で　東野圭吾

不倫する奴なんてバカだと思っていた。でもどうしようもない時もある——。建設会社に勤める渡部は、派遣社員の秋葉と不倫の恋に墜ちる。しかし、秋葉は誰にも明かせない事情を抱えていた……。

ナミヤ雑貨店の奇蹟　東野圭吾

あらゆる悩み相談に乗る不思議な雑貨店。そこに集う、人生最大の岐路に立った人たち。過去と現在を超えて温かな手紙交換がはじまる……張り巡らされた伏線が奇蹟のように繋がり合う、心ふるわす物語。

エネミイ　森村誠一

愛する家族を失った4人の犯罪被害者たちは一堂に会し、それぞれの犯人への恨みを確かめ合う。しかし、その場で誓っただけの報復が実現され、犯罪加害者たちが殺されていく。連続殺人事件の真相とは⁉

棟居刑事の情熱　森村誠一

総理への闇献金を運ぶ途中で殺された電鉄社員。新宿のマンションで死体で見つかったホステス。2つの犯罪の思わぬ関連を、警視庁捜査一課の棟居弘一良が暴きだす。森村誠一の代表作、待望の新装版。